浮世奉行と三悪人

田中啓文

集英社文庫

本書は「ｗｅｂ集英社文庫」で二〇一七年二月から五月まで連載された作品に、書き下ろしの「化け猫騒動の巻」を加えたオリジナル文庫です。

目次

本文デザイン／木村典子（Balcony）
本文イラスト／林　幸

浮世奉行と三悪人

雀丸登場の巻

一

晴天だ。凪もない。大坂の空には無数のイカのぼりが揚がっていた。おなじみの鍾馗さま、金太郎、鎮西八郎に交じって、人気役者、人気力士などの絵柄もある。江戸では正月に揚げるというが、大坂では二月の初午頃がイカ揚げの盛りである。

美人の顔や料理屋の屋号を大書したイカもある。美人画は新町の夕凪太夫という花魁がみずから大金を投じて浮世絵師春梅斎北寿に顔を描かせたものだし、料理屋のほうは昨年末に阿倍野に開店した「滝の茶屋」が拵えたもので、つまりは「披露目」のためなのだが、派手好きの大坂人のあいだでは早くも評判になっていた。

「たかがイカ作るのに三百両もかけるとは、豪儀やないか」

「腹の太いやっちゃ。気に入った。贔屓にしたろ」

「贔屓もなにも、おまえなんぞに夕凪太夫呼ぶ甲斐性も、『滝の茶屋』で飲み食いする甲斐性もないやないか」

「ほっといてくれ。向こうに知られんように贔屓にするんや。わしの勝手やろ」

大坂市中には明るい声がはずんでいる。

日本中を吹き荒れていた飢饉の嵐もようやく収まり、米の穫れ高も落ち着いた。一時は浪花の地でも餓死者が一日に二百五十から三百を数え、それに対してなんの手だても講じない町奉行やここぞとばかりに米を買い占めて値を吊り上げる商人たちに憤った元与力の大塩平八郎が乱を起こしてから、まだ十年と経たぬ。あのとき大塩は船場の商家を焼き討ちにし、それに端を発したいわゆる「大塩焼け」によっておよそ一万戸が灰燼に帰したのだが、大坂の皆はそんなこともすっかり忘れているようだ。

せっかく趣向を凝らしたイカの数々だが、それを呑気に眺めているものはいない。往来の衆は皆、なにをそんなに急ぐことがあるのか、まっすぐまえを見つめて足早に行き交っている。よほど目先の金儲けに必死なのだろう。

そんななかでひとり、難波橋のなかほどで、欄干に寄りかかり、空に舞うイカの群れをぼんやりと見ている若者がいる。二十代半ばぐらいだろうか。印半纏を二枚重ね着し、紺木綿の腹掛けに同じ色のゆるい股引をはき、足には草履をつっかけている。どこから見ても職人の拵えである。彼は眼下の大川に目を移し、

「ようのぼってるなあ……きれいやなあ……」

空を埋めるイカたちの絢爛な絵は、空だけでなく大川の水面にも映っている。ちらち

ら動く川のなかのイカたちを見ながら、

「空と川で倍楽しめるやなんて、えらい得やなあ」

口調はあまり上方言葉っぽくはないが、損得を優先するところは大坂人らしい。

「そろそろ行くか。いつまでも油を売ってると、お祖母さまに叱られるからな」

かたわらに立てかけてあった竹の束を肩に担うと、すたすたと歩き出した。枝葉もついたままの十数本の太竹を荒縄で束ねたものだから、かなり重いはずだが、その重さを感じさせないぐらい軽々と担いでいる。といって、竿竹売りでもないようだ。

衣服もこざっぱりしており、髷は上品な銀杏髷で、育ちの良さが感じられる。色白で、顔立ちもあっさりしており、眉も目も鼻梁も唇も細く、絵にしたらひと筆で描けそうだ。アクがまったくない、悪く言えばだれの心にも残らない顔立ちともいえた。

「おう、雀さん、商売の仕込みか。えろう精が出るやないか」

難波橋を渡り終えたときに知り合いから声がかかった。手拭いを鉢巻き代わりに締めた、植木屋の職人だ。半被に「ひね松」という屋号が入っている。若者よりは年嵩のようで、眉毛が太く、たわしのようにごわごわしている。若者がそちらを向こうとすると、

「痛っ！　気ぃつけんかい！」

身体を回したとき、肩に担いだ長い竹も一緒に回り、それが武家の中間らしき男の鼻を打ったらしい。無精髭を生やし、尻端折りをした中間は目を三角にして怒っている。

「すいません！」

若者があわてて頭を下げると、竹がしなって、その中間の頭のてっぺんにぶつかった。

「痛っ！　おまえ、どつくぞ！」

見かねて、若者と中間のあいだに、植木屋が割って入った。

「堪忍したっとくなはれ。こいつ、アホですねん」

「おまえはなんや」

「友だちです。こいつ、ほんまにアホで、こないだも鼻かんだ手拭いで頬かむりして、髪がねとねとになったり……」

「あれは叱られた」

「にかわを醤油とまちごうて刺身つけて、口がひっついてしもたり……」

「あれも叱られた」

「友だち仲間の寄り合いに鯛のカブト蒸し持ってきてくれて言われてカブト虫持っていったり……」

「あれも叱られた」

中間は真顔で、

「アホではしゃあないな。——おまえ、こいつがこないしてあいだに入りよったさかい、勘弁したるわ。気ぃつけえよ！」

「すいませんっ」

若者が頭を下げて謝ろうとすると、

「あ、あ、もうええわ。おまえが謝るたびにわし、痛い目に遭うさかい……」

そう言いながら中間は肩をいからせて立ち去った。

「ひどいやないですか、マッさん」

若者は植木屋に言った。マッさんと呼ばれた植木屋は、

「なにがや」

「私はアホじゃありません。ちょっとその……ぼーっとしてるだけです」

「それをアホというのや。それに、手拭いの件もにかわの件もカブトムシの件も、どれもほんまやないか」

「それはそうですけど……」

「気ぃつけや。ああいう手合いは、ひとつまちごうたらなにかと因縁つけてきて、酒手やら博打(ばくち)の元手をふんだくろうとしよるさかいな」

「ええ、わかってます。気をつけます」

「とにかくぼんやり歩いとったらあかんで。歩きながら前見て、右見て、左見て、後ろ見とかんと、今日びどこからなにが飛んでくるかわからん世の中や」

「ははははは……そんなにきょろきょろしながら歩いてたら首が疲れますね。それに、首

はひとまわりしませんから、後ろを見るのは無理ですよ」

「今のはもののたとえや。しゃきっとしとけ、ちゅうことやがな。——それはそうと雀さん、今夜あたり久し振りに一杯どや」

「いいですね。お祖母さまにきいてみます」

「ああ、そうせえ。ほな、夕方、仕事終わったら、いつもの『ごまめ屋』におるさかいな」

「おさそいありがとうございます」

雀さんと呼ばれた若者がぺこりと頭を下げると、またしても竹がしなり、拝み撃ちにされかかった植木屋はあわてて飛びのき、走るように去っていった。若者はその後ろ姿をぼんやりと眺めながら、

「マッさん、いいひとだな。いつも私のことを気にかけてくれる」

しばらくそのままの姿勢でいたが、

「あ、これがいかんのや。ぼーっとしない。しゃきっと……」

おのれに言い聞かせるように呟くと、ふたたび歩き出した。右に折れると銅座や懐徳堂があるが、彼は左に曲がった。しばらく行ったとき、

「なにをしますのや。無体なことを……放しとくなはれ」

しゃがれた声が耳に入ったのでなにげなくそちらに目をやると、土手のうえで、老人

がひとり、前のめりになっている。町人で、歳(とし)は七十歳ぐらいであろうか。その襟髪を、侍が摑(つか)んでいる。額が広い顔立ちで、垂れ目のうえに頰の肉も垂れ気味である。浪人ではない。身なりからするとそれなりに身分のある武家だと思われた。その前後にもふたりの侍がおり、老人は三人に取り囲まれた格好である。

「もう逃がさぬぞ。貴様のせいで、我々がどれほどの目に遭(お)うたか……」

「それは自業自得、言いますのや。どう考えてもあんたらのほうが悪いのやおまへんか。私はそれを裁いただけでおます」

大川端の船着き場あたりは荷揚げや積み込みのために大勢が寄っているが、少し離れた木陰などはほとんどひと目につかぬ。

「町人の分際で武士を裁くなどという無礼、許されると思うてか」

「許されるもなにも、それが横町(よこまち)奉行の仕事だすさかい」

三人の侍に囲まれても、老人は堂々と抗弁している。若者はそっと近づいていった。近くで見ると、老人の顔はひょっとこのように顎が曲がっており、口が尖(とが)っている。こういう場でなければ、見ただけで笑ってしまうような面相だ。

「それが増長だと言うのだ。奉行とは町奉行、勘定奉行、寺社奉行、遠国(おんごく)奉行など武家が務めるものと決まっておる。町人風情(ふぜい)がかりそめにも名乗っていいものではない」

「ほっといとくなはれ。横町奉行は、大坂に代々続く立派な務めでおましてな、それこそお侍さんにどうやこうや言われる筋合いのものやござりません」

「まだ言うか！」

襟髪を摑んでいた侍が、一旦、手を放すと、拳を固め、老人の額を殴りつけた。続けざまに四、五発ぶん殴ると、さすがに老人はその場に倒れてしまった。

「これで……お気がすみはりましたか……」

息も絶えだえに言う老人に向かって、侍は唾を吐きかけ、

「町人のくせにえらそうにするからだ、ジジイ！　これに懲りたら、二度と奉行の真似事などせぬことだな、わかったか！」

言い捨てて行き過ぎようとしたが、もうひとりの侍がまえに出た。背が高く、顔の三分の一ほどもある大きな鼻が目立つ。

「待て待て。身どもは、殴るだけでは収まらぬぞ。なにしろ、こやつのせいでお目付から満座のなかで叱責を受け、先祖代々の家禄も減らされた。朋輩からは馬鹿にされ、親からは厳しく叱られ、妻の実家からものしられ、生き恥を晒しておる。それもこれも皆、こやつのせいだ」

「まさか……斬るつもりか」

「そうしたいところだが、そんなことが露見すれば、それこそ座敷牢に押し込められてしまう。——おい、ジジイ！」

鼻の大きな侍は老人に顔を近づけると、

「俺たちは悪くなかった。あいつらのほうが悪かった。貴様の裁きはまちがっていた。そういう書面を書け。俺たちはそれをもとにあの質屋から刀を取り戻し、ご家老にお渡しする。——いいな！」

老人は目を大きく見開いてその侍を見つめると、

「うははは……あっははははは……うわはははははは！」

「な、なにがおかしいのだ」

「おのれらが悪いと認めたようなもんだすな。わしの裁きをむりやり覆さんとするのがその証（あかし）。申し訳おまへんが、一度下した裁定を脅しに負けてひっくり返すようなことでは横町奉行は務まりまへんのや。あきらめていただくほかおまへんな」

「なんだと？　武士に楯突（たてつ）く気か」

「それがおまはんがたの勘違いというやつでな、おまはんがたの国許（くにもと）ではどうかしらんが、この大坂ではお武家より町人のほうが偉（えろ）おますのや。武士に楯突くもなにも、百姓やろうが町人やろうがお公家（くげ）やろうが一緒だす。正しいもんが正しい。近頃の侍は、そのぐらいの理屈もわかりまへんかなあ」

若者はにやりとした。三人の武士を相手にこれだけの啖呵（たんか）を切る老人に感銘を受けたのだ。

「武士を愚弄するにもほどがある。命が惜しくはないのか」

「命は惜しいし、長生きもしたいけどなあ、侍の横車をいちいち聞いとったら、横町奉行は務まりまへんのや。殺されたかて本望や」

「こやつ……それほど死にたいなら殺してやる。そこへなおれ」

こめかみに青筋を立てる武士に、もうひとりが言った。

「待て……殺すのはまずいと申したるはおまえではないか」

「なれど、あまりの雑言……」

おそらくまだ二十代だが若白髪の侍が、

「よい思案がある。こやつの腕と足の腱を切って、手足が動かぬようにしてやるのよ。――どうだ？」

「ほほほう、それはよい」

「うむ、乗った」

「ならば、おまえたち、しっかり押さえておけ。身どもが……」

白髪の侍は脇差を抜いた。ほかのふたりが、老人を羽交い絞めにした。

「や、やめとくなはれ！　アホ！　やめんか！」

老人は叫んだが、もはや声もかすれており、だれの耳にも届いていないようだ。ひとり、若者をのぞいては……。

（しかたないな……）

若者は、竹を担いだままつかつかと歩み寄ると、

「あのー……」

「な、なにやつ！」

驚いた侍たちは振り返り、一斉に刀の柄に手をかけた。

「いや、その、なにやつと言われるほどのものではありません。通りすがりのものですが……」

「ならば黙ってそのまま通り過ぎよ。でしゃばって、いらぬことをすると、大怪我をするぞ」

「それはそうかもしれませんが、丸腰のお年寄りを侍三人で寄ってたかっていじめるのはいかがなもんでしょうか。なにがあったのかは存じませんが、許してあげたらどうです？」

「それがいらぬ差し出口と申すのだ。これは天道にいささかも恥じぬこと。われらはわけあってこのものの罪を糾しておるところでな、いじめておるわけではないゆえ、気にせず立ち去れい」

「せっかく声をかけたのですから、そのわけというのを聞かせていただけますか」

「しつこいやつだな。なにゆえわれらが見も知らぬ町人にいちいちわけを話さねばなら

ぬのだ」

「わけがわからないと、やはり、いじめておられるようで、立ち去りにくいのです。もし、天道に恥じぬこととおっしゃるならば、こんな土手でこそこそせずに、公の場で糾してはいかがでしょうか」

「む……」

若白髪の武士は言葉に詰まり、

「貴様……武士に向かって悪口雑言とはよい胆をしておる。なれど、その胆が命取りだ。――死んでもらう」

そう言うと、白刃を半ばまで抜いた。だが、若者はしりぞかなかった。

「いくらお侍さまでも、天下の往来でしていいことといけないことがあります。どこのご家中の方か存じませんけど、もし、ここで町人である私を斬ったら、町奉行所の扱いになりますよ。それを知られたら詰め腹を切らされるか、それとも召し放ちになるか……いずれにしても今のままではいられないでしょう」

侍は歯噛みをしたが、若者はなおも続けた。

「そもそも、お侍は往来で刀を抜くだけでも罰を受けますよ。脅しのつもりだったのでしょうが、悪いことは申しませんから、鞘にお納めください。見て見ぬふりをしてあげましょう」

「ぬぬ……ぬぬぬ……」

垂れ目の武士と鼻の大きな武士が左右から、

「これはわれらのほうが分が悪い」

「悔しいがこのものの申すとおりだ。刀を納めたほうがよい。町廻り(まちまわ)にでも見られたら……」

「うるさい！　こんな素町人(すちょうにん)になめられて、おまえたちそれでも悔しくないのか。――よし、おまえらが腰抜けならば身どもひとりでやるまでだ。もう、あとには引けぬ」

「お、おい、それは……」

若白髪の武士は大刀を抜き放つと、若者に向かって上段に構えた。だが、若者は顔色ひとつ変えず、担っていた竹の束をかたわらにおろすと、

「こういうの、苦手なんですけど、まあ、しかたないかな」

竹の束のなかから一本の竹を無造作に摑み出し、びゅうんと素振りをくれたあと、その先端をぴたりと若白髪の武士に向けた。寒いというのに、若白髪の武士の額からは汗が滴りはじめた。

「死ぬのだぞ。斬られたら死ぬのだぞ。貴様……死ぬのだぞ。よいのか、死ぬのだぞ」

武士は呪文のようにそう呟いているが、若者の顔からは喜怒哀楽が読み取れない。見かねた鼻の大きな武士が、

「稲沢(いなざわ)……やめろ。やめておけ」

そう声をかけたのが合図だったかのように、

「でやあああっ……！」

若白髪の武士は若者に斬りかかった。若者は、ひょいとかわしながら身体をひねった。長い竹が唸(うな)りを上げて、武士の腹を横薙(よこな)ぎに薙いだ。若白髪の武士は刀を落とした。

「ほら、もう一発」

若者は逆さまに身体をひねった。武士の足を、竹が後ろから払った。

「うひょおっ」

若白髪の武士は妙な声を上げながら転倒し、俵のように斜面を転がった。あとのふたりがあわててそれを追いかける。

「お爺(じい)さん、逃げますよ。走れますか」

竹の束を担いなおした若者が声をかけると、頭がこぶだらけになった老人はうれしげに手を叩(たた)き合わせ、

「見事、見事。たいした腕や。あんた……もとは侍やな」

「そんなことどうでもいいから、早く逃げましょう。あいつらが戻ってくるとややこしくなりますよ。きっとカンカンになってるでしょうから」

「あんた、どこのなんちゅうひとや。それだけでもきかせとくれ」

若者は土手下を見て、

「ほら、戻ってきました。早く早く早く……」

老人を急かしに急かしてその場から離れた。三人は顔面を紅潮させて土手を這い上がってくる。若者は、ここでもう一戦交えるか、それとも老人とともに逃げるか迷った。

そのとき、

「痛っ……！」

先頭にいた若白髪の武士が額を手で押さえた。血が滲んでおり、足下に小石が転がっている。だれかが石礫を投げたらしい。見ていたものが加勢してくれたようだ。若者は、逃げることに決めた。

「お爺さん、あなたは銅座のところを東に、高麗橋のほうに行ってください。橋を渡ればお奉行所ですから、やつらも手を出せないでしょう。がんばって必死に走ってくださいよ。私はこっちに……南のほうに逃げますから」

「いや、せめて名前を……お礼をせなあかんさかい……」

「だーかーらー、今はそんなこと言ってるときじゃありません。さあ！　早く！　ほら！」

若者は老人の身体を向こうに向けると、その背中をどん！　と突いた。

「な、なにをするのや。乱暴な……そ、そ、そんなことされたら……走らなしゃあない」

はずみのついた老人は、とっとことっとこと走り出す。

「それでいいんです。では、失礼します」

若者は去っていく老人の背中に向かって律儀に一礼すると、南に向かって駆け出した。途中で一度振り返ったが、三人の侍が追いかけてくる様子はなかった。

(もう懲りたかな……?)

若者は高麗橋筋と今橋筋のあいだにある狭い通りに入ると、右に折れた。ここは「浮世小路」といって、風呂屋、楊弓屋、質屋、花屋、餅屋、煙草屋、絵師、稽古屋……といった商売が並ぶだけでなく、出会い宿や船場の商人の妾宅も多く、まさに浮世の縮図のような一角なのだ。

若者は、その小路の西から三軒目、もう西横堀が見えるあたりにある仕舞屋風の家のまえに立った。色あせた紺の暖簾には「竹光屋」という文字が小さく染め抜かれている。若者は担っていた竹の束を腕に抱えると、その暖簾をくぐった。広い土間には茣蓙が敷かれ、そのうえに竹がたくさん並べてある。太いものや細いもの、色もさまざまである。かたわらには鉈や包丁、鋸、金槌、鉋、鑢、先の尖った刃物などが所狭しと転がしてある。

「雀丸、ただいま戻りました」

奥に向かってそう声をかけると、

「遅かったな。どこで油を売っておった」

野太い声とともに黒い人影がのそりと現れ、座布団のうえに四角く座った。肥え太った老婆だ。背は低いが、横幅がやたらと広い。何貫目あるだろうか、まわしを締めたらそのまま力士として通りそうな体格だ。柿色の頭巾をかぶり、茶色の小袖に朱色の内掛けを羽織っている。まるで武家の奥方のようだ。顔は縮緬皺（ちりめんじわ）でくしゃくしゃになっており、上唇にも皺が寄り、「梅干し婆（ばばあ）」という言葉がぴったりである。極端な鉤眉（かぎまゆ）で、つねに怒っているように見える。目はぎょろりと大きく、鼻は扁平（へんぺい）だ。耳たぶが長く、いわゆる「福耳」というやつだ。しかし、顔全体を見ると……「蟹（かに）」に似ている。それも、真っ赤に茹（ゆ）で上がった蟹だ。甲羅の模様がひとの顔のような蟹がいるが、この老婆の顔は、「甲羅の模様がひとの顔に似た蟹」に似たひとの顔……というややこしい面相なのである。そう思って見ると、頭巾からはみ出したほつれた銀髪までが蟹の脚に見える。

「油を売っていたのではありません。竹を採っていたのです」

雀丸と呼ばれた若者は竹の束を壁に立てかけると、板の間に上がって老婆のまえに座った。

「わかっとる。どこでなまけていたのかときいておるぞよ」

脅しつけるような大声だが、雀丸はへらへら笑いながら、

「ひと助けをしておりました」

「嘘（うそ）を言え」

「まことです。土手のところで老人が三人の侍に囲まれて、辱めを受けておりましたので、差し出がましいとは思いましたがお救いいたしました」

雀丸はいささか得意げにさきほどのことを老婆に語った。

「ふむ。それは良きことをした……と言いたいところじゃが、その御仁、怪我はしておられなんだかや」

「幾たびも殴られて、頭にたくさんこぶができておりました」

「医者には診せたか」

「いえ……それは……」

「たわけめ！　もし、その御仁がおまえと別れたあとに倒れて死んでいたらどうする。そういうときは医者に連れていくのじゃ。そこまでして、はじめてひと助けと言える。よう覚えとおけ」

「はい」

たしかにそのとおりだ、と雀丸は思った。そして、そう言われると急に心細くなってきた。

（あのご老人、お祖母さまのおっしゃるとおり、拳固で幾度もしたたかに殴られていた。こぶもたくさんできていた。どうして私には医者に診せる親切心がなかったのだろう……）

雀丸は立ち上がると、

「出かけてまいります」

「どこへ参る」

「あの老人を探しに……」

「ほれ、その場できちんとしておかぬゆえかかる目に遭う。頼りないやつだのう。仏作って魂を入れずとはこのことじゃ。おまえはこどもの時分からどこかが抜けておった。武士を捨てた今となっても、気の張りを忘れることは許されぬぞ。そもそもわが藤堂(とうどう)家は……」

「お説教はあとで聞きます。ご免」

雀丸は、一尺八寸ほどの手頃な竹を腰に差すと、そのまま家を飛び出した。あの老人が向かったはずの高麗橋のほうへ行ってみる。橋を渡って、西町奉行所から東は城のあたりまで、南は農人町(のうにんまち)の界隈(かいわい)まで探してみたのだが、見当たらない。

（いくら走れと言ったからって年寄りの脚だ。それほど遠くへは行っていないはずだが……）

松屋町筋(まつやまちすじ)を北へ向かって歩いているとき、前方からけったいな歌声が聞こえてきた。

撃てば当たるは鉄砲で

食えば当たるはてっちりで
継ぎが当たるは破れ着で
髭を当たるは豪傑で
鬼門に当たるは丑寅(うしとら)で
的に当たるは強弓(こわゆみ)で
炬燵(こたつ)に当たるは年寄りで
千両当たるは富くじで
なんでも当たるは八卦見(はっけみ)で

雀丸が驚いてそちらを見ると、ひらひらした黄色い着物を着て、横笛を手に持ち、足には草鞋(わらじ)をはき、手足をひょうきんに動かしながら踊るようにやってくる男がいた。

ほんまだっか、そうだっか
あんたの言うことそうだっか
嘘です嘘です真っ赤な嘘です
嘘は楽しやおもしろや
嘘はうれしやはずかしや

嘘つきゃ幸せ、嘘つきゃご機嫌
嘘つきの頭（こうべ）に神宿る
この世のなかに
ほんまのことなんかおまへんで
ほんまだっか、そうだっか
ほんまだっか、そうだっか

まだ若い。雀丸と同じぐらいか、少し下だろう。その妙な歌と踊りに、雀丸も楽しくなってきた。つい釣り込まれて一緒に踊りそうになったが、

（いや……そんなことをしてはいられない）

　我に返って、

「あの……すみません」

「はい、なんだっしゃろ」

「なんでそんな歌を歌ってるんですか」

「ああ……これはコマアサルだす」

「コマ……？」

「へへへ……異国の言葉でひと集めゆうことやそうでおます」

「ひと集め、ですか……？」

「わたいは、嘘つきです」

「はあ……？」

雀丸は首をかしげた。私は正直です、と言い出すものはいても、私は嘘つきです、とおのれから公言するのは聞いたことがない。そんな雀丸の顔つきを見て、

「あ、いや、そういう嘘つきやおまへんのや。わたいのは仕事ですねん」

「仕事？」

「知りまへんか。『嘘つき』ゆうのはな、どんなことでも面白おかしゅうしゃべって、一座をわあっと盛り上げる役目の芸人だすわ」

色街にはあまりなじみのない雀丸でも、聞いたことはあった。幇間のようなもので、嘘八百をぺらぺらとまくしたててお座敷を明るくする……そういう芸の持ち主がいるのだ。

「わたいは、『しゃべりの夢八』と申しまして、たいがいはキタの新地か新町にいてますのやが、たまにはこないして町なかでひと集めをせんと、この不景気、なかなかお客が来てくれまへんさかいな」

「嘘つき」というのは、法螺吹きのような意味である。芭蕉七部集の「猿蓑」の連句に、

嘘つきに自慢言はせて遊ぶらむ

　という付合があるが、戦国大名の御伽衆などの流れを汲む「仕事としての『嘘つき』」があり、それが太鼓持ちや噺家、講釈師などに形を変えたのかもしれないが、今もその嘘つきが残っていることが驚きであった。酒席の取り持ち役なのだろうが、珍しい仕事ではある。


「あの……このあたりで頭にこぶを作ったお爺さんを見かけませんでしたか」

「こぶのお爺さん……こぶとり爺さんだすか」

「ちがいます。こぶあり爺さんです」

「それやったら見てまへん」

「あ、そうですか。それなら……」

「いや、見ました」

「え……？」

「見てません」

「…………」

「でも、見ました」

「どっちなんですか」

「嘘つきやさかい、わたいの言うこと信じたらあきまへんで」

「はい」

「あんた、正直なおひとやな」

「そうでもありません。——で、お爺さんは見かけたんでしょうか」

「見たような、見てないような……。けど、ひょっと、この、見かけたらお教えしまっさ」

「あ、もういいです」

と行き過ぎかけて、雀丸はふと思った。

「あなたはもしかしたら、さっき石礫を投げたひとではないですか」

「なんでそう思いまんねん」

「私が探してるのは、ひょっとこみたいな顔をしたお爺さんです。あなた今、『ひょっと、この……』と言いましたよね」

「へへへへへ……気づきはりましたか。土手をちょっと通りがかりましてな……あの連中、新町でよう見かけましたんやが、ろくなやつらやない。侍や、ゆうのを笠に着て、店のもんをいじめたり、ほかの客を脅したりしとるのを知っとりましたんでな、ついそのあたりにあった小石を拾って、ぴゅうっと……」

「いや、そうではないでしょう。あれは、腕のあるものの一投でした」

「わたいのもうひとつのあだ名は『礫の夢八』だす」

「ああ、やっぱり……」

「嘘でおます」

「ああ、やっぱり……」

わけがわからなくなってきた。

「あんた、面白そうなおひとやな。三人の侍を向こうに回してのさいぜんの啖呵、ずんと気に入りました。わたいはじつはな、横町奉行にはずいぶんと世話になったことがおますのや。さっきの礫はその恩返しだす。また、どこかでお会いしたいもんだんな」

「私は、色街にはあまり縁がなくて……」

「さよか。けど、わたいは寄席(よせ)にも出てまっせ。嘘つきのほかに、百眼(ひゃくまなこ)や七法出(しちほうで)もできまんねん」

どちらも、いわゆる「変装」術であるが、「七法出」というのは忍びの技のひとつである。

「夢八さんは、もしかしたら元は忍びのものではないですか」

「あたりです」

「ああ、やっぱり」

「嘘でおます」

「ああ、やっぱり」

いいかげんにしてほしい。

「では、先を急ぎますのでこれで」

雀丸は、夢八に頭を下げるとその場を離れた。夢八はふたたび、けったいな踊りを踊りながら歩き出した。その後ろをこどもたちがついていく。

そのあと、雀丸は念のために天神橋を渡り、天満のほうも回ってみたが、老人の姿はなかった。

（うーん……お祖母さまの言うとおりだ。私は肝心の詰めが甘いなあ）

雀丸はとぼとぼと来た道を引き返した。老人が殴られていた土手も見てみたが、老人はもちろん、あの三人の侍もすでにいなかった。

（しかたないか……）

雀丸は大きく伸びをすると、さっき飛び出した家に向かった。

◇

竹光屋雀丸は当年とって二十四歳、まえの名を藤堂丸之助という。すでに武士を捨てたので、今は苗字はなく、帯刀もしていない。父母ともにある事情で他界しており、兄弟もおらぬ彼は祖母である加似江（かにえ）と二人暮らしであった。加似江は六十五歳だが豪放で傍若無人、しかも、いまだに武家気質が抜けず、町人の暮らしには染まろうとしない。

雀丸の父は、藤堂鷹之助（たかのすけ）といって大坂弓矢奉行付きの与力だった。弓矢奉行は、大坂定番（じょうばん）の支配を受け、大坂城の弓矢や槍（やり）、刀といった武器を司る職である（鉄砲は鉄砲奉行がおり、具足・旗などは具足奉行がいた）。その配下の与力は二十名おり、藤堂家もそれなりの暮らしを送っていた。雀丸は父親から直心影（じきしんかげ）流剣術を叩き込まれ、弓術、棒術、槍術（そうじゅつ）などの心得もあったが、生来、のんびりした性分なので、試合に勝つことはほとんどなかった。十七歳で見習いとして出仕し、その後、父母が亡くなったので跡を継いだのだ。それからいろいろあって侍を辞め、今に至るのだが……。

「ただいま戻りました」

汗を拭きながら家のなかに入った雀丸は驚いた。上（あ）がり框（がまち）のところに腰をかけて、祖母と談笑しているのは、あの老人ではないか。加似江が雀丸に、

「遅い遅い！　なにをしておったのじゃ。お客人を待たせて……謝りなされ！」

事情がわからずうろたえる雀丸に、振り返った老人は、

「まあ、そう怒らずに……。わしが勝手に訪ねてきたのやさかい」

「のろまな子ですみませぬ」

「なんの」

加似江は雀丸をにらみつけ、

「早う茶を淹れてさしあげぬか。気のきかんやつじゃ！」

あわてて雀丸は台所に飛び込み、カンテキで湯を沸かし、茶を淹れて運んでいくと、

「雀丸、まあ、そこに座れ」

祖母が言った。茶を淹れろだの座れだの指図がうるさすぎると思ったが、もちろんそんなことはおくびにも出さず、言われたとおりに座ってから、

「よかった。死んだかと思ってました」

「縁起でもない。わしは達者にしとるで」

「なぜここがわかったのです」

老人はにやりと笑い、

「あんたがえらい速さで走っていってしもたんで追いつけん。しゃあないさかい、あのあとあっちゃこっちゃできいて回りましたのや。このへんに、竹の束担いだお方が住んでおられまへんか、とな。そのうちのひとりが、ここに竹光屋の雀丸さんゆうひとがいてはりまっせ、と教えてくれましたのや」

雀丸は呆れた。

「私と逆のほうへ逃げろと言ったではありませんか。あの三人に見つかったらどうするのです」

「そんなことどうでもよろし。わしがここへ来たのはほかでもない……」

老人は咳払いをすると、

「あんた、横町奉行になりまへんか」

「よ、横町奉行ですか……？」

藪から棒な話である。

横町奉行というのは裏町奉行とも言い、「奉行」という名がついているが公の役目ではない。大坂には東西ふたつの町奉行所があり、ひと月毎に月番となってさまざまな公事ごと（訴訟）を裁いているのだが、町奉行所の所轄する地域はとてつもなく広く、大坂三郷（北組、南組、天満組）と摂津、河内、和泉、播磨の四カ国に及ぶ。それらで起きる揉めごとの数も当然のごとく膨大で、裁きが決するには途方もない日数がかかる。「公事三年」という言葉があるほどだ。イラチな大坂商人にとっては、我慢ならぬことであった。また、田舎から訴えごとのために出てきたもののためには「用達」という御用宿があったが、そこに泊まっていつまで経っても結審しない裁きを待つあいだ、ただ日数だけが過ぎていく……というのもつらいことであった。しかし、町奉行所はそんな事情など勘案することなく、先例にしたがって粛々と、つまりのろのろと片づけていくだけである。正直なところ、町奉行所の役人にとって、百姓・町人の訴えごとなどどうでもよいのである。

そういうとき、大坂の町人たちが町奉行所の代わりに揉めごとを持ち込んだのが「横町奉行」である。横町奉行は、いつまで経っても裁きを下さぬ町奉行所に業を煮やした大坂の町人たちの要望によって作られた制度で、ある書物には「商売の道に明るいのはもちろん、諸学問にも造詣が深く、人情の機微によく通じ、利害に動じることのない徳望のある老人が、乞われてこの地位に就いた」とある。横町奉行は、お上とは異なり、双方の訴えを聞いたらほぼ即断で裁くのが常だった。それだけの知識や経験の裏付けがあり、また、独自の情報網も持っていたらしい。それゆえ、横町奉行の裁きは「まちがえ知らず」と言われていたし、勝った側も負けた側もそれぞれに合点して従ったという。

「えーと……お爺さんは横町奉行なのですか」

「そや。わしは横町奉行を務める松本屋甲右衛門というもんや」

名前だけは聞いたことがある。かつては天満で松本屋という米問屋を営んでいた豪商だったが、大塩平八郎の乱で焼き討ちに遭い、財産をすっかり失ってしまった。そののち横町奉行になったのだろうが、なるほど、松本屋甲右衛門ならその役目にふさわしいだろう、と雀丸は思った。

「わしも寄る年波でな、だれぞにこのお役目を譲りたいのやが、これはというものがおらんので、しょうことなしにいまだにやらせてもろとる。けど、今日、それにふさわしいお方を見つけた。それが、あんたや」

「いやあ……私は……そんな……だいたい横町奉行というのは隠居した大商人がやるものじゃないですか。私なんて若造にはとても務まりません」

「いや、あんたしかおらん。侍三人に向かって一歩も退かず、堂々とおのれの信ずるところを言い立てる態度は立派なもんやった。理屈もきちんと通ってたさかい、向こうはぐうの音も出んわ。それに、ヤットウの腕前もたいしたもんや。今、ご隠居さんにうかごうたら、やっぱりわしの目に狂いはなかった。元お侍の家柄や」

「はあ……でも……」

「でももくそもない。あんたはわしの跡継ぎや。どうあっても引き受けてもらうで」

雀丸は辟易して、

「勝手に決めないでください。私よりもはまるひとがきっとたくさんいますよ。それに、当家の都合もありますから……ですよねえ、お祖母さま」

と加似江を見ると、

「いや……おまえ、引き受けなされ」

「ええーっ！」

雀丸は天地がひっくり返るほど驚いた。加似江はまちがいなく反対だろうと思っていたのだ。

「お祖母さまは私のことをさんざん、抜け作だの頼りないだの気がきかないだのと言っていたではありませんか」

「いや、おまえはなかなか見どころがある。亡くなったわしの息子には及ばんけどな」

父鷹之助のことである。雀丸はため息をつき、

「私は横町奉行の任に就くには、まだ若すぎます。貫禄もないし、見聞も浅いし、徳も積んでいないし、こんな若造にはだれも公事ごとを持ち込まないでしょう」

すると、松本屋甲右衛門が、

「横町奉行になるには、貫禄も見聞も徳もいらん。機転と人望と度胸さえあったらよろし。あんたにはどれも備わっとる。考え方もしっかりしとるし、なにより弱いものへの思いやりの心がある。それに横町奉行は代々、奉行当人が跡継ぎを見つけてくるのが決まりや。わしを信じて、頼ってくれたものは皆、わしが務めを譲ったあんたのことも信じて、頼るやろと思う。この大坂は町人がおのれの手で作り上げ、守ってきた町や。江戸とちごうて、侍の数も少ないさかい、昔から、侍なにするものぞ、という気風がある。けど、近頃ではろくでもない侍が大坂にも増えてきた。そういう手合いが町人をいじめても、お上も見て見ぬふりや。わしがもう少し若かったらええのやが、そろそろ身体もきかんようになってきた。――頼むわ。横町奉行を継いでくれんか」

雀丸がなにか言うより早く、加似江が言った。

「継がせます。わしが請け合います」

困るなあ……。

「こらありがたい！」

雀丸は、

「待った待った。まだ私は継ぐとは決めてません。今も言ったでしょう。ほかに適している方がいっぱい……」

甲右衛門は寂しそうにかぶりを振り、

「それが……おらんのや」

「どうしてです」

「町人と町人の揉めごとをたちどころに裁くのが横町奉行の本分やが、このところ町人と侍の揉めごとがどんどん増えとるのや」

「ははあん、さっきのあれも……」

「そういうこっちゃ。わしが下した裁きを不服に思うた連中が腹いせに来よったのや。まえは、そういうときでもまわりの町の衆が横町奉行を守ってくれたもんやが、皆、関わり合いを怖れて知らんぷりや。嫌な世の中になったものやで」

「はあ……」

「いろいろ声をかけてはみたものの、どいつもこいつもおのれの身が大切とみえて、承知せん。つまりは、横町奉行のなり手がないのや。向こうから『なりたい』ゆうてくるやつはろくなもんがおらんしな。――こうなったうえからは、あんたしかおらん。なあ……頼むわ。うん、と言うてくれ」

松本屋甲右衛門はその場に両手を突いた。

「いやあ……手を上げてください」

「え？　ほな、引き受けてくれるか！」

「いいえ、それは……ただ手を上げてくださいと言うただけです」

「殺生やなあ……」

「ほかのことならともかく、みんながなりたがらないようなしんどい役目、私には無理です。私も、おのれの身が大切ですから、仕返しされるような仕事はごめんです。枕を高くして寝られないですからね」

「心配いらん。横町奉行にはな……」

甲右衛門はぐっと声を低めると、

「三すくみがついとるんや」

「三すくみ？　なんです、それは」

「教えたるから耳貸しなはれ。これは横町奉行の秘中の秘やさかい……」

しかし、雀丸が耳を寄せないので、甲右衛門は雀丸の耳たぶを摑んでぐいっと引っ張った。

「痛(い)ててて……」

　そのとき、

「ご免。こちらは竹光屋雀丸殿のお屋敷か」

　そう言いながら、暖簾を分けてひとりの武士が入ってきた。三十歳ぐらいで、羽織も袴(はかま)も上物だ。城勤めと雀丸は見てとった。鼻の横に大きなほくろがある。

「はいはい、竹光屋雀丸はてまえでございますが」

　お屋敷と言われると、ちとおもはゆい。

「うむ、本日はな……」

　言いながら、ちらりちらりと甲右衛門に目をやる。雀丸はそれと察して、

「すいません。お客さんなので帰ってもらえますか。あなたがおられるとうちの商いにさわります」

「そんなつれないことを……なあ、頼むさかい跡を継いでえなあ。なあなあ、なあ、なあなあなあ……」

「しつこいな。また後日ということでお願いします。それに、私はしんどいこととか責めを負わされることが大の苦手なのです。できればなにもせず、一日中ぼーっとしていたいのです。それで武士もやめたのですから……堪忍してください。ね、ね、ね……」

　そう言いながら、雀丸は甲右衛門を追いたてた。

「客人ならしかたない。また来ます」

加似江は腰を折り、

「お待ちしております」

雀丸は、

「いや、もう来ないでください。お願いします」

甲右衛門の背中を押してようよう追い出すと、雀丸は武士に向き直り、

「はい、これで邪魔者は失(う)せました。お話、承りましょう」

「どのような刀でも竹光にて拵えてくれると聞いたが……」

「そのとおりです。刀をお持ちくだされればお預かりしてそれにそっくりに作りますし、刀がなくとも、お話をうかがって、できるだけ近い形に仕上げます」

武士は腰の大刀を鞘ごと抜くと、そこへ置いた。

「これは、先祖が関ケ原(せきがはら)の戦いのおりに功を挙げたがゆえにご主君より賜った、わが家の家宝ともいうべき品だ」

「拝見してよろしいですか」

「うむ」

雀丸は正座すると、刀を抜いた。

「ははあ……これは和泉守国貞(いずみのかみくにさだ)の初代、俗に言う親国貞ですね。良い造りですが、新刀

です。関ケ原合戦のころにはなかったはずです」

　武士は赤面して、

「さようか。それがし、刀剣類にはとんと疎うてな。古刀と新刀はおろか、握り方もよくわからぬのだ」

　そういう武士は珍しくない。大坂夏の陣からもう二百数十年も経っているのだ。今や刀は、侍かどうかを判別する目印に過ぎない。町なかで抜刀したり、真っ当な理由なく人を傷つけたりすると罰せられるのだ。「斬り捨てご免」というのは真っ赤な嘘だし、刀が武士の魂だったことなど遠い昔の話である。文武両道というが、戦がないのになぜ武術を稽古しなくてはならないのか。励めば励むほど、熟達すれば熟達するほどむなしいではないか。

「恥を申さねばならぬが……ここでの話はよそに漏れぬのだろうな」

「もちろんです」

「ならば申さん。それがしは大坂城代のもとで小買物役の与力を務めておるものだが、ちと新地の馴染みに入れ揚げてしもうてな、支払いが焦げ付いた。それが父上に露見するとたいへんまずいのだ」

「正直に話して、謝ればよろしいのでは？」

「それがしは養子でな、刀も婚儀がととのった祝いにと義父より賜ったものだ。義父は石のように固い御仁でのう、茶屋に借金があるなどと知れたら、すぐに追い出されてしまう」

「たいへんですね」

「たいへんなのだ」

ただいまの世のなかで、貧窮した武士が、「なんの役にも立たぬ」刀を売り払おうとしても不思議もない。いや……武士そのものが「なんの役にも立たぬ」のかもしれないが……。

「でも、茶屋遊びより刀を売るほうが叱られるのではないですか」

「それゆえここに来たのだ。そのほうの竹光作りの腕を朋輩より聞いた。元の刀と寸分たがわぬものを作ってくれるそうだな」

「寸分たがわぬと言っても、竹光ですから」

「ちょっと見たときにばれなければそれでよいのだ。どうだ、できるか」

「はい。それならばお引き受けします。この刀はお預かりいたします。しばらく日にちをいただきますが……」

「できるだけ早う頼む。値はいかほどだ」

「国貞ならば売り値は二十五両ほどですね。それなら、三両いただきます」

「三両？　それは高すぎる。竹光と申すものは竹でできておるのだろう。竹藪へ行けばいくらでも生えておるではないか。それを三両……」

「嫌ならおやめください。よそで安い竹光を買えば、一分もしないでしょう」

「おまえのところの竹光は、そういうものとはちがうと言うのだな」

「竹に銀紙を貼りつけるわけですが、皺が寄らぬように調えるのはもちろん、そこに刃文や鎬筋、三つ頭、樋、帽子などをもとの刀そっくりに表していきます。刀身彫（彫刻）が入っているものはそれも作りますし、ときには銘を入れることもあります。たとえ抜刀しても露見する気遣いはありません」

「そ、そこまでできるのか……」

「はい、竹光屋ですから。もし、できあがった刀をお義父さまに持たせても、おそらくばれることはないと思います」

「見かけはともかく、重さでわかるだろう」

「ですね。芯に鉄の薄板を入れるなどして、少しは重くできますが……」

「いや、そこまでせずとも、見かけさえ真似てくれればよい。――銀の箔は時が経つと黒くなるのではないか」

「なりません」

「なにゆえだ」

「ははは……そこは商いのうえの秘密でございます」

「うーむ……」

「鍔や鞘、柄などをもとのものを使うてよいならば早うできますが、別にあつらえるとなると、鍔師、鞘師などに頼むことになりますので、少し遅うなります」

「いや……もとのものを使うてくれ」

「わかりました。三両でよろしいですか」

「わかった。三両工面しよう。よろしくお願いいたす」

「それでは、手付けをお願いします」

「なに？」

「注文だけして、取りにこない方がちょいちょいいらっしゃいますので、どなたさまにかぎらず一分いただくことにしております」

「い、一分もか」

「嫌ならよそへ……」

武士は懐から財布を出し、いかにも惜しそうに一分を雀丸のまえに置いた。

「これでよいか」

「ありがとうございます。——お腰のものがないとお困りでしょう。これなどはよく似た拵えかと……」

雀丸が武士の持ってきた刀と似た竹光を一本手渡すと、

「うむ、至れり尽くせりとはこのことだな」

武士は頭を深々と下げると、帰っていった。手付けの一分はすばやく加似江が手文庫にしまい込んだ。

（武士が、私のような町人に頭を下げて、武士の魂の偽物(ぎぶつ)を作ってくれと頼む……時世時節というやつだなあ……）

外ではそっくり返って威張っている侍も、裏に回れば商人や職人に頭を下げねばならぬ世の中であった。だが、雀丸はそれがあたりまえだと考えていた。侍は、なにもしていないのだ。なにも生み出さないし、なにも作らない。侍の家に生まれ、刀を差していさえすれば、町人を睥睨(へいげい)して暮らすことができる。それがたとえ竹光であっても、だ。

父の鷹之助が死んで家督を継いだそのときまで彼はまるで知らなかったのだが、藤堂家にはなぜかかなりの借金があった。鷹之助は謹厳実直な人柄で、放蕩(ほうとう)、散財などしている様子もなかったので、まだ丸之助と名乗っていた雀丸は不思議に思ったが、あとできくと、鷹之助は大塩平八郎の救民の想(おも)いに賛同し、あちらこちらから金を借りてそれをすべて飢えた大坂の民にほどこしてしまったらしい。大塩が乱を起こしたときは、挙兵に加担したのではないかと疑われ、取り調べを受けたという。

丸之助が跡を継いだ途端、十数人もの借金取りが入れ代わり立ち代わり藤堂家にやってきては、強談判(こわだんぱん)をするようになった。若い丸之助を御(ぎょ)し易(やす)し、と見たのだろう。朝な夕なに拝領屋敷にやってきては声高に取り立てをする。困り果てた丸之助は、刀を売ることにした。父親から譲り受けた、先祖伝来の名刀である。脇差とともにこっそり刀剣商に売ると、それなりの金になり、借金は返すことができた。しかし、刀がなくては侍稼業は務まらぬ。なにしろ大坂城にあるすべての刀剣や弓矢を取り仕切る役目なのだ。そこで丸之助は、竹光でごまかすことにした。だが、竹光も案外に高い。

(それならおのれで作ればよい)

手先が器用な丸之助は、生まれて初めて竹光を作ろうと試みた。竹を削り、形を整え、銀紙を貼る。たいへん難しかったが、最初にしてはうまくできた。何本か試作していくうちに、次第に腕が上がり、そのうちに本物の刀そっくりの出来映えのものが作れるようになったのだ。丸之助はそのうちの一本を差して日々の勤めを果たしていた。それで困ることはなにもなかった。斬り合いなどするはずもないし、生涯ただの一遍も刀を抜かぬ侍のほうが多いのだ。

あまりに竹光の出来が良かったので、丸之助はだれかに自慢したくなった。もちろん大っぴらには言えぬので、同じく城勤めをしている大坂金奉行配下の金同心大内太郎兵衛にこっそりとそれを見せた。歳が近く、竹馬の友でもあり、腹蔵なく話せる数少ない親友であった。

「これをおまえが拵えたのか」

大内は目を丸くした。

「すごいな。遠目にはまるでわからぬ。たいしたものだ」

「だろう。私もそう思う」

「竹光は、まことは竹ではなく樫の木で作ると聞いたが……」

「そんなこと私は知らぬ。竹光だから竹で作ったのだ。おまえのも作ってやろうか」

大内はしばらく考えてから、

「頼む。俺も刀を売りたいと考えていたのだ」

金同心のとぼしい扶持では暮らしがたたぬのだ。皆、それぞれに内職をしたり、屋敷内に田畑を作ったりしてなんとか口を糊していた。

「うむ。任せておけ」

丸之助は大内の刀をじっくりと検分してから竹光作りに取りかかった。

数日後、出来上がったものを見せると大内は仰天し、

「うーむ……おまえ、これを商売にできるのではないか」

「馬鹿を言うな」

「いやいや……心底そう思うぞ。おまえにこういう才があったとはな……」

と口を極めてほめちぎった。あとで思えば、このとき大内にほめられたことで丸之助は自信をつけたのだ。

あるときまた米の値段が上がりはじめた。飢饉など起きていないのだから、一部の商人たちが堂島の米を買い占めているにちがいなかった。大塩の乱以来、なりをひそめていたそういう手合いが、またぞろ跳梁しはじめたのだ。しかも、買い占めを取り締まるべき町奉行は見て見ぬふりを決め込んでいる。よほどの袖の下をもらっているらしい。丸之助は憤慨した。

米高になると、金持ちはよいが、貧乏人は飢える。大坂の町なかには行き倒れが相次いだ。借金をしてまで民に施しをした父鷹之助を丸之助も真似たかったが、借金だらけである。ない袖は振れぬ。町人の味方であるはずの町奉行所がまったく動かないので、丸之助は思い切って上役である弓矢奉行にも大坂城の米蔵の米を放出するよう進言してみたが、

「そういうことはご城代がお決めになることがらにて、弓矢奉行の務めにあらず」

と一言のもとに退けられた。まあ、それはそうだろうな、と丸之助も内心思っていたが、こうはっきり言われると腹も立つ。彼は、大内太郎兵衛に言った。

「おまえの力で城の金蔵を開けられないか」

「無理に決まっている」

「半分ぐらい千両箱を持ち出してもわかるまい」

「すぐばれるに決まってる」

「だろうな。――そこで、私に思案がある」

「なんだ」

「武器庫の刀をこっそり売り払うのだ」

「それこそばれるだろう」

「いや、竹光と入れ替えておくのだ」

「お奉行の弓矢検めがあるぞ」

「すべての武器を検めるわけではない。お奉行が手に取るものは本物を置いておく。残りを検めるのは私たち下っ端で、お奉行は見るだけだ。ごまかせるだろう」

「大胆というか奇策というか……大丈夫かな」

「私の竹光作りの腕を知っているだろう」

「まあ、そりゃそうだが……。大塩の乱のようなことが起きて、城の弓矢、刀剣類を使うとなったら、さすがに露見するだろう」

「そのときはそのときだ。先行きのことなど知らん。今飢えて死にかけているものを救いたいのだ」

「うーむ……」

決意を固めた丸之助は、その日から大量の竹光作りに取りかかった。のんびりした性格だが、ひとつことに打ち込む性格でもある。刀蔵にある太刀を一本ずつ図面に取る。

材となる竹を買い込み、鉈で割り、小刀で削り、形を整える。細かい溝などを刻み、そこに銀紙を貼っていく。そのとき、髪の毛ひとすじほどの皺もできぬようにするのがコツである。彩色を施し、陰影をつけ、三日ほどかけてようよう一本の竹光ができあがる。五本目を作り終え、それらをまとめて頭陀袋に入れ、城へ持っていこうとして屋敷を出たとき、

「藤堂丸之助さまでおますな」

木綿の着物に博多帯を締め、尻端折りした若い町人が近づいてきた。右手に十手を持っている。ひと目で町方の「若いもの」とわかる。

「さよう」

「弓矢奉行付き与力の藤堂さまでおますな」

「さよう」

内心の動揺を隠しながらそう応えると、

「刀蔵の番をなさっておられる藤堂さまでおますな」

「しつこいなあ。そうだと言っているだろう」

「その袋の中身はなんですやろ」

ぎくり。

「これは……たいしたものではないよ」

「見せてもらえますか」

「お断り」

「たいしたものやないなら、見せてもろてもかまいませんやろ」

「私物だって。他人に見せるようなものではないから」

「どうしてもお見せいただけまへんか」

「くどいなあ」

「では、たってお見せいただきまっさ」

若いものは頭陀袋を摑んで引っ張った。丸之助は奪われまいとして必死に抱きかかえる。若いものは大声で、

「皆、出てきとくなはれ！」

どこに隠れていたのか、数名の男たちが十手を持って現れた。無精髭を生やし、目をぎょろつかせた強面の連中だ。その後ろには、定町廻り同心らしい侍の姿もある。十手を振りかざして飛びかかってくる捕り方たちを左右にかわしながら、丸之助は頭陀袋にすがりついた。町方の捕り方ごときに後れを取る丸之助ではないが、頭陀袋を奪われてはならないという頭があり、思うように動けない。そのうちにとうとう頭陀袋を手から放してしまった。

「旦那、やっぱり中身は竹光だっせ」

若いものが同心に袋のなかを示している。

「ようやった。――弓矢奉行付き与力藤堂丸之助、大坂城の刀剣を掠め取り、勝手に売り買いして私腹を肥やしておること明らかである。それ、召し捕れ！」

同心の下知で前後左右から捕り方たちが襲いかかってきた。うろたえた丸之助はたちまち叩き伏せられてしまった。縄をかけられ、会所に連行され、仮牢に放り込まれる。すぐに東町奉行所定町廻り同心伊藤健三郎による厳しい取り調べがはじまった。伊藤は五十歳をとうにすぎた老練な同心で、峻烈を極める責めで知られていた。下手人に吐かせるコツは、ときかれたときに、

「ひとをひととも思わぬことでござる」

と答えたほどの「鬼」与力として怖れられており、丸之助もその名は耳にしていた。

「貴様はお城の武器を預かる務めをよいことに、刀を竹光とすり替えて売却し、代価をふところせんとしたであろう。貴様がたずさえていたこの竹光の束がなによりの証拠だ。さあ、吐いてしまえ」

伊藤は居丈高に言ったが、

「私は城勤めの侍です。町方役人にかかる扱いを受ける覚えはありませんよ」

町奉行所が扱うのは、町人が関わっている事件に限られている（ただし、浪人は武士とはみなされず、町奉行所の扱いになる）。それゆえ、町奉行所の役人が丸之助を捕縛

することはありえぬはずだった。

「ふははははは……なにも知らぬとみえるのう。貴様は昨夜をもって弓矢奉行より与力の役目を解かれた。ならば、浪人と同じではないかな」

「ええーっ！」

さすがの丸之助も驚愕した。

「弓矢奉行から東町奉行所に報せがあり、貴様を町方で召し捕り吟味してもらってよい、との許しを得ておる。覚悟を決めて白状いたせ」

丸之助は覚悟を決めた。しらを切りとおす覚悟を、である。

「えーと、ですね……この竹光は、城の同僚たちに頼まれて拵えたものです。城勤めといっても内情は苦しいのはあなたもご存知でしょう。おのれの差料を売り払って生計の足しにせねばならぬものも多いのです。私はそういうひとたちに頼まれて竹光を作っただけでして、けっして刀蔵の太刀とすり替えたりしてはおりませんです、はい」

「嘘をつけ！　貴様が刀のすり替えをたくらんでいることは、もともと金同心の大内太郎兵衛殿からの注進により露見したのだ」

「ええええーっ！」

またしても驚愕。丸之助は親友と思っていた男に裏切られたのだ。

「大内殿は貴様とよほど親しいと聞いておる。その言は信用できる」

「いやいやいやいや、大内太郎兵衛は嘘ばかり言うやつで、まるっきり信用のない男です。このまえも、城の地下蔵に迷い込んだとき、太閤秀吉と会った、とか、お稲荷さんの狐が太ると狛犬になるんだ、なんて言ってました。あんな嘘つきの言うことを取り上げるとは、東町奉行所もあとで大恥をかきますよ。刀蔵の刀をすべてお調べいただければ、一本も外に持ち出されていないことがわかると思いますが」

「黙れ黙れ！　どうしても言わぬというなら、言いたくなるようにしてやろう」

　こうして丸之助は「鬼健」からの拷問を受けたが、頑として罪を認めなかった。祖母である藤堂加似江からの嘆願書が提出され、弓矢奉行による刀蔵の吟味で庫中の太刀は減っていないとわかったにもかかわらず、東町奉行柴田康直は丸之助の身柄を天満の牢屋敷にとどめ、鬼健に繰り返し責めさせた。しかし、一旦「しゃべらぬ」と決めた丸之助は、なにをされようと片言隻句も口にしなかった。そのうちにだんだん責めにも慣れてきた。

（なんだ、こんなものか……）

　と思えるようになったのである。町奉行所の拷問は、水責めなどは禁止されており、海老責めや吊り責め、算盤責めといった重い責めはいちいち老中に伺いを立て、その許しを得ぬと行うことができなかったのである。また、丸之助は身許のはっきりした武士であり、並の罪人扱いされることはなかったのだ。

　牢内の環境は劣悪であり、冬の寒さや夏の湿気で病を得るものは少なくなかったが、さいわいにして丸之助はひと月ほどで解き放ちになった。証拠もないし、口も割らないので、町奉行所としても留めておきようがないのである。ただし、久々に自由の身となった丸之助だったが、藤堂家が代々拝命してきた弓矢奉行付き与力の務めも失っており、身分は浪人である。屋敷も大坂城代から預かっていたものだから返納しなければならない。唯一の身内である祖母の加似江を養わなければならず、住処と実入りを早急に確保せねばならなかった。

「ご牢内はどうじゃった」

　ひと月ぶりに対面した祖母が言った。加似江は、つてをたどって裏長屋の住人となっていた。孫の出牢を祝って、手ずから芋の煮っ転がしと油揚げを入れた湯豆腐を作り、少量の酒とともに振る舞った。ささやかな宴である。

「どうということはありません。窓がなく、景色が変わらないので飽きました」

「拷問はきつかったかや」

「それも、どうということはありません。算盤責めや逆さ吊り、鞭打ちなどをされるのかと思うておりましたが、薄い板のようなもので肩や背中を叩くだけなので、そのうちに慣れました。禅寺で座禅のときに警策で打たれるようなものですね」

「ほう……」

加似江は、孫の成長ぶりに目を細め、

「おまえのせいではあるまいが、このひと月で米の値は下がった。このままでは大塩の乱のようなことが起きかねぬと町奉行が買い占めをしている商人に働きかけたのじゃ。商人たちも、打ちこわしに遭ってはなにもならぬと蔵を開けたわい」

「それはよかった」

丸之助はぱくぱくと芋を食べ、酒を飲んでいる。今朝まで入牢していたのが嘘のように落ち着いた物腰である。

「そんなことより、これからどうするかじゃな」

「はい。まずは食い扶持を稼ぐところからはじめねばなりませんが、今の大坂は浪人には暮らしにくい土地です」

将軍家膝元である江戸には武士が多く、浪人の数もまた多かったが、大坂などの地方都市は浪人というだけで怪しきもの、暴れもの、無宿人扱いをされ、町奉行所に常に目をつけられて、息苦しく暮らさねばならなかった。大坂の武士といえば、大坂城や町奉行所、各大名家の蔵屋敷などに勤めるものたちがほとんどで、主取りをしていない侍は数少なかった。彼らは、寺子屋の師匠、学問所の講師、商家や色街の用心棒、剣術指南などをして生計を立てていたが、その暮らし向きは苦しかった。食うに困った浪人のなかには、斬り取り強盗を働くものもいたので、町奉行所が目を光らせるのも当然と言えた。

「それはわしもわかっておる。と言うて、先祖以来住み慣れた浪花の地を捨てるのも惜しい」

「そうですね……」

じつは、丸之助にはすでに腹案があったのだが、祖母には言い出せなかったのである。その案はおそらく、侍としての家柄に執着するであろう祖母には相容れないものではないか、と思ったからだ。しかし、加似江は言った。

「わしに思案がある。——丸之助、侍を捨てぬか」

「え……?」

丸之助は持っていた盃を落とした。

「なんとおっしゃいました」

「侍を辞めようと申したのじゃ。家だのなんだのといったくだらぬものを後生大事に守って、しまいにはこの体たらく。わしもほとほと武家というものに愛想が尽きた。武士の魂とか申す刀も、おまえが拵える竹光に替えたとて、なんの不都合もない世の中じゃ」

「…………」

「徳川家も二百五十年。そろそろ屋台骨が軋み出しておる。これからの世はどんどんと激しく移り変わっていくであろう。そういうとき、武士や公家連中はどうなるかわからぬ。それにくらべて町人や百姓は安泰じゃ。武士や公家がおらずともどうとでもなるが、町人や百姓がおらぬと国は成り立たぬ。今までのように刀を差しておれば扶持がもらえた時代は終わったのじゃ。刀など二百五十年のあいだにとうに錆びておる。すべての刀を竹光に替えてしもうても大事なかろう。そう思う侍がこれからはもっと増えていくにちがいない。——丸之助、侍を捨てて竹光屋にならぬか」

「おお！　お祖母さま、私もそう思うていたのです」

珍しく丸之助も大声を出した。まさか加似江のほうから武士を捨てよと言い出すとは思ってもいなかった。あとになって、加似江は丸之助の意を察して、話がしやすいようにそう切り出してくれたのだと気がついたが……。

「私は此度のことで侍がほとほと嫌になりました。——辞めてもよろしいでしょうか」

ひとの上に立つとか言っておきながら、悪徳商人が米を買い占めて町の衆が飢え苦しんでもなにもしない。当人には一言も告げずに長年の務めを取り上げる。証拠もなくひとを捕えて、ひと月も牢屋に放り込む。無二の親友と思っていた相手に裏切られたことも、かなり堪えていた。

「うむ、わしもそれがよいと思う。おまえの竹光作りの腕があれば、儲かることもなかろうが飢えることもあるまい。そういたそう」

話は決まった。さっそくふたりは、居を移すことにした。裏長屋では大量の竹を使っての作業がやりにくい。浮世小路の端に、なかなかよい古い一軒家を見つけた。加似江は、それまでの貯(たくわ)えをすべて使い、孫とおのれのためにそこを購(あがな)った。「竹光作り」という世間をはばかる仕事を行うには、にぎやかな通りのなかのほうが向いているだろうと考えたのだ。

こうして丸之助は職人となった。武士の証である苗字を捨てると同時に、丸之助のほうも捨てることにした。二度と武士には戻らぬという彼の決意の顕(あらわ)れであった。竹に雀の縁で、雀丸と名乗ることにしたが、皆が「雀(じゃく)さん、雀さん」と呼ぶので、そちらが通り名となった。かくして竹光屋雀丸が誕生したのである。

二

依頼人が帰ったあと、加似江が言った。

「雀丸、そこに座りなされ」

「さっきから座っております」

「揚げ足を取るでない。――おまえは今の世についてどう思う」

「どうって……どうも思いません。粗菜(そさい)であっても三度の飯が食べられて、たまに酒が飲めて、のんびりと気楽に日々を過ごしていけさえすれば満足です。出世する気もないし、妻帯するつもりも当分はありませんし、悠々自適にゆるゆると……」

「じじむさいやつじゃ。たとえおまえがそのつもりでも、まわりがのんびりとはさせてくれまいて」

「どういうことです」

「まえにも申したとおり徳川の屋台骨が腐ってきておるのじゃ。どんなものでも二百五十年も経てば腐ってしまう」

「即身仏は腐りません」

「揚げ足を取るなと言うたであろう！　先年起きた大塩の乱では大坂城代や町奉行、つまり、旗本が鎮圧に当たったが、それはじつに島原の乱以降二百年ぶりのことじゃ。同じ年には越後で生田万の乱が起き、また、メリケン国のモリソン号という船が浦賀や薩摩に現れて、お上や島津家がこれを砲撃した」

　異国の船はそのあともたびたびやってきた。なかには通商を要求するものもあった。フランスのアルクメール号、アメリカのマンハッタン号、イギリスのサマラン号……国内は、わが国の占領を企む異国船を打ち払い、日本の国威を示せ、と言うものと、このままでは諸外国に後れを取るから、すみやかに開国して西洋の進んだ文化を取り入れろ、と言う二派に分かれた。いずれにしても、異国に対する国策を早急に定めて一本化するとともに、西洋式の軍備を研究し、武器を揃え、演習を行って、海防を固める必要がある、という点では両派の考えは一致していた。江戸では何度も大火が起こり、江戸城も焼けた。長い年月、安穏と過ごしてきたこの国の住人は突然立て続けに起きる椿事のつるべ打ちにうろたえていた。

「これからまだまだ大きな出来事が起こるにちがいない。おまえのように太平楽を決め込もうとしても、そうはいかぬだろうのう」

「いやあ、がんばりますよ、私は」

「なにをがんばるのじゃ」

「太平楽を決め込めるようがんばるのです」

加似江は呆れたように茶をひとすすりした。

夜、雀丸は夕飯の支度をした。タケノコの煮物、豆の煮物、蕗の煮物、豆腐の味噌汁という献立だ。慣れているのでさっとできる。
「また煮物ばかりか」
加似江は文句を垂れた。歳に似合わず、脂っこいものが好物なのだ。外に出たときは、豚鍋や鶏鍋などを食べてまわりを驚かす。
「煮物は身体にいいんですよ。それに安くつきます」

「しみったれたことを言うでない」

飯を食べるまえに加似江は酒を飲む。湯呑(ゆの)みに二杯まで、と決めているが、梅干しを肴(さかな)に、くーっ、と息をもつかずに飲み干してしまう。ゆっくり飲まぬと身体にさわる、と言っても、若いころからの習いらしく、やめようとしない。じつはもっと飲みたいのを我慢しているのだが、金がかかるから二杯でおつもりにして飯を食う。

雀丸はといえば、酒は好きだがちびちび飲むのが性に合っている。膳のうえでゆっくり飲んでいると、加似江がいらいらして、

「いつまで飲んでおる。おまえの親はもっと粋な飲み方だったぞ」

「そう言われても、性分ですから仕方ありません」

飯を食べ終えた雀丸が、食器を片づけていると、

「雀丸、飲みたらぬな」

「そうですね」

「『ごまめ屋』にでも行くか」

加似江が言った。そう言われて、雀丸ははっと思い出した。

(そう言えば、植木屋のマッさんに、今夜、ごまめ屋に行くと約束したような……)

「お供します」

ごまめ屋は、浮世小路を北に向かい、土佐堀川(とさぼりがわ)沿い、梅檀(せんだん)ノ木橋(きばし)のたもとにある小さ

な居酒屋だ。ごまめの伊右衛門という板前がはじめた店だが、伊右衛門は歯ぎしりがひどく、「ごまめの歯ぎしり」という言葉から名前をつけた。今は息子の伊吉とお美代という若夫婦が営んでいるが、加似江にとっては先代からの馴染みである。伊吉が、雑喉場や天満の青物市場に毎日通って旬のものを仕入れてくるので、安くて新しいものが食べられるとあって連日常連客で賑わっている。

「ごめんなされ」

加似江が戸を開けたとき、なかから怒声が聞こえてきた。

「どないしてくれるんじゃい!」

見ると、黒い股引をはいた職人風の男が小上がりに毛だらけの臑で大あぐらを掻き、腕組みをして店主の伊吉を怒鳴りつけている。植木屋のマッさんが雀丸に近づいてきて、

「遅かったやないか」

「忘れてました」

「そんなことやと思うたわ」

「なにか揉めごとですか」

「まあな……」

男は、伊吉に向かって唾を飛ばしながら、

「小鉢に虫が入っとるやないか。わしが気ぃついたからよかったけど、食うてしもてた

らどうするつもりや。毒のある虫やったら死んどるとこやぞ」

　伊吉は困り果てた様子で、

「けど……わてがこさえて、そこからここまで運んできたときは、なんにも入ってまへんでしたけどなあ……」

「けど、見てみい。今、入っとるやないか」

「へえ……」

「それともなにか？　わしが入れた、ゆうんか」

「いえ、そんなことは……」

「それやったら店の落ち度やないかい。どないしてくれるんじゃ」

「すぐに作り直してきまっさ」

「アホ！　そういうことを言うとるんやない。もし、わしが食うてたら死んでたかもしれんのやで。落とし前をつけろ、いうこっちゃ」

「お金……だすか？」

「そういうこっちゃ。なんぼ払うのや」

「そうだんなあ……」

　加似江がお美代に、

「なんじゃ、あやつは」

「ときどき来るお客さんですねんけど、いつもああやって因縁つけて、お金をせびりはりますねん」

「そんなやつは客ではないわい！　よし、わしが性根を叩き直してやる！」

「あきまへん、ご隠居さま。相手はごろつきだす。お怪我をなさいます」

「なにを言う。若いころ鍛えた薙刀の腕、歳をとっても腕に歳はとらせぬわ」

　そう言い捨てて男のまえに出ていこうとしたとき、

「おい、そこの虫けら！」

　座敷の奥から声がかかった。太くて低いが、女の声のようだった。居合わせた客がいっせいにそちらを見た。衝立の向こうから現れたのは、歳のころなら三十歳ぐらいの大年増だ。やや太り肉で背も高く、まだ肌寒い日も多いのにだぶだぶした白い浴衣を着ている。鬼の顔を散らした柄で、裾がやけに短く、白い太股が剝き出しだ。右手に脇差を持ち、ずい、と男のまえに進み出た。

「だ、だれが虫けらや」

「おのれや。小鉢に虫が入ってたゆうてほたえとるけど、おのれこそ虫けらやないかい」

　男は立ち上がると、

「お、女のくせにえらそうな口ききさらしやがって……痛い目に遭わすぞ」

　客たちは顔を見合わせて、

「くちなわの……」

「鬼御前……」

そうささやきあっている。女は、目のまわりを赤と黒で縁取り、目じりを高く吊り上げた歌舞伎役者のような化粧をしており、右足を男のすぐまえにどすん！　と下ろすと、

「おもろいやないか。その、痛い目とやらに遭わせてほしいもんやな」

「おお、お望みどおり……」

そこまで言ったとき、いきなり女が男の頬を平手打ちにした。男の顔面は搗きたての餅のように歪み、身体は壁際まで吹っ飛んだ。なにが起きたのかわからず、男は呆然としていたが、

「い、い、い、痛い、痛い痛い、痛いっ！」

急に頬に手を当てて叫びはじめた。嘘ではなさそうだ。その証拠に、顔の右側が真っ赤に腫れている。

「あれ？　あんたがあてを痛い目に遭わせてくれるんやなかったかいなあ。話があべこべや」

「くそっ……！　この女！」

「なんや、まだどつかれ足らんのか。ここで暴れたら店に迷惑かかる。――表へ出え。存分に相手したるわ」

　そう言うと土間へ下り、素足に高下駄を履き、先に立って店から出ようとした。その背中に向かって、男は懐に呑んでいた匕首を抜くと、

「恥かかしやがって……殺したる！」

　いきなり突っかかった。女はそれと察し、後ろを向いたまま身をひねってかわそうとしたが、床が濡れていたのか、下駄がつるっと滑り、その場に尻餅をついた。それを見た男がすかさず、

「死ねっ！」

　刃物を構えてのしかかろうとしたとき、雀丸がそこにあった火吹き竹を摑んで投げた。軽く放ったように見えたが、竹は勢いよく宙を飛び、男の手に当たった。匕首を取り落としたところを女が相手の手首を摑み、ぎゅっ、と握りしめた。

「ぎゃあああ、は、は、放せっ！　ほほほほ骨が砕けるうっ！」

　女が言われたとおり手を放すと、男は土間に転がり、

「くそっ、覚えてけつかれ！」

　そう叫んで店から飛び出していった。客たちは腹を抱えて笑っている。女は彼らに向き直り、ぺこりと頭を下げると、

「お騒がせいたしました。虫けらは追い払いましたさかい、皆さんがた、あとはゆるりと飲み食いしとくなはれ」

客たちはやんやと喝采している。戻ってきた伊吉が、

「ご隠居さんと雀さん、ようお越し」

加似江が、

「たいへんやったな」

「へえ、こういう店してるとしょうがおまへん」

「あの女はどこのどなたじゃ」

「ああ、ご隠居さん、ご存知やおまへんか。天王寺の口縄坂に住んではる、口縄の鬼御前ゆう女伊達だすわ」

「女伊達……女だてらの俠客ということか」

「へえ。ヤクザのなかには素人衆をいじめて金を巻き上げる連中もいてますけど、あのひとは気風のええお方で、子分子方もぎょうさんいとるそうだっせ」

その鬼御前が彼らのほうにやってきた。手には徳利と盃を持っている。雀丸に向かって深々と頭を下げ、

「一丁前の啖呵を切ったのに、えらいお恥ずかしいところをお目にかけました。お助けいただき、ほんまありがとさんでございます」

「ああ……いや……その……」

顔をあげた鬼御前の目はうるんだように輝いていた。

「まあまあ……ええ男はんやこと！　お名前はなんとおっしゃいます」

「雀丸です」

「うわあ、かわいらしい名前。あんた、ええひといてはるのん？」

「いや……独り身ではありますが、えーと……」

「あっははははは……冗談やがな。聞き流しとくなはれ」

「は、はあ……」

鬼御前は雀丸の頬に人差し指を這わせた。雀丸が赤くなって顔をそむけると、

「真面目なおひと。そこがまたええのやなあ」

とろんとした流し目を雀丸に送ったあと、

「おやかましゅうございました」

鬼御前が伊吉たちにそう言うと、加似江が言った。

「あんた、たいした度胸じゃな。ああいう手合いは張り飛ばしてやるにかぎる。わしはこの子の祖母じゃが……まあ、一杯いこか」

「これはこれはお祖母さまでしたか。ええお孫さまをお持ちだすなあ。あてもお近づきになりとおます。ほな、せっかくやさかい盃やのうて、湯呑みでちょうだいします」

「ほお、いける口じゃな」

「酒やったら下酒、上酒問わず、なんぼでもいただきます」

「私も酒好きでは人後に落ちんぞよ」

「あても、お酒でひとに負けたことはおまへんわ」

「面白い。飲み比べといこうか」

「望むところだす」

　雀丸があわてて、

「お祖母さま、それはなりません」

「なぜじゃ、どうしてじゃ」

「お歳をお考えください。お身体にさわります」

「やかましい！　元武士の妻たるもの、勝負を挑まれては後ろを見せられぬ。おまえ、わしが酒で他人に後れを取ったるところ、見たことがあるか」

「いえ……」

「そうであろう。——伊吉、湯呑みをふたつ持て」

「伊吉さん、だめです」

「伊吉、持ってこい」

「だめです」

「持ってこい」

　伊吉は加似江と雀丸を交互に見て目を白黒させているが、とうとう加似江の強引さに負けて、大ぶりの湯呑みをふたつ、小上がりに置いた。

「酒は三升、樽で置いてんか」

鬼御前が言ったので、雀丸は震え上がった。

酒の支度が調い、湯呑みが満たされた。

「雀丸、おまえが行事役をせよ」

加似江が言った。

「雀丸はん、あての飲みっぷり見といてな」

鬼御前は艶然と笑った。客たちは、近頃こんな面白い見世物はない、とふたりのまわりを囲んでいる。こうなったらしかたがない。雀丸はふたりを見比べ、

「それでは飲み比べ……はじめ！」

加似江と鬼御前は同時に湯呑みを手にした。

はじめのうちは互角だった。加似江は家と同じく、くーっ、と一息で飲み干す。鬼御前は、なんとも美味そうに飲む。樽のなかの酒が次第に減っていき、それにつれて、ふたりは酔いはじめた。たがいに一升ずつも空けたころ、いきなり鬼御前が片肌脱ぎになった。酔いがまわって暑くなってきたらしい。白い餅肌が酒のせいで少し桃色がかっている。乳房が見えそうになったので、雀丸は胸から背中のほうに顔をそむけて……驚愕した。鬼御前の背中には、とぐろを巻いた大蛇の刺青が施されていたのだ。赤い舌をち

ろちろ出し入れしながら今にもこちらに飛びかかってきそうなその迫力に、雀丸は腰が抜けそうになった。しかし、鬼御前はかまわずぐいぐいと湯呑みを干していく。

「鬼御前、がんばれ！」

「ご隠居さん、負けるな！」

気楽な見物たちは口々に声援を送る。

「おい、どっちが勝つと思う？」

「そらやっぱり若いほうがよう飲むに決まってるやろ」

「そうとはかぎらんで。年寄りでも大酒飲み、ゆうのもおるはずや」

「ほな、賭けるか。わては鬼御前に二十文張るわ」

「よっしゃ、受けたろ。わてはご隠居に二十文といこか」

時ならぬ賭場が開帳したりしている。

だが、勝敗はあっさりついた。二升を超えたあたりで加似江はこっくりこっくりと舟を漕ぐようになり、ついにはよだれを垂らしながら眠ってしまった。一方、鬼御前は最初と変わらぬ速さで飲み続けている。どう見ても、勝負あった形になった。

「えーと……鬼御前さんの勝ちと決まりました」

雀丸がそう宣言すると、

「くそっ、負けた」

「へへ……二十文出せ」

「それにしてもよう飲む女子やなあ。クチナワやのうてウワバミや」

そんな言葉がかわされるなか、鬼御前は雀丸に抱きついた。

「うわあっ、あんたのおかげで勝ったわ。うれしーっ！」

その勢いがあまりに激しく、雀丸は倒れそうになった。

「また会いたいなあ。会いたい。会おうよ。なあ、あんた……ははははは」

酔っ払いの腕をほどき、小上がりに腰かけさせた雀丸は、伊吉にふたり分の酒代を支払った。

「毎度おおきに」

すっからかんになった財布を見つめながら雀丸はため息をつき、

「お祖母さま、帰りますよ」

「なに？　まだ勝負は……ついとらんぞ！」

寝ぼけている。

「とうにつきました。さあ、立ってください。杖がいりますか」

「年寄り扱いするな！」

そう言って立ち上がろうとした加似江はよろめいて、衝立をひっくり返した。しかたなく雀丸は加似江をおんぶすると、

「では、皆さん、お騒がせしました。これにて失礼します」

そう言うと店を出た。酔っ払いを背負うほどつらいことはない。全体重を預けてくるので重くてしかたない。一歩歩くごとに背骨がみしみしいった。

（お祖母さま……肥えすぎだよな……）

背中からは加似江のいびきが聞こえてきた。雀丸は泣きそうになった。

数日後、雀丸が竹を鉈で割っていたとき、奥から加似江が横歩きで出てくると、

「雀丸、頼みがある」

「なんでしょう」

「『玄徳堂（げんとくどう）』で文旦餅（ぼんたんもち）を買（こ）うてきなされ」

加似江の「頼み」は、「今、手すきか」とか「すまぬが……」とかいった前置き抜きで突然もたらされる。ほぼ命令に等しいが、雀丸はこどものころから「そういうものだ」と思っている。

「いくつです」

「わしが食うだけじゃ。五つでよいわさ」

六十五にもなって餅菓子五つは多いと思うが、いつものことなので逆らったりはしない。もちろん、雀丸に分けてやろう、などという気はなく、みなおのれが食うのだ。雀丸が食べたいときは、ひとつ足して六つ買わねばならぬ。

「あそこの菓子も美味いが、高いからのう」

そう言いながら加似江は手文庫から銭を出して雀丸に渡した。

玄徳堂は津村南町（つむらみなみのまち）、つまり北御堂（きたみどう）の裏手にある菓子屋で、先代は大坂中に知られていた名人だったそうだが、当代もなかなかの腕らしい。

「寄り道はならんぞ。菓子が固（かと）うなる」

「わかってますって」

雀丸は「竹光屋」と書かれた印半纏を引っかけると家を出た。津村南町へ行くには渡辺筋（わたなべすじ）を南へ南へと下っていかねばならぬ。御霊（ごりょう）神社のまえにさしかかったとき、

（おや……？）

雀丸は、ひとりの人物が神社の境内に入っていくのを見た。先日のあの三人の侍のうちのひとりだ。たしか稲沢と呼ばれていた若白髪の男である。思いつめたような顔つきでまっすぐまえだけを見つめており、まわりの様子は気にもとめていないようだった。

（放っておくか。他人（ひと）ごとだ……）

そう思ったが、なんとなく気になった。手拭いで頬かむりをして神社に入る。稲沢という侍は、手水舎（ちょうずや）にもたれ、煙管（キセル）でせわしなくタバコを吸っている。だれかを待ってい

るようだ。雀丸はこっそりとその侍に近づき、奉納されたばかりらしい石灯籠の陰に隠れた。稲沢は吸っては灰を捨て、また詰めては吸い……罰当たりにも足下はまたたくまに灰だらけになった。

「遅い……」

そう呟くのが雀丸にも聞こえた。

しばらくすると、ふたりの武士が足早にやってきた。垂れ目と大鼻……あのときの顔ぶれがそろったわけだ。

「遅いではないか」

「すまぬ。あれ以降、家のものの目が厳しゅうてな、他出するにもいちいち気遣いせねばならぬのだ」

「身どももそうだ。出かけようとすると、どこに行くのです、なにをしに行くのです、だれと会うのです、いつ戻るのです……うるそうてかなわぬ。——で、火急の呼び出しとはどういうわけだ」

「昨日、大津に出向く用があり、途中、矢橋船に乗った。船客のひとりがどこの家中のものか身なりの良い侍でな、歳は五十がらみであった」

「それがどうした」

「その武家の腰のものが、拵えといい、反りの塩梅といい、『荒神兼光』にそっくりだったのだ」

「な、なに？」

ふたりが目を剝いた。

（なかなか面白そうな話だな……）

雀丸は石灯籠の陰から出ると、大胆にも手水舎にそっと走り寄り、水盤の裏側にうずくまった。話をよく聞くためである。

「身どもははやる心を抑えつつその武士に、かかるところで突然お声がけをしてあいすみませぬが、身どもはかねてより刀剣類を愛好いたし、名のある太刀を拝見しては目の保養をしておるもの。ご貴殿のご佩刀、柄から鍔の拵え、鞘の造りなどまさに天下の名刀と拝察いたし、ぜひともひと目お見せいただくというわけにはまいりませぬか……そう声をかけた」

「ふむ。向こうは肯んじたか」

「いや、船中にて刀を抜くわけにもまいらぬゆえ、お断りいたすとはっきり言われた。なれど、身どもも必死だ。船が大津に着いたらいずれかの料理屋に招いて酒肴など差し上げ、その場にて拝見つかまつりたいと懇願したのだが、その武士はわれらと異なり謹厳なる士のようで、主の命にて三井寺に向かう途上にて、そのようなことをしている暇はないとのことであった」

「それはそうだろうな」

「だが、千載一遇の機会、あきらめられぬ。そこで、その侍の耳もとに口を近づけ、たいへん失礼なる申し条なれど、もしちらりとでも拝見させていただければ、金一分差し上げるがいかがでござろうか、と言うてみた」

「うーん、思い切ったな。謹厳なお方なら腹を立てるかもしれぬぞ」

「身どももそう思ったが、こうなったらあとにはひけぬという思いだった。ところがだ、その御仁も声を低めると、そこもとのご熱心には負け申した、そこまで申されるならば、主命の途中ゆえ長くは時を過ごせぬが、わが愛刀、大津にてお見せいたそう、ただし、一両出されよ……とこうだ」

「あまり謹厳ではなかったということだな」

「近頃それがしも手元不如意でな、一両あるとたいへん助かるのだ、なあに、どこの開帳でも拝観料を取るものだからそれぐらいはよかろう……と申される。しめた、とは思うたが、そのとき身ども、ちょうど一分しか持ち合わせておらなんだ。そこをなんとか一分に負けていただけぬか、と頼んだが、それがしも武士、一度一両と言い出したうえからはそれ以下では見せられぬ、と強情だ」

「で、どうしたのだ」

「しかたない。大津での用向きのためにお留守居役より預かったる一両をそれにあてた」

「な、なに？　勝手にそのようなことをして、あとでどのようなお咎め（とが）を……」

「言うな。すんだことだ。身どもはすっからかんになり、茶店で弁当もつかえぬ、みやげも買えぬ。食うや食わずだ。矢橋船の代も払えぬゆえ、船頭を脅してタダにさせた」

「無茶なことをしたものだ。――そんなことより、その刀、見たのだろう。どうだったか早う言え」

「ああ、見た。大津に着船したあと、土手の柳の下で見せてもろうたが……」

「ふむ」

「これが、荒神兼光どころか、似ても似つかぬ鈍刀（どんとう）でな、まんまと一両してやられてしまった。向こうも、おのれの刀がさほどの代物でないことはわかっていたはず。身どもの様子を見て、一両とふっかけたのだ。まんまとだまされた」

「おい……まさかおまえのそのくだらぬしくじり話をわれらに教えるために呼び出したのか」

　大鼻の侍が詰め寄ると、

「身どもはもう嫌になったのだ」

「なにがだ」

「なにもかも、だ。預かり金を勝手に使ってしもうたことで、またぞろお留守居役にどやしつけられた。家内はこどもを連れて実家に戻り、わが親はため息ばかりついて、家督を弟に継がせようかと相談しておる。こんなことになったのは、あの横町奉行と質屋のせいだ。身どもは質屋に行き、主に白刃を突きつけて、刀を奪い返そうと思うておる」

「そのようなことをして、町奉行所に縄目を受けるのは恥辱だぞ」

「それはそうだが、ぐずぐずしておると買い手がついてしまう。質屋のなかでも気概のあるものは、流した質草の買い主はけっしてしゃべらぬそうだ。そうなると、やっかいだぞ」

「そうだな……あの主、口は石のように固そうだ。だれに売ったか、死んでも言わぬだろうな」

「それに、もし買うた客がわかったとしても、そのものが快く売ってくれるとは限らぬ。手放さぬと言うかもしれぬぞ。そもそも二百両で質入れしたのだ。買い戻すにはそれだけの金がいるが、我々には今、そんな大金は逆さにしてもないではないか。今ならまだ、あの刀は質屋の蔵に収まっている。奪い返すなら、今しかない」

「なるほど……」

大鼻と垂れ目はうなずいた。稲沢は、

「このままではわれらに先行きの見込みはない。禄も削られたまま、家中にても馬鹿にされ、妻や身内からも蔑まれ、町人にまであなどられて、肩身の狭き思いをしながら生涯過ごさねばならぬのだ。おまえたちもそんな情けない思いのまま死んでいくつもりか。

身どもは嫌だ。あの質屋を脅してむりやりにでも刀を取り戻してご家老に禄を元通りにしてもらう」

「だが、あの質屋、強情そうだ。白刃を首に突きつけるぐらいでは刀を渡さぬかもしれぬぞ」

「ならば白刃を首に突き刺してやるまでさ。血が滴れば、さすがのあやつも命と刀を引き替えにはいたすまい」

「それでも四の五の抜かしたら……」

「斬る。侍ならともかく、相手は町人だ。町人の分際で武士の魂を金儲けの種にするなど、けしからぬではないか」

「ううむ……」

大鼻と垂れ目はまだ決心がつかぬ様子で、

「たしかに禄は削られたが、家名は残っておる。国許に戻れば肩身は狭くとも家族とともに暮らしていけよう。たとえ町人とはいえ、抜刀して傷つけたことがわかったら、どんなお咎めを受けるかわからぬぞ。ひとつ間違えば切腹ものだ」

「ならば、ひそかにやればよい。夜中に忍び込み、だれにもわからぬうちに盗み出すのだ」

「そんなことができようか……」

「牧田、おまえは手先が器用で錠前を開けるのが得意だったな。土蔵の鍵を開けて、親父殿の羽織袴や先祖伝来の鎧などを勝手に質入れしていたではないか」

稲沢は、鼻の大きな侍に言った。牧田と呼ばれたその侍は、

「たしかにコツさえわかれば錠などたやすく開く。釘かかんざし一本あればよい」

「ならば、あの質屋の蔵の扉も開けられるはずではないか。――どうだ、やるのか、やらぬのか」

「うう……少し考えさせてくれぬか」

「腰抜けめ。身どもはひとりでもやるぞ。うだつのあがらぬ人生を送るのは嫌だ。おまえたちは禄盗人と呼ばれたまま下を向いておどおど暮らせ。身どもは侍これにありと胸張って、商人めらを睥睨しながら堂々生きていく。そのときになって悔やんでも知らぬぞ。弱虫め」

鼻の大きい侍は血相を変え、

「そこまで言われては身どもも引き下がれぬ。おぬしに加担しよう」

「そうか。――鵜川、おまえはどうする」

垂れ目の侍は腕組みをして、

「このままでは、残りの人生はあってもないようなものだな。――よし、やるか」

「それでこそ仲間だ」

三人は刀の鍔を打ち合わせて金打した。固い約定というわけだ。

「だが、質屋は時折、蔵の品物を検分しているはずだ。蔵から刀がなくなっておれば大騒ぎになり、盗みがバレるのではないか」

鼻の大きな侍が言うと、稲沢はにやりとして、

「そこは身どもに考えがある。棚卸しというても毎日行うわけではない。半月に一度だと聞いた。それまでに、荒神兼光の偽物を拵えて、こっそり戻しておくのだ。そうすれば当面は露見するまい。そのあいだにわれらは刀を持って国許に戻ってしまえばよい」

「どうやって戻すのだ」

「ひそかに盗み出せるのだから、ひそかに戻せぬことはあるまい。のう、牧田」

牧田は胸を叩いて、

「よし、なんとかしよう。なれど、刀の贋作など、いかにして作るのだ」

「そこはそれ……よき思案があるのだ。――では今宵、八つ（午前二時頃）にあの質屋のまえで会おう」

「今夜、やるのか」

「善は急げ、と言うではないか」

「うむ、わかった」

えらいことを聞いてしまった、と雀丸は思った。その質屋に報せてやるべきか否か

……だが、どこのなんという店かわからぬ。どうしたものか、と思ったそのとき、無理な格好ではいつくばっていたせいか、右足が滑り、砂利が「ざっ」という音を立てた。

「だれだ！」

　鵜川と呼ばれた垂れ目の侍が刀の柄に手をかけた。雀丸は全身を固くした。

（飛び出すか、それとも……）

　雀丸の足下に、大きな石亀が一匹いた。ここに棲みついているのだろう。雀丸はその亀を指でつついてみたが、ぴくりとも動こうとしない。尻をギュッと押すと、さすがにのそのそと進み出し、水盤の下に潜り込んでいった。

「鵜川、神域だ。刀を抜いてはならぬぞ」

「わかっておる。物音がしたので思わず手をかけただけだ。それぐらいの分別は身どもにも……ひゃああああっ！」

　鵜川という侍は突然、甲高い声を上げた。

「どうしたのだ、鵜川」

「か、か、か、亀だっ！」

「おお、でかい石亀だが……」

「みみみ身どもは亀が大の苦手なのだ。見るだけで寒気がしてくるのだ」

「はははは……なにゆえこんなものが嫌いなのだ。蛇だの蜘蛛だのムカデだのならばわかるが……」

「亀はのろのろしておるではないか。のろいものは怖いのだ」

「うわっははは……のろいものが怖いならかたつむりもか」

「か、か、かたつむりはもっと怖い」

鵜川はよろよろすると、

「すまぬが、一足先に帰らせてもらう」

「お、おい、今夜の約束には来るのだろうな」

「めまいが治っておればな」

「うーむ……それにしても亀ごときで……」

「い、言うな！　今度亀と口にしたら貴様……ああ、身どもも亀と言うてしもうた！」

三人の侍はわけのわからないことを口走りながら鳥居から走り出ていった。

（やれやれ……）

ようよう身体を水盤の陰から起こした雀丸は手についた泥をはたいた。

（まあ、しかたがない。どこの質屋かわかれば教えてやることもできるけど、大坂中に質屋は山のようにあるからな……）

おのれにそう言い聞かせると、雀丸は家に戻った。

「ここな大たわけが！」

帰って早々、加似江の怒声が雀丸の全身に叩きつけられた。

「どこまで菓子を買いに行ったのじゃ。待ちくたびれたわ！」

そりゃあ怒るだろう。玄徳堂に行くと言って家を出てから、もはや一刻（約二時間）ほどが経っているのだ。

「玄徳堂がどこぞに宿替えでもしたのか。それとも、主が菓子をこさえるのをずっと見ておったのか」

「いえ、そういうわけでは……」

「で、どこじゃ」

「——へ？」

「頼んだ文旦餅じゃ。どこにある」

あっ……！

「それがその……残念ながら売り切れておりました」

加似江は雀丸を錐のように鋭い目つきでにらみすえ、

「ふむ……嘘ではなかろうな」

「はい、嘘で……ございます」

雀丸が平伏すると、

「やはりそうか」

「すいません」

「まあ、よい。此度だけは差し許す」

「ありがたき……」

「とでも言うと思うたか！　馬鹿もの！　大馬鹿もの！」

加似江は雀丸の頭をはたきでぽかぽか叩いた。まあ、叩かれてもしかたがない。雀丸は頭を下げ、じっと嵐が過ぎ去るのを待った。やがて、疲れたのか加似江は叩くのをやめた。顔を上げると、加似江は肩で息をしている。

「もうおすみですか」

「これで仕置きの半分じゃ。残りの半分は後刻に取っておく」

そう言って加似江は奥へ入っていった。

イワシの塩焼き、厚揚げの煮物、切り干し大根、シジミの味噌汁という夕餉を調えたので加似江を呼ぶと、ぶつくさ言いながら平らげた。すっかり仕置きのことは忘れているようなのでホッとした。

加似江が寝たあと、雀丸は明日の仕込みとして竹を鉈で割り、小刀で削るなどしていたが、どうも胸のあたりがもやもやする。

（イワシの脂のせいか……）

そうではない。なにか引っかかるものがある。その晩、どうにも寝付けなかったので雀丸は台所の大徳利から茶碗に三杯、盗み酒をした。

翌朝、納豆汁に香の物といういたって質素な朝食を食べていると、加似江が言った。

「どうした、なにか悩みごとでもあるのか」

「いえ……なぜそう思うのです」

「眉が八の字になっておるし、飯を食べながらも気がそぞろではないか」

「そんなことはないと思いますが……」

雀丸は少し考えて、

「じつは昨日……」

雀丸は、御霊神社の境内での三人の侍の会話について加似江に話した。

「馬鹿めが！　なにゆえ昨日のうちにわしに言わぬ」

「いきなり仕置きをされましたので……」

雀丸は箸を置き、

「その質屋に教えてやりたく思ったのですが、どこのなんという店かわからず、あきらめました。そのことが気になっているのだと思います」

「たわけ！　たわけたわけたわけ！」

加似江は向こう三軒両隣に聞こえるような大声で怒鳴った。

「そんなに怒らなくても……」

「たわけじゃからたわけと申したのじゃ」

「なぜ私がたわけなのです」

「質屋の名ならば、横町奉行にきけばわかるであろうに」

「——あっ……！」

「あっ……！　ではない。このまえわしが言うたこと、骨身に染みてはおらぬようじゃな。親切心(ごころ)が足りぬ。少し考えればわかることではないか。おまえに、その質屋を思いやる気持ちがないゆえ、中途半端になる。ひと助けをするならば、よう考えよ」

「申し訳ありません」

「謝るぐらいなら、きちんとせい、抜け作め。仏作って魂入れず……」

「ああ、はいはい、わかりました。とりあえず出かけてまいります」

「どこへ行くのじゃ」

「横町奉行のところへ……」

「うむ、すぐに行け。急げ！」

　雀丸は家を出ると、小走りに天満を目指した。

　横町奉行松本屋甲右衛門の家はすぐにわかった。往来の町人にたずねると、だれでもその居所を教えてくれた。武家だった雀丸には無縁だったが、「横町奉行」なるものは大坂のひとびとにとって身近な存在であるらしい。

天神橋北詰めの一本北側の通りに甲右衛門はひとりで暮らしていた。一軒家ではあるが、古い貸家で、天満随一の米屋として名をはせた豪商とはとても思えない。「横町奉行」という看板や貼り紙がでているわけでもなく、知らなければ通り過ぎてしまうだろう。

「すいませーん」

声をかけると、

「開いてるで。勝手に入ってきて」

「失礼します」

建てつけの悪い引き戸を開けると、狭い四畳半に甲右衛門ともうひとり、でっぷりと太った商人らしき男が向き合って茶を飲んでいた。これなら雀丸の家のほうが広い。

「おお、これは珍客や。雀が向こうから飛びこんできた」

甲右衛門はうれしそうに声を上げ、

「蟇五郎(ひきごろう)はん、このひとが今言うてたわしの跡継ぎや」

「ほほう、えらいひょろっとした、頼りなさそうな若い衆やな。こんなやつに横町奉行任せて大事ないか」

羽織から帯から足袋(たび)にいたるまで高価そうなものばかりを身に着けた男は、巨体を揺らして身を乗り出すと、雀丸をしげしげと見つめてきた。唇が薄くて口が横にやたら長く、目と目が離れていて、ちょっと蟇蛙(ひきがえる)に似た面相だ。

（失礼なやつだな……）

　雀丸はそう思ったが、口には出さぬ。急ぎの用があるのだ。

「跡継ぎになると言った覚えはありません」

「ほな、なんで来たんや」

　甲右衛門が言った。

「あの三人の侍が、荒神兼光という刀を入れた質屋というのはどこです」

「あんた、なんでその話知っとるんや」

　雀丸は、昨日、御霊神社で聞いたことを甲右衛門に話した。

「ほほう、内密の話を立ち聞きするとはますます隅に置けんな」

「立ち聞きではなく、座り聞きです」

「盗み聞くことを立ち聞きと言うのじゃ」

「そんなことどっちでもいいです。質屋の名前を教えてください」

「聞いてどないするつもりや」

「三人の無法な侍が押し込みを企んでいた、と告げてやらなければなりません」

　甲右衛門と太った商人は顔を見合わせてニヤと笑った。太った男は顎の肉を手の甲でこすりながら甲右衛門に、

「まだ年若やが、いけるかもしれんなあ」

「そうじゃろ。わしの目に狂いはないで」

そう言ってから雀丸に、

「なんの関わりもない質屋に『知らせてやらねば』と思う気遣いがあんたにある。そういう心映えが横町奉行にふさわしいのや」

「だから、なりませんって。それより質屋の名を……」

「うむ。望みどおり教えてあげる。炭屋町のな、おけら屋や。わしから聞いてきた、ゆうたら話は通るはずや」

「ありがとうございます」

「けど、そいつらが押し込むと言うとったのは昨日のことやろ。もう手遅れかもしれんぞ」

「だとしても、質屋は盗まれたことに気づいていないかもしれません。では、さっそく……」

「ちょっと待ち。あんた、この一件のはじめからの経緯、聞かせたげるさかい、そこに座りなはれ」

「いや、そんなことをしている暇は……」

苛立つ雀丸に甲右衛門は、

「三人が昨日のうちに押し込んだとしたら手遅れやし、まだやとしたら夜中のことやろ。

落ち着かんかいな」

　言われてみるとそのとおりだ。雀丸は言われたとおりに上がり框に腰をおろした。甲右衛門が茶を淹れてくれた。

「あの三人は、芸州浅野家の家臣でな、蔵屋敷の下役人を務めとる。国詰めでも江戸詰めでもない、大坂での勤めは見張るものがおらんゆえどうしてもたがが緩むもんでな……」

　甲右衛門の話によると、当代の浅野家当主斉粛侯は刀剣類に趣味があり、天下の名刀を何本も所持している。京の古道具屋に荒神兼光があると知った斉粛侯は三百両でそれを購い、大坂の蔵屋敷に預けておいた。参勤交代のおりに引き取ろうというのだ。

　三人の若侍は、家中の目の行き届かぬ大坂の地で羽目を外し、新町に入りびたった。いくらでもツケがきいたので、気がついたときには茶屋への借金が百八十両に膨れ上がっていた。それまでどれだけ飲み食いしても機嫌よく遊ばせてくれていた茶屋の主が、突然ツケの返済を迫った。

「すまぬ。今はないのだ」

「散々遊んでおいて、金がない、では困りますなあ。どないかして払うてもらわんと……」

　返してくれぬと町奉行所に訴え出るという。そうなると蔵屋敷はおろか国許へもその

報せが行くだろう。大小を渡すからそれで勘弁してくれ、と言うと、主は鼻で笑い、

「あんたらのなまくら刀、三人分合わせても二束三文にしかなりまへんわ。冗談もたいがいにしなはれや」

三人は恥を忍んで国許の家族に金を送ってくれと頼んだが、返事はつれなかった。今、三家とも台所事情が厳しく、とてもそちらに回せるような金はない、というのだ。そもそも浅野家では今、財政立て直しのために家老の指揮のもと厳しい倹約令が敷かれており、そんなさなかに大坂の色街で散財した……などという話が聞こえたらとんでもないことになる、びた銭一文送れぬ、という叱責の手紙をまえにして三人は考え込んだ。このままでは縄目の恥辱を受け、勘当を食らうことは必定である。そこで、殿さまが蔵屋敷に預けた荒神兼光をひそかに持ち出し、質に曲げることにしたのだ。

「参勤交代はまだ先だ。それまでに請け出せばよい」

そのあいだになんとか金の算段をしよう、というわけだ。三人は浅野家の蔵屋敷からなるべく遠い、炭屋町の「おけら屋」という質屋に斉粛侯の刀を質入れした。買い値は三百両だったがおけら屋の番頭は二百両しか貸せぬと言う。それでも借金の百八十両はまかなえる。三人は承諾して金を受け取り、茶屋にツケを払った。

「ああ、これでせいせいした。二十両余ったゆえ、これで遊ぼうか」

若いというのは怖ろしいもので、愚かにも三人は残りの金も遊蕩に使ってしまった。

質屋というものは、品物の質入れ後八カ月経ったときから、毎月利を入れていかねばならない。そうしないと質草は質流れになってしまう。二百両の利だからかなり高額である。はじめのうち三人は必死で金を掻き集め、なんとか利を払っていたのだが、ついに払えなくなった。質草が質草だけにおけら屋もしばらくのあいだはその刀を流すことなく、預かったままにしておいたのだが、三人の様子を見ていると、どう考えても元金を払えそうにない。そこで、とうとう流すことになったが、三人は憤った。

「殿からお預かりしている大事の刀を、利が払えぬからといって流してしまうとはもってのほかだ！」

勝手すぎる理屈だが、大名家というのは「大名貸し」といって商人から何万両という大金を借りておきながら踏み倒すことが珍しくなかった。借りたほうが貸したほうよりも身分がうえだから仕方ないのだ。それによって潰れた商人はいくらもある。だから、三人の若侍は、利を入れずに借りっぱなしにしておいても、まさか大名からの預かりものを流すことはなかろうと高をくくっていたのである。しかし、そういうやり口が通るのは田舎だけであって、大坂では話が違った。なにしろ天下の台所だ。商人のほうが武士より威張っていたのである。表向きは武家にへいこらしているが、裏に回ると大坂商人の力はたいへんなものであって、

「侍なにするものぞ」

「ほんまに世の中を動かしとるのはわしら商人や」

「金握ってるやつは将軍さんよりえらいのや」

　そういう気概を持っていた。

　三人は、おけら屋の主を取り巻いて脅したりすかしたりした。それで恐れ入ると思っていたのだが、そうはいかなかった。主は、横町奉行のところにこの一件を持ち込んだのだ。

「なんだ、横町奉行というのは。悪い洒落（しゃれ）ではないのか」

「いや、大坂にはそういう役割のものが代々あるそうだ。町奉行所で扱えぬ案件を有徳の老人が代わりに裁く」

「儲かる仕事なのだろうな」

「いや、一文ももらわぬ。タダ働きだそうだ」

「物好きなやつもいるものだな。そんな裁き、町人同士のじゃれ合いだ。どうせわれら武士にはなんの力もあるまい。放っておけばよい」

「それもそうだな」

　彼らは横町奉行を甘く見ていたのだ。呼び出しにも応じず、昼間から煮売り屋で安酒をかっ食らっていると、横町奉行の使いと名乗る町人が幾度となくやってきて、白洲（しらす）の場に来るようにとうながす。

「白洲にいらっしゃいませんと、申し開きがでけまへん。おのれに都合が悪いお裁きが下されても従わなあかんことになりまっせ」

そんなくだらぬところに行けるか、なにが白洲だ、とののしり、しまいには刀を抜いて追い払った。すると、煮売り屋の主をはじめ、ほかの客たちも、

「横町奉行の呼び出しを蹴るやなんて、とんでもないことだす」

「あとでどないなっても知りまへんで」

「ええい、うるさい！　公儀の役職でもなんでもないものの裁きが武士を縛れるか。われら、うえに立つものに向かってなんたる雑言。斬り捨てるぞ！」

「いや、わしら、親切で言うとりますのやで」

「やかましい。そっちへ行っておれ！」

しばらくするとまた、横町奉行の使いが来て、

「お裁きが下りました。質入れした品は期日を過ぎたので流してよし、とのことでおます。――ほな、わてはこれで」

「なに？　ちょっと待て。待てと申すに……おい！」

使いのものは風のように帰っていった。

「鵜川、もしおけら屋がその裁きを真に受けて刀を流したらえらいことになる。釘を刺しておいたほうがよいのではないか」

「ううむ……そうだな。行ってみるか」

三人は酔ったまま質屋に向かうと主に、

「横町奉行とやらの裁きが出たそうだが、よもや流したりはいたすまいな」

「いえ、買い手が見つかったらすぐに流させてもらいまっさ」

「馬鹿を申せ。われらは承知しておらぬぞ」

「だからこそ横町奉行の手を煩わせましたのや。皆さんもお聞きやろうと思いますけど、流してもええというお裁きで安堵いたしました。元金はおろか利も入れぬものをいつまでも預かっていては質屋は潰れてしまいますさかい……」

「そんなことはさせぬ。たかだか素町人が勝手に下した裁きではないか。なにゆえ武士であるわれらが従わねばならぬのだ」

「横町奉行のお裁きはかならず公平で、武士やからとか町人やからといった依怙贔屓がおまへん。せやさかいだれもが納得しますのや」

「わしらは納得しておらぬ」

「かなわんなあ……。文句があるのやったら、せめて利だけでも入れてもらえますか」

「金はない」

「ほな、流します」

「流したら貴様の首をもらい受けるぞ」

主は首をすっぽんのごとくまえに突き出し、

「やれるもんならやってみなはれ。そのかわり、あんたら三人、並んで獄門だっせ」

三人は返す言葉もなかった。「おけら屋」などとふざけた名前をつけるわりに、この主はなかなか腹が据わっているのだ。

こうして荒神兼光は流されることになった。

三人の行状は、浅野家の蔵役人筆頭から国許の城代家老に伝えられた。すぐに家老の使者として目付役が大坂まで出向き、三人を厳しく叱責した。切腹は免れたものの、それぞれ禄を減らされた。代々にわたって受け継いできた家禄を当代で失うというのは武士としてたいへんな恥辱である。そして、

「刀を取り戻せば、禄は戻してやらぬでもない」

そう言われた。

「あの……刀の代金は……」

金さえあれば買い戻せる。だが、少なくとも二百両は必要である。

「たわけ！　今、家中は倹約令で無駄な出費を一文でも抑えようとしておるところだ。貴様らの失態は貴様らで都合をつけて穴埋めをせよ！」

もっともな話だが、もともとは倹約令が出ているにもかかわらず殿さまが三百両で趣味の刀剣を買ったことがはじまりではないか……と思ったが、もちろんそんなことが口

にできるはずもない。さんざん油を搾られたうえ、家中のものからは嘲（あざけ）られ、親や親族、妻子にまで見放される仕儀となった。

しかたなく三人はおけら屋の主に、刀を安く買い戻せぬかと頼み込んだ。五十両ぐらいならなんとかなる。あとは年にいくらかずつこつこつ返していくから……と談判したのだが、おけら屋は首を縦に振らなかった。

「二百両お貸しした品物を二百両でお返ししては、質屋は一文の利もおまへん。浅野のお殿さまが三百両で購われた品、せめて三百五十両ぐらいでは売りたいと思いまして、今、買い手を探しとります。もうすでに何人か、手を挙げるお方もいらっしゃるようで……」

「それはどこのだれだ」

たずねても、頑として相手の名は言わぬ。それが商売の仁義だと言うのだ。押しても引いてもどうにもならず、ついに頭にきた三人は腹いせに甲右衛門をいたぶろうとしていたところに雀丸が通り合わせた……。

「というわけじゃ」

「なーるほど。よくわかりました。では、私はそのおけら屋に……」

横にいた肥えた商人が、

「あんたひとりでは扱いきれん一件だっせ。あとはわしに任しときなはれ」

太く濃い眉のその男は、蛙に似た脂ぎった顔を雀丸に向けた。

「任しときなはれ、て……あなたはいったいどなたです」

「わしか。わしはな……」

商人は、聞いて驚くな、というような口調で、

「地雷屋蟇五郎というもんや」

その名を耳にして、雀丸は顔をしかめた。

「地雷屋といえば、買い占めや売り惜しみといったあくどいやり口で財を築いた商人だそうですね」

「ほう、ずけずけ厳しいこと言うやっちゃな」

「ごろつきを雇って、邪魔になる同業の商人を潰したり、町奉行所の与力や同心をはじめあちこちに賄賂を贈り、おのれに都合の良いように政をわたくししているとも聞いています」

「わはははは。言うわい。それではまるでわしが腹黒い悪徳商人のようやないか」

「ちがいますか」

「ふっふふふふ……わしが悪徳商人に見えるか」

「――はい。ものすごくそう見えます。どうせお座敷で、きれいな娘の身体をくるくる回して帯を解いてるんでしょう」

蟇五郎は突き出た腹を叩いて大笑いした。

「その腹……まさに私腹を肥やすというやつですね。私は、あなたのように金に物を言わせて道理を捻じ曲げる人間は大嫌いです」

「ふーん、融通がきかんのう」

「融通は、どちらかというときくほうですよ。とにかくあなたに頼るつもりはありません。ひとりでなんとかします」

雀丸は甲右衛門に向き直り、

「横町奉行ともあろうひとが、どうしてこんなやつとつきあっておられるのですか。まさか袖の下を渡されて……」

「あ、アホなことをこれ……」

さすがに甲右衛門は真っ赤になって手を左右に振り、

「そういうのはいちばんあかん。銭金で動くようなもんは横町奉行の座には就けん。たとえ百万両積まれても公明正大でなければならんのや」

「はい、そう信じます。——では、質屋に行ってまいります」

蟇五郎がなにか言おうとするのを甲右衛門は制して、

「うむ、それがよい。すぐに行きなはれ」

「はいっ」

雀丸は横町奉行の家を飛び出した。

三

炭屋町のおけら屋という質屋はすぐに見つかった。名前のわりに大きな店構えで、店のまえで丁稚(でっち)が地面を掃いていた。なかに入ろうとしたとき、

「待ってーっ!」

若い女の声がした。振り返ると、振袖に橙(だいだい)色の小袖を着た武家娘が右手をまえに差し出すようにして小走りに走ってくる。そのまえには子猫が一匹、ちょこまかと駆けている。

(ははあ……飼い猫が逃げたのかな……)

それこそどうでもいいことである。今は大事な用件があるのだ。雀丸はふたたび質屋のほうを向いたが、

「お願いです! その猫、捕まえてくださーい!」

そう言われると、嫌とは言えない性分である。雀丸は、そこにいた丁稚の手から棕櫚(しゅろ)の箒(ほうき)を借りると、子猫のまえにぽーんと放った。猫はその箒を避けようとして、雀丸の手のなかに勝手に入ってきた。それをすくいあげると、子猫は、

「みゃー」

と鳴いた。毛並みは白と黒のぶちである。武家娘は顔を輝かせて、

「あ、ありがとうございます！」

ぺこりとお辞儀をした。

「さっきもらってきたばかりで、まだなついてないんです。捕まえてくださって助かりました」

「もう逃がさないようにしてくださいね」

雀丸はそう言うと子猫を娘に手渡した。小柄で色白のその娘は、丸顔で目が大きく、眉は細い。鼻と唇が小さく、化粧気はないが、走ってきたせいか、頬がほんのり桃色に染まっている。雀丸が内心、ぽやぽん、ぽやぽん……としたとき、ようやくお供らしい男が追いついた。

「お嬢さん、脚速すぎますわ。わし、走って走って……」

「大七（だいしち）、あなたが遅すぎるのです。この方がいらっしゃらなかったら……」

娘はその男となにやら話していたが、

「あの……あの……もしよかったらお礼をさせてくださいませ。近くの茶店でお茶でもさしあげたいのですが……」

「いいえ、それには及びません」

「ご遠慮なさらずに……」

「ちょっと急いでいるのです」

「それではこちらの気がすみませぬ」

「ちょっというか……かなり急いでいるのです」

「そうですか、あまりこちらの気持ちを押しつけてもかえってご迷惑。しかたありません……」

「はい、ではこれにて……」

「あの……せめてお名前とお住まいを……」

「ははは。名乗るほどのものではありません。猫を捕まえただけですから……それでは失礼します！」

　みゃあみゃあと鳴く子猫を尻目に雀丸は、そのままおけら屋の暖簾をくぐった。客はおらず、一段上がったところに格子造りの結界があり、番頭らしき男がむずかしい顔で算盤をはじいていた。

「横町奉行さんのところから参じました。主さんはいらっしゃいますか」

　と声をかけると、

「へえ、主は奥におりますが、ただいま呼んでまいります」

　雀丸の身許をたしかめることもなく、番頭はその場にいた丁稚のひとりに、

「旦さん呼んできなはれ。横町奉行さんのお使いの方、来てはるゆうてな」

「へっ」

丁稚が飛んでいったあと、番頭は、

「今、お茶淹れますよって、少々お待ちを……。おい、おもよ、おもよ!」

下女を呼ぼうとしたので、

「いえ、それには及びません。用が済みましたらすぐに帰らせていただきますので……」

そのとき、店の奥から主人が現れた。三十代半ばぐらいだろうか、まだ若いが風格がある。雀丸の顔を鋭い目でじろりと見て、

「私が主のおけら屋幸兵衛でございます。横町奉行のお使いのお方やそうで……まずは奥へどうぞ」

初対面なのに疑うことなく主みずから雀丸を客間に案内し、上座に着くようすすめた。

「いえ、私はそんな……」

「横町奉行のお使いを粗略に扱うたら罰が当たります」

そう言われて雀丸は、床の間を背に座った。

「なんのお話でございますかな」

「そのまえに、どうして私のことを信じてくださったのですか。嘘かもしれないのに……」

「ははは……大坂で横町奉行の名を騙るやつがいてたら、ど阿呆ですわ。我々町人にとっては、町奉行よりもずっと頼りになるお方だす」

「ふーん……」

「私も、おけら屋ゆう、けったいな屋号を名乗っとりますけど、そのわけは、この大坂でもお金がのうてその日のご飯も食べかねる方がまだまだ多いんだす。働きゃええがな、とおっしゃるかもしれんが、怪我や病気で満足に動けんものもおる。お上はほったらかしですわ。そういうおけらの方々に気軽に使うてもらおうと思て、こういう屋号にしましたんや。せやから、横町奉行のやっておられることは尊いことや、とつねづね思うとります」

「そうですか」

「ほな、ご用向きをうかがいまひょ」

おけら屋幸兵衛が座り直したので、雀丸は三人の侍が夜中に蔵に忍び込んで、荒神兼光を盗み出そうとしていることを話した。

「ほほう……そうでおますか」

幸兵衛は手を叩いて、

「だれかいてますかいな」

「へっ」

丁稚がひとり、廊下に正座している。

「定吉か。四番蔵に行ってな、稲沢さまからお預かりしてた刀があったやろ」

「へえ、なんとか兼光でおましたかいな」

「あれがあるかどうか、確かめてきなはれ」

「へーえー」

丁稚は走り去ったが、まもなく戻ってくると、

「旦さん、えらいこっておます」

「どないしたんや」

「刀がおまへん。帳面にはちゃんと載ってますのやけど……」

「ふむ……わかった。もうええ。あっち行きなはれ」

「へーえー」

丁稚が去ったあと、幸兵衛は言った。

「せっかくのお知らせだすけど、手遅れやったみたいだすな」

「まことに申し訳ありません」

気持ちだ。気持ちが足らなかったのだ。

「いえいえ、それはしかたがない。質屋渡世のものが、預かった品物が盗まれたことに気づかんというのは恥でおますわ」

「…………」

「けど、困ったなあ。わしも、盗まれました、そうですか、ではすまされまへん」

それはそうだろう。

「どうするおつもりです」

「はっはっはっ……」

おけら屋の主は笑いながら首を手で撫でた。

「いまさらあとへは引けまへん。なんとしてでも取り戻さんとな」

「町奉行所に報せるおつもりですか」

「それもよろしいが、縄付きが出てしまいますなあ。あの連中も、国に帰ったら親もおれば嫁も子もいてますのやろ。大坂で盗みを働いたとわかったら、一生を台無しにしてしまいますさかい」

そこまで考えているのか、と雀丸は感心した。

「では、どうすればよいでしょうか」

「あんたやったらどないします?」

「──え?」

「横町奉行のもとで働いてはるなら、知恵を出してみなはれ」

べつに横町奉行のもとで働いているわけではないが、そう言われて雀丸は少し考えた。

「思いつきました」

「早いな。言うてみなはれ」

「私は、竹光を作るのが仕事です。ちょっと見ただけではわからないぐらい本物そっくりの竹光が作れます」

「ほほう、もしかしたら竹光屋の雀丸さんゆうのはあんたのことでおますかいな」

「ご存知でしたか」

「竹光を作らせたら日本一の職人や、ゆう噂を聞きました。それはそれは見事に拵える
そうだすなあ。一度、お目にかかりたいと思とりましたのや」

雀丸は照れて、頭を掻いた。

「これはうれしい。——ちょっと、だれかいてますか」

幸兵衛は手を叩き合わせた。

「旦さん、なんぞご用で」

上の女中がやってきた。

「八百佐に言うてな、仕出しをあつらえなはれ。それと、お酒の支度をな……」

雀丸はあわてて、

「いえ、それには及びません」

「ええやおまへんか。こうなったらどーんと腰をすえて飲みまひょ。雀丸さんとお会い

できるとは思わんかった。それともお酒はお嫌いだすか」

「いえ……いたって好きです」

「ほな、よろしいがな。その知恵、飲みながらゆっくりうかがいますわ」

すぐに料理屋から仕出しが運ばれてきた。箱膳に、鯛の造り、ウナギの蒲焼き、蒲鉾、里芋とタコの胡麻和えなどが並んでいる。

「さあさあ、まずは一杯」

すすめられるままに盃を重ねる。上酒・上燗である。美味い。肴ももちろん申し分ない。あまりの贅沢にボーッとしながら、どんどん飲む。無言で飲み食いしている雀丸に幸兵衛が、

「雀丸さん、ところでその思いつきというのは……」

「ああ、忘れてた」

「ははは。面白いひとや」

雀丸は盃を置くと、

「三人組は、『荒神兼光の偽物を拵えて、こっそり戻しておくのだ。そうすれば当面は露見するまい。そのあいだにわれらは刀を持って国許に戻ってしまえばよい』……そう申しておりました。もしかすると、私のところに贋作作りを頼みにくるかもしれません」

「なるほど……と言いたいところやが、それでは頼みにくるかどうかわからんのをじっと待つことになりますな」

「では、どうしましょう」

すると、幸兵衛は雀丸の耳に口を寄せ、

「……というのはどないだす。ものごとは、商いにかぎらずこちらから攻めていったほうがよろし」

「わかりました。おっしゃるとおりにします」

「私も腹をくくります。ほな、これで話は決まった。あとは……飲みまひょ、飲みまひょ」

雀丸は、大坂商人の豪胆さに舌を巻きながら、

（まあ、なるようになるさ……）

そう思って盃を重ねるのだった。

◇

「またしても遅かったではないか！　もう夕刻じゃ。しかも、酒の匂いがぷんぷんしておる。昼間からどこで食ろうておったのじゃ」

加似江は頭から湯気を立てている。

「いえ、その、なんと申しますか……横町奉行の下知で、おけら屋という質屋に参りますと、酒肴の支度がなされておりましたので、断るのも悪いかと思いまして……」

下知を受けたわけではないが、半分は、まあ嘘というわけでもない。

「みやげはあるのだろうな」

「――へ？」

「まさかおまえひとりが美味いものを食い、美味い酒を飲んできただけ……というわけではあるまい。わしのことも考えてくれたにちがいない。――のう、雀丸」

雀丸は咳払いをして、

「えーと、少しお話がありまして……」

雀丸は、おけら屋という質屋の主と話し合ったことについて加似江に語った。

「ふむ……その質屋、なかなかの知恵者じゃのう」

「私もそう思いました。――というわけで、お祖母さまの身も危うくなるかもしれませんので、しばらくどこかにお隠れいただくとか……」

「たわけ！　わしのことは気にせずともよい。おのれの身はおのれで守るわ」

「失礼しました。そういうおひとでした」

「それよりも、おまえのことじゃ。おまえの面相は、その三人の侍に知られておろう。いかがするつもりじゃ」

「はい。だれかに身代わりを頼もうかとは思っているのですが……」

そこまで言ったとき、雀丸はあることを思いついた。

「よい思案がありました」

雀丸は加似江になにごとかをささやいた。加似江はぽんと膝を叩き、

「うむ、おまえにしては上出来じゃ。では、さっそく行ってまいれ」

おみやげのことは忘れたようで、雀丸はしめしめと思った。

「ご免。竹光屋雀丸殿のお住まいと聞いてうかがった。雀丸殿はご在宅か」

暖簾をくぐって入ってきたのは三人の武士だった。

「ようこそいらっしゃいました。てまえが竹光屋雀丸でございます」

紫色の袋に入れた刀を手にした若白髪の武士が進み出て、

「われらはさる大名家の蔵屋敷に勤めるものであるが、今朝方、この引き札があちこちの蔵屋敷の門番に手渡されたと聞いた。これはそのほうが撒いたものであるな」

武士は一枚のチラシを示した。そこには、「いかなる刀も竹にてそっくりに拵え候。日本一竹光師　浮世小路　竹光屋雀丸」と書かれていた。

「どのような刀も、竹光にて拵えると聞いたがまことか」

「古刀、新刀の別なく承ります」

「元の刀とそっくりに仕上げられるのだな」

「持ってみれば重さでわかりますが、抜いたところを傍目から見たぐらいでは見分けがつきません」

「それは上々。——ここにある一振り、竹光にて作ってもらいたい」

若白髪の武士は、袋の紐を解き、刀を取り出して、雀丸と名乗った男に渡した。

「拝見いたします」

男は両手で捧げ持った刀をゆっくりと抜き、行燈の明かりにかざした。

「ほほう……これは兼光でございますな。それも、荒神……」

「しっ！」

若白髪の武士は唇に人差し指を立てると、

「いらぬことは言わぬことだ。命が惜しくば、言われたとおりに竹光を拵えろ。よいな」

「かしこまりました。ただし、この刀なら三百両はするはず。竹光代として二十五両いただきますが、よろしゅうございますか」

「二十五両だと？　馬鹿を申せ。それだけあれば竹光どころか、新品の銘刀が買えるわ。身どもの腰のものは三両もせぬのだぞ」

「嫌ならよそにお頼みください」

左右からふたりの侍が若白髪の武士の袖を引き、小声で、

「……ではないか」

「そうだそうだ。ここは頼んでおいて……」

「……にすればよい。見たところ、たかだか……の町人だ」

若白髪の武士もうなずき、

「わかった。では、二十五両支払おう。なれど、出来映えが悪かったならば一文も出さぬぞ」

「こちらも商いでございます。お気に召さぬときはお代はいただきませぬ」

「だが、今は持ち合わせがない。できあがったときでよいな」

「もちろんでございます。ですが、手付けを一分、いただけますか」

「一分か……一分……うーむ……」

またしても左右から、

「払っておけ」

「それぐらいは出さぬとまずいぞ」

若白髪の武士は惜しそうに財布から一分を取り出すと、主に手渡した。

「幾日でできる。急いでおるのだ」

「もとの柄や鞘、鍔などを使うてよろしいなら、そうですね……五日いただきます」

「それは困る。三日でやれ」

「そうですか。それでは三日でなんとかいたしましょう」

「きっとだぞ。三日ののちには取りにまいるからな。もし、約束をたがえたら……」

若白髪の武士は刀の柄をぽんぽんと叩き、

「貴様の素っ首がなくなると思え」

「はいはい。毎度おおきに」

男が頭を下げたとき、表から暖簾をくぐってひとりの武士が入ってきた。鼻の横に大きなほくろがある。彼は、三人組を横目で見ると、

「雀丸殿はご在宅か」

「私が当家の主、雀丸でございますが……」

「なにを申す。それがし先日、雀丸殿にお目にかかったが、そなたではなかったぞ」

「いえ、そう申されましても、私が雀丸にちがいございません」

「では、それがしが刀を預けた、先日のあの御仁はだれなのだ。まさか、刀を騙り取ったのではあるまいな」

そばで聞いていた三人の侍がざわつき出した。

「様子がおかしいぞ」

「うむ。ここは出直したほうがよさそうだ」

「おい……その刀を返せ」

垂れ目の侍が荒神兼光に手を伸ばそうとしたが、雀丸と名乗る男は刀を抱え込み、

「そうはまいりません。一度お預かりしたのですからお返しできません」

「質屋のようなことを申すな！」

「へへへ……この刀、質流れの品やおまへんのか」

「——なに？」

三人の侍の顔色が変わった。

「貴様……なにものだ」

「わたいだっか。わたいは『嘘つきの夢八』ゆうもんだす。以後、お見知りおきを……」

「新地で聞いたことがある。夢八と言えば、七法出の芸人ではないか。——貴様、武士をたばかったな」

「たばかるのがわたいの仕事だす。なにせ嘘つきだっさかい」

「うう……許さぬ！」

三人は一斉に抜刀した。そのとき奥から雀丸が現れた。

「昼日中から刀を抜くなんて、無法なことをしますね。近所迷惑ですよ」

呑気な言い草だが目は笑っていない。

「出たな、おまえが雀丸か」

「この前、身どもらのじゃまだてをしたやつではないか」

「貴様も、その芸人も斬って捨ててやる。覚悟いたせ」

あとから入ってきた侍は、経緯がわからず呆然としている。

「皆さんがお殿さまから預かった刀を質入れして、横町奉行の裁きでそれが質流れになってしまったので、おけら屋の蔵にこっそり忍び込んでその刀を盗み出したことはもうわかってます。偽物を作ってこっそり戻しておけばしばらくはバレないだろうから、そのあいだに国許に逃げてしまおうと思ったのでしょう。たぶんうちに贋作作りを頼みに来ると思って待っていましたが、案の定でしたね」

そう言うと、雀丸はその場にあった作りかけの竹光のうちから一本を手にした。

「稲沢、鵜川、こやつなかなかできる。油断するなよ」

鼻の大きな侍があとのふたりに声をかけ、刀を正眼に構えた。

「わかっておる。土手で痛い目に遭うたからな」

「あのときは油断していたのだ。此度はそうはいかぬぞ」

「三人で一斉に斬り込めば……よいか、参るぞ。ひのふの……三つ！」

三人は息を合わせて斬りかかってきた。しかし、彼らは夢八のことをまるで警戒していなかった。夢八の手から礫が三つ投げつけられ、三人の武士に命中した。ことに牧田という鼻の大きな男の鼻を礫が直撃し、牧田は鼻を押さえてその場にうずくまった。

「うおおお……鼻が……鼻が……身どもの鼻が……」

その頭頂を雀丸は竹光でカツン！　と一撃した。牧田は伸びてしまった。

「くそっ……！」

若白髪の侍——稲沢が刀を振り回しながらしゃにむに突進してきた。雀丸が誘うようにして一歩しりぞくと、稲沢は吸い込まれるように一刀を浴びせてきた。雀丸が竹光で受けると、半分ぐらいのところですっぱりと切れてしまった。

「ぐふふふふ……やはり竹は竹だな。本物の刀とは比べものにはならぬまがいものだ」

「そうですかね」

雀丸は半分になった竹光を捨て、もう一本を手に取ると、いきなりその先端を行燈に突っ込んだ。竹が燃え、松明（たいまつ）のようになった。雀丸は燃え上がる竹光を槍のように構えて稲沢に突っ込んだ。

「うわっ、無茶するな……熱（あ）ちちちち！」

衣服に火が燃え移り、ぶすぶすと煙が上がりはじめた。それを消そうと必死になる稲沢に、

「そこの手桶（ておけ）に水がありますよ」

稲沢は手桶の水を頭からかぶった。じゅっ、と音を立てて火は消えた。稲沢は、ほっと安堵の息を吐いた。

「どうです、竹光も使い方次第でしょう」

「うるさい！」

怒鳴ったあと、おのれに注がれている視線を感じた稲沢は、奥から顔をのぞかせていた加似江と目が合った。どうやら見物に出てきたらしい。

「ババア、そこを動くな！」

稲沢は土足で上がり込むと、加似江に襲い掛かった。雀丸は舌打ちして、

「お祖母さま、危ないから出てくるなとあれほど言ったのに……」

稲沢は白刃を加似江の喉に突きつけると、

「ふっはははは……これでこちらの勝ちだな。このババアの命が惜しくば、二百両……いや三百両支度いたせ。さもなくばこやつの白髪首……うきゃあっ、なにをする！」

加似江が稲沢の手に嚙みついたのだ。稲沢は太刀をその場に落とした。

「このたわけがっ！　だれがババアじゃ。貴様のほうが白髪であろうが。わしはまだまだ黒いぞ！」

「こ、こ、このババア……」

太刀を拾い上げた手にはくっきりと歯形がついている。ブチ切れた稲沢が加似江を一刀のもとに斬り捨てようと刀を振り上げたとき、加似江ががら空きになったその脾腹（ひばら）に鉄拳を叩き込んだ。稲沢は、うぐ……と呻（うめ）いてその場に倒れた。

だが、その騒ぎに雀丸と夢八が気を取られている隙に、残ったひとり、鵜川が荒神兼光を引っ掴んであっというまに表から外へと飛び出した。

「しまったあ……！」

雀丸は裸足で土間へ飛び降りると鵜川を追って走った。家を出て左右を見渡すと、刀を抱えた鵜川が浮世小路から渡辺筋を北へ向かうのが見えた。おそらく肥後殿橋を渡って芸州浅野家の蔵屋敷に逃げ込もうというのだろう。そうなると厄介である。刀が浅野家の屋敷内に入ると、町人には手が出せなくなってしまう。雀丸は死ぬ気で走ったが、鵜川の脚は速く、みるみる引き離されていく。

ところが、肥後殿橋の中途で鵜川の脚が止まった。橋の真ん中にずぼと立った人物がいる。相撲取りのように太った町人である。

「来ると思て張ってたら案の定やったな。――ここは通さんぞ」

「な、なにやつだ」

「地雷屋蟇五郎。その刀、こちらへもらおか」

「なんだと？」

「あんまり商人をなめとると、大坂におられんようになるぞ」

「うるさい！　そこをどけ！」

鵜川は刀を抜き払った。橋を渡っていたものたちが蜘蛛の子を散らすようにいなくなった。

「斬られてもよいと申すか」

「死ぬのは困る。けど、大坂のためやったら怪我ぐらいはしてもええな」

ようよう追いついた雀丸は、その言葉を聞いて首をかしげた。

（地雷屋……悪徳商人だと思っていたけど……）

ひとの評判というのはあてにならぬものだな、と彼は思った。

「ほざけ！」

鵜川が斬りかかろうとしたとき、横合いから、

「ちょっと、あんた。なにでしゃばってるんや」

口縄の鬼御前が、物干し竿のように長い刀を肩に乗せて現れた。蟇五郎は嫌な顔をして、

「おまえか。そっちこそあいかわらずのでしゃばり女やな。ここはわしの見せ場や。すっこんどれ」

「そうはいかん。あては甲右衛門さんに頼まれて来とるんや」

「わしかてそうや。あの隠居、ふたりに声かけるやなんてどういうつもりなんや」

「あのな、あては雀丸さんに恩があるのや。その恩を返さなあかんさかい、あんたは黙って見とき」

鬼御前は蟇五郎の胸をどんと突いた。

「なにをする！」

「じゃかましい！　蟇五郎か蝦蟇五郎か知らんけど、あての邪魔する気やったらまずはあんたから片づけたる。檻に入れて、上からぎゅうぎゅう押さえつけて蝦蟇の油搾り取ったろか。それとも大八車で轢いてぺしゃんこにしたろか。井戸に放り込んで生涯上がってこれん、井戸のなかの蟇蛙にしたろか。どないや、このボケ、カス、河童！」

「か、河童……！　一番言われたないこと言いやがって……」

　どうやら蟇五郎のほうがかなり分が悪いようである。

「おい、揉めごとはあと回しにしてくれ。身どものことはどうなるのだ」

　痺れを切らした鵜川がそう言うと、

「待たせたな。このあてが……浪花一の女伊達、ひと呼んで口縄の鬼御前が相手することに決まったさかい、安堵せえ」

「なにも心配はしておらぬ。――行くぞ！」

　鵜川は荒神兼光を橋のうえに置くと、刀を振りかぶり猪のように真っ向から向かってきた。

「うおおっ！」

　振り下ろされた太刀を避けようともせず、

「おうさっ！」

鬼御前は鞘ごと摑んだ長刀を凄まじい勢いで突き出した。刀の鐺が鵜川の喉仏を直撃し、鵜川は口から泡を吹いて、よろよろと肥後殿橋の欄干に倒れかかると、そのまま橋の下へ墜ちていった。激しい水音がして、水しぶきが高々と上がった。雀丸がのぞき込むと、鵜川は川のなかで両手を上げ、

「たす……たす……ごぼがばごぼがば……」

衣服を脱いで飛び込もうとした雀丸に鬼御前が言った。

「あんたは行かんでええ。寒いし、風邪引くで」

「でも、助けないと溺れてしまいますよ」

鬼御前は蟇五郎に、

「あんた、行き」

「なんでわしが……」

「ええから！　はよせんと死んでしまうで！」

「アホか！　大商人がそんな真似でけるか！」

結局、鵜川は蔵屋敷の人足たちに引っ張り上げられ、一件落着となったのである。荒神兼光を手にした雀丸は鬼御前と地雷屋蟇五郎に頭を下げ、

「どうもありがとうございました」

蟇五郎は、

「なんの。横町奉行に手を貸すのはあたりまえや」

鬼御前が蟇五郎をにらんで、

「あんたはなんにもしてへんやないの。したのはみーんなあて。なあ、雀丸さん」

「わかっています。鬼御前さんにもお世話をかけました」

「こないだの恩返しやねん。気にせんといて」

「ではこれで恩返しは終わったということで……」

「なに言うてんの！　あんたに受けた恩はこんなもんではすまへん。もっともっと……もーっと返さんとあきまへん」

「はあ……」

「それはそうと、あんた、今この蟇蛙が言うてたけど、横町奉行と関わりがおますのか」

「えーと……ちょっと……」

蟇五郎が、

「この御仁はな、横町奉行を継ぎはるのや」

「えええっ！　そやったんか。それを早う言うてえな！」

鬼御前は雀丸の背中を平手で叩いた。

「いや……まだ、そうと決まったわけでは……」

「あても横町奉行には深い関わりがおますのや。あんたとはこの先長いおつきあいになるよって、よろしゅうお頼(たの)申します」

鬼御前はしなを作った。

「あの……ひとつおたずねしてもいいですか」

ふたりは同時に、

「なんなりと」

たがいににらみあって、

「今のはわしにきいたのや」

「ちがいます。あてに、ですわ。なあ、雀丸さん」

「どっちやねん、雀丸さん」

「どっちやのん、雀丸さん」

「さあさあ」

「さあさあ」

詰め寄られて雀丸は閉口し、

「おふたりにおききしてるんです。どう考えても私より甲右衛門さんのほうが横町奉行の任に合っているのに、なぜあわてて跡継ぎを決めなければならないのです?」

ふたりは顔を見合わせた。

「それは……ちょっと言いにくいなあ」

鬼御前が言った。

「もうひとつ、私は、横町奉行は隠居したお年寄りがやるものだと思っておりました。どうして私が声をかけられているのでしょうか」

蟇五郎が、

「今度のことでもわかったやろ。近頃は年寄りでは扱いきれん案件が増えとるんや。昔は横町奉行の権威ゆうたら西町、東町を合わせたよりもうえや、と言われとった。横町奉行が一度こうや、て決めたら、皆、不平も言わず納得したもんや。裁きに従わんもんなどひとりもおらんかった」

鬼御前があとを引き取って、

「ところが今は、横町奉行に逆ねじをくわせたり、ましてや仕返ししたろ、とかいうやつが出てきよった。これからは町人と侍のあいだの揉めごとが増えていくやろ。そういうときには若いもんのほうがええのや。——な、横町奉行になっとくなはれ」

「そやそや。なりなはれ。いや、なってもらいたい。それが大坂のためや」

「うーん……」

雀丸は腕組みをした。

◇

半刻ほどのち、雀丸は天満の松本屋甲右衛門の家を訪れた。表から声をかけても返事がないので戸に手をかけると、すっと開いた。なかに入ると、甲右衛門は布団に横になっていた。枕もとには薬を煎じたと思われる土瓶が置かれていた。

「甲右衛門さん」

甲右衛門は目を開け、雀丸が来ているとわかるとあわてて飛び起き、薬を隠そうとした。

「ご病気だったのですね。気づかず、申し訳ありませんでした」

「いや……いやいやいや、たいしたことはないのや。――で、どないやった。始末はついたかいな」

「はい。甲右衛門さんの手配りのおかげでとり逃さずにすみました。私たちだけでは刀を持ち去られるところでした」

「横町奉行は家のなかにおるだけやが、手足となって働いてくれるものがおらんと、厚みのある裁きはできん。下調べやら双方の言い分の裏を取ることも肝心や」

「それがあのふたりですか」

「そういうこっちゃ。地雷屋は世間では悪徳商人のように言われてるし、当人もそのように振る舞うとるけど、そのほうが陰で動くのに都合がええのや。口縄の鬼御前は侠客だけあって世情の裏側をよう知っとる」

「なるほど……」

「もうひとりおるのやが、それはまた今度引き合わせるわ」

「はあ……」

「芸州浅野家はあの三人を国許に戻して叱責のうえ、隠居させるやろな。若いのに気の毒やが、おのれらが蒔いた種やからしかたないわ」

「荒神兼光はどうなりますか」

「たぶん……浅野家がおけら屋から買い戻すやろ。浅野の殿さまとしては高い買い物についたけど、あの刀の値打ちから考えたら損にはならんはずや」

「それはよかった。万事丸く収まるわけですね」

「そのとおり。わしがいつも心がけとるのは、満月のような丸ーい裁きや。欠けとるところがひとつもない。勝ったほうも負けたほうも、関わった皆がなるほどと得心する……そういう裁きを目指さなあかん。なかなかむずかしいことやけどな」

「なるほど」

「なんにしても、横町奉行になってはじめての事件にしては上出来やった。わしの目に狂いはなかったな」

「いや……私は横町奉行になったわけでは……」

「ええか、横町奉行の一番大事な心得はな、『横町奉行の裁きは公正にして迅速なり』……これやで」

聞いてない、と雀丸は思った。甲右衛門の話はそれから一刻ばかり続いたのだった。

三すくみ勢揃いの巻

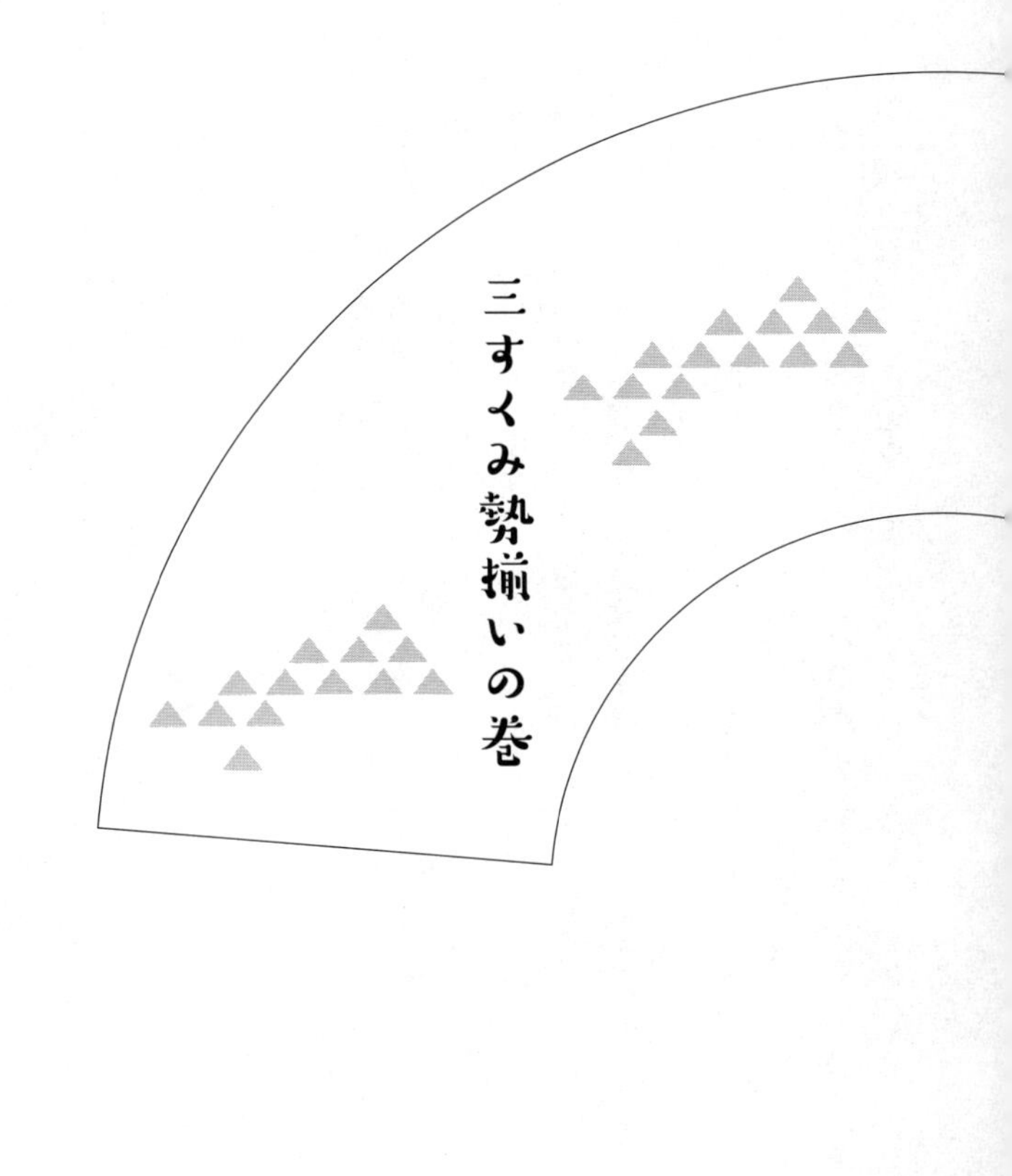

一

早朝の八軒家(はちけんや)は、伏見(ふしみ)から到着した夜船から降りてくる客でごった返している。三十石からひらりと歩み板に飛び降り、おっとと……とよろけながら浜への石段を身軽に上がっていくのは、歳(とし)の頃なら二十二、三、振り分け荷物を肩にかけ、背中には風呂敷で包んだなにかを背負っている。手甲脚絆(てっこうきゃはん)、紺の股引(ももひき)に草鞋(わらじ)を履き、腰には長い道中差(どうちゅうざし)をぶちこんだ若い衆だ。手には三度笠(さんどがさ)を持ち、縞柄(しまがら)の道中合羽を羽織った姿は、どこから見ても渡世人と知れる。

鼻が高く、先端が鉤(かぎ)のように曲がっている。鷲鼻(わしばな)というやつだ。

「江戸とちがって、大坂って土地は、なんだかこうあか抜けねえな」

いっぱしの口をききながら、往来の真ん中をわざと大手を振って通る。世間をはばかる無職(ぶしょく)渡世の彼らは本来、道の端っこを歩くものだが、なにしろはじめての浪花(なにわ)の地である。

「大坂は商人の町でこっちとはちがった活気がある。呑まれちゃいけない。呑んでかかれ」

それが、江戸を発つときに親分から授かった言葉だった。

「ふん、こちとら天下御免の江戸っ子でえ。将軍家のお膝元でおぎゃーと生まれたんだ。上方の贅六になめられてたまるもんけえ」

長脇差の柄を景気よくぱんぱん叩くと、その若い旅人は行き交う人々をいちいちねめつけながら、谷町筋を南へ南へと下っていく。いかにも慣れた風だが、じつはなにもわかってはいない。大坂ものに馬鹿にされぬよう見栄を張っているだけなので、内心はびくびくものである。

「ああ……腹が減ったなあ……」

昨夜、伏見の船宿で拵えさせた握り飯を、三十石のなかで食べたきりだ。下り船が京から大坂に至るにはだいたい三刻（約六時間）かかる。そのあいだずっと揺られているので、やたらと腹が減るのだ。天満に着いたらすぐに朝飯を食おうと思っていたのだが、江戸や東海道と上方では料理の名もちがうし、注文のだんどりもまた異なる。昨日の昼間、京のうどん屋に入り、

「蕎麦はねえのか」

「うちはうどんしかおへん」

「ちっ、しかたねえな。じゃあ……かけをくんな」

と言うと、店の主が笑いを嚙み殺しながら、

「なんとおっしゃいました？　カケオクンナてなんどす？」

「かけだよ、かけ。わかんねえのか」

「すんまへんけど、うちの品書きにはおへん」

「ねえわけねえだろ。かけだよ、えーと、上方じゃあなんてんだ」

「あんたの言うてはるのは、もしかしたら博打のことどすか」

「な、なんだと？」

「あんた、博打打ちどすな。それで、賭け、賭けおっしゃるのや」

「なにわけのわかんねえこと言ってやがんでえ！」

腹を立てて店を飛び出したが、ああいう恥をかくのはもうご免だ。

「まあ、いいや。住吉街道に出たら茶店で団子でも食って、先に親分の用件をぱっぱっとすましちまおう。飯はそのあとゆっくり食えばいいや」

若者はぐうぐう鳴る腹をなだめながら、妙に勢いよく歩き出した。

この男、名前を勘吉といい、江戸は根津神社近くの百姓のせがれだが生来の博打好きで勘当を食らい、数年まえから土地の大親分根津の大五の盃をもらった。おっちょこちょいだが、なにごとにも一生懸命なので、大五からも目をかけられていた。今度の旅

は、先年、大五とよそのヤクザとのあいだに出入りごとがあり、双方、数人が手傷を負った。江戸町奉行所の顔を立てるため、大五は四、五人の子分を連れてしばらくのあいだ草鞋を履くことになった。久々の旅だというので上方にも足を延ばしたが、そのとき、住吉大社にお詣り（まい）をして、子分ともども首尾よく江戸に戻れますように、と道中の無事を祈願した。その後、江戸町奉行所から、ほとぼりも醒（さ）めたゆえ戻ってきても差し支えない、との書状が届いたので、全員無事に江戸の土を踏むことができた。

根津の大五は勘吉を呼び、

「おめえもそろそろひとり旅をして男を磨いていい頃合いだ。わしの名代（みようだい）として大坂の住吉大社に参詣しろ。願ほどきにこの脇差と金子（きんす）を奉納してくるんだ。いいな」

勘吉は、赤い袋に入れた脇差を絹の風呂敷に包んでしっかりと背負い、胴巻きには親分から預かった金子をしまってこれもしっかりと腹に巻き、ようよう大坂までやってきた……というわけなのだ。今日のうちには役目も終わるだろう。あと少しの辛抱だ。多少の空腹がなんだというのだ。首尾よく代参が果たせたら、ここを先途とさんざん飲み食いしてやろう。そんなことを思いながら、高津宮（こうづのみや）の見える南瓦屋町（みなみかわらやまち）のあたりまでやってきた。

ここは俗に野漠（のばく）と呼ばれ、二百年来瓦作りのために土を掘り続けたので、大きな擂鉢（すりばち）のような窪地（くぼち）になっている。昼間でも人通りが少ない、寂しい場所である。谷町筋沿いはともかく、一本裏通りに入ると晴れていても地面はつねにぬかるんでおり、転ぶと泥だらけになるのを覚悟しなければならない。左右に並ぶ長屋も、戸の代わりに筵が下がっていたり、屋根が陥没していたり、見ているだけで気持ちが落ち込んでくる。

「おう、見慣れん面やな。余所もんがこんなとこに迷い込んできたのが身の因果や」

一軒から出てきた赤ら顔の男が右の手のひらを勘吉に差し出した。なんのことかわからず、勘吉がきょとんとしていると、

「この長屋に来た余所もんは場所代を出すのがきまりなんじゃ。十文出せ」

めちゃくちゃな理屈だが、十文というのが情けない。

「おう、おめえ、俺がヤクザだとわかって強請ってるんだろうな。命知らずもほどほどにしやがれ」

勘吉がすごむと、

「おのれがヤクザやろうが盗人やろうがわしらの知ったこっちゃない。腹減ってんねん。銭出さんかい」

「怪我ぁしても知らねえぜ」

「怪我したかて、十文もろたほうが得や」

勘吉は怖くなってきて、向こうの言いなりに十文支払った。途端に赤ら顔の男は相好を崩し、

「おおけに、おおけに。これで四日ぶりに飯が食えるわ。どこ行くのか知らんけど、道中気ぃつけて」

屋台のうどんや蕎麦でも十六文である。十文で食う四日ぶりの飯……考えただけで勘吉は気持ちが沈んできた。もし、彼が親分から預かった大金を懐中しているとわかったら、なにをされるだろう。こんなところはすぐに抜け出すにかぎる。そう思って足を速めた勘吉だったが、

「おや……？」

つま先がなにかにがっしと刺さったのである。下を向くと、足下のぬかるみのなかになにやら茶色い布袋のようなものがある。財布のようにも見えた。立ち止まって、拾おうかと思ったが、

（どうせゴミだろう。指を汚すだけ損だ）

そう思って行き過ぎた。しかし、数歩歩んだところで思い直した。

「もし財布だったら、少しでも金が入ってるかもしれねえ。天下通用のお宝をこのままにしておいちゃあバチが当たるぜ」

勘吉はしゃがみ込み、顔をしかめながらその布袋をつまみ上げた。ずっしりと重い。悪臭に辟易（へきえき）しながら長屋の井戸端まで行き、壊れかけた桶（おけ）の水をぶっかけて洗った。たしかに財布のようだ。紐（ひも）をほどき、なかを検（あらた）める。勘吉はぎょっとした。小判が三両と

小粒銀、それに鐚銭がいくばくか入っていたのだ。

雀丸は、浮世小路にあるおのれの店をぽい、と外に出た。あいかわらずぼーっとした顔つきだ。

(いい天気だなあ……)

昨夜は御霊神社近くの寄席で講釈を聴いて、そのあと顔見知り数人と「ごまめ屋」で遅くまで飲んだので、家に帰って寝たのは明け方だ。

(面白かったなあ、きのうの講釈。「大岡政談」と「佐倉義民伝」、それに、えーと、なんだっけ……)

早朝の風はまだ冷たいが、それがかえって心地よい。

(目が覚めたような気がする。なんかさっきまで眠たかったからなあ……。あ、そうだ。まだ今日起きてから顔洗ってなかった。——ま、いいか。外出てしまったし、明日の朝洗おう)

浮世小路は夜のほうが賑わう町ではあるが、朝のうちも人通りは多い。質屋のまえを掃除する丁稚、朝風呂へ通う年寄り連中、仕込みのための餅つきに余念のない餅屋……仕事まえの朝稽古か、下手くそな浄瑠璃が稽古屋の窓から聞こえてくる。そんななかを雪駄履きの雀丸は梅檀ノ木橋筋を北へ折れる。

(顔なんか、何日かに一遍、まとめて洗えばいいんじゃないのかな。洗わないとなにかまずいことでもあるだろうか……)

この一角には大坂銀座があり、そのなかに「銅座役所」が設けられている。道頓堀を中心に十七軒の銅吹屋があり、ここで日本の銅銭のほとんどを鋳造し、また、中国や阿蘭陀への輸出のための棹銅のすべてを作っていた。なかでも長堀茂左衛門町にあった住友の銅吹屋は、長崎の阿蘭陀商館のカピタンが上京のたびに見学に来るなど、大坂の名所といっていい扱いだった。それら銅吹屋の管理を行っていたのがこの「銅座」で、日本中に銅銭を流通させるため、銅山からの荒銅の買い付けや銅吹屋での精錬、長崎への出荷にいたるまでを銅座が一手に行っていた。また、銅銭の偽造や密売防止のために、銅座詰め役人は小さな銅片にまでも目を光らせていて、狂歌で名高い蜀山人こと大田南畝も、公儀勘定所の命により一年間役人としてここに勤めていた。また、あのシーボルトも大坂滞在の折はこの銅座を宿とし、四天王寺や住吉大社を参拝したり、道頓堀の芝居見物に赴いたりしていたという。

(えらい繁昌やな……)

一時に比べると扱う量はかなり減ったとはいえ、人足たちが汗みずくになって船着き場から運び込む荒銅の山は、大坂の繁昌ぶりを物語っていた。

「こらっ、なにを見ておる。寄れっ！」

立ち止まってぼんやりと荷卸しを眺めていた雀丸を、銅座の役人が怒鳴りつけた。げじげじ眉毛の中年の侍だ。

「ちょっと眺めていただけですけど……」

雀丸が言うと、

「こやつ、口答えいたすか！　おい、門番！」

役人が顎をしゃくると、六尺棒を持った門番がこちらへやってきたので、雀丸はあわてて逃げ出した。

（なんだかぴりぴりしてるなあ……）

這う這うの体で難波橋を渡り終えた雀丸は、向こうから来る人物を見て思わず口もとをほころばせ、

「澤屋の先生」

と声をかけた。五十がらみの男は顔を上げ、

「おお、雀さん。息災か」

堅苦しい物言いで応えたのは、総髪で羽織袴の町人だった。顔が真四角で、口髭をたくわえ、口をへの字に曲げている。

「はい、おかげさまで」

「いずれへ参られる」

「祖母の使いで、老松町まで参ります。そこの雑菓子屋のおこしが好物で、ときどき食べたがりますので……」

「それもまた孝行じゃ。それにしてもおこしとは歯が丈夫だのう」

「なんでもばりばり嚙み砕きます」

「加似江さまも息災でけっこう。——竹光作りのほうはいかがかな」

「先生の教えどおり、竹光とはいえ刀を打つ心持ちを忘れぬよう精進しております」

「うむ、ならばよし。研鑽なされ」

「先生はどちらに」

「うむ、鍋島家のお武家からの頼みで、刀を一振り鍛えることになってな、今から参るところじゃ」

　雀丸が頭を下げて行き過ぎようとすると、男はそっと近寄ってきて、

「また、曾根崎あたりで一杯いかぬか」

「ははは……近頃はなかなか手元不如意でして、酒は安い店と決めております。たまに寄席に行くぐらいが息抜きで……」

「わしがおごる。大きな声では言えぬが、世情がいろいろと騒がしい。こういうときは刀が売れるはずじゃ。雀さんも竹光からまことの刀に乗り換えたほうが儲かるというも

のだぞ」

男はからから笑うと、西を指して歩み去った。雀丸は頭を下げてそれを見送った。

（あいかわらず豪快だな……）

澤屋三郎次は、河村寿隆の流れを汲む刀鍛冶である。武士のような身なり、言葉づかいをしているが、もとは飾り職人である。磊落だが裏表のない気性だ。金が入れば入っただけ使ってしまうので、いつも貧乏であった。そんな彼が、

（おごってくれるなんて……）

長く泰平の世が続き、昨今、新しい刀の需要はほとんどなくなってしまっていた。ところがここに来て、世の中が騒々しくなってきた。異国船が頻々と出没するようになり、飢饉も相次ぎ、それに対する公儀の無策ぶりが明らかになって、徳川家の屋台骨がぐらつきはじめたのである。異国に対する攘夷を主張するもの、朝廷に大政を奉還せよと尊王を唱えるもの、徳川家あっての日本であると佐幕に固執するものなどそれぞれが声高に信じるところを訴えあい、ことに薩摩や長州の動きがきな臭くなっている。大坂はさすがにそんなことはないが、ことに帝の住まう京の都では、そのうち戦でもはじまるのではないか、とばかりに少しずつだが刀が売れだしているのだという。

雀丸は、武士を辞めて竹光屋という商売をはじめるにあたって、日本刀についてひととおりのことを知っておかねばならぬ、と考え、つてをたどって澤屋三郎次に入門した

のである。澤屋も雀丸のことを気に入り、たたら吹きから鋼の鍛え方、素延べ、焼き入れ、銘切り、砥ぎ上げ……といった一連の工程を体験させた。もちろん刀鍛冶になるわけではないので、半年ほど通っただけだが、それでもいろいろなことを身につけることができた。その後、研師、鞘師、白銀師、柄巻師、蒔絵師などにも短期間ずつ入門したおかげで、本物と見紛う竹光を作ることができるようになったのである。

（刀が売れるようになれば、竹光は売れなくなるかなあ……）

雀丸はそんなことを考えながら老松町の雑菓子屋でおこしを購ったが、ふと思いついて、べつに芋羊羹を買った。そして、そのまま東に道を取り、樽屋橋を渡って天満に入った。天神橋北詰めの一本北側の通りに、横町奉行松本屋甲右衛門の住む借家があるのだ。

家のまえに立ち、幾度か声をかけたが返事がない。しばらくすると隣に住む老婆が表に出てきて、

「お奉行さんは留守やで。なんぞ用事か」

「ご機嫌うかがいに来ただけです。どちらに行かれたかご存知ですか」

背中の曲がった老婆は少し口ごもると、

「お医者はんへ行きはったわ」

「どこが悪いのです」

「よう知らんけど……ときどきえらい咳(せき)してはるのが聞こえてくるわ」

「そうですか……。あの、これ……」

雀丸は芋羊羹の包みを差し出すと、

「もし、甲右衛門さんがお帰りになったらお渡し願えませんか」

「ええで。——あんたは？」

「浮世小路の雀丸というものです」

「ああ、あんたかいな」

老婆は鼻水をすすると、

「お奉行さんから話はちょいちょい聞いてる。あんた、横町奉行引き受けたったらええのに」

「いや……私にはまだまだそんな貫禄(かんろく)は……」

「これから大坂も揉(も)めごとがどんどん増えていくと思うけど、どうせお上(かみ)は知らん顔やろ。横町奉行がおらんかったらみんな困ると思うで」

「はあ……」

「ほかに成り手がないらしいやないか。なあ、あんた、男やろ。引き受けたげえな。みんな喜ぶでえ」

雀丸は返事ができず、忸怩(じくじ)たる思いのままその場を離れた。

◇

勘吉は、財布を落としたのはこのあたりの住人ではあるまいと思った。ここいら辺の連中には悪いが、三両といえばかなりの大金だ。日雇い人夫や故買屋、でたらめ祈禱師、女相撲……などがおいそれと所持できる額ではない。

（大坂は銀が主だと聞いていたが、小判もあるんだな）

江戸をはじめとする関東圏は金が本位だが、京大坂は銀が主流である。これに銅（銭）をくわえた三種類の貨幣がこの国では同時に流通している。それゆえ金と銀と銅はたがいに交換しあわねばならず、それを行ったのが両替商である。

勘吉は、上方では丁銀や豆板銀を使い、小判はめったにお目にかかることはない、と聞いていたので、財布のなかの三両はやや意外であった。

（どこのどいつが落としやがったのか……。間抜けな野郎だぜ）

勘吉がなおも財布を探ると、なかからくしゃくしゃになった書き付けが出てきた。金釘流だが、

あかいぬせんべどの

金三両
かりうけもし候
みなみかわらやまち
だいく
ろくぞう

と書かれていた。借金の控えらしい。

「みなみかわらやまち……南瓦屋町か」

聞いたことがある。たしか四天王寺の近くである。ということはつまり、勘吉がこれから向かう道筋ではある。しかし、彼には大事の用があるし、胴巻きには大金も入っている。他人の落としものを届けている場合ではない。かといって、会所に行くのも気が引ける。禁制の博打を生業にしている身としては、なるべく町奉行所との関わりは避けたいのだ。小役人やその手先に痛くない腹をさぐられるのも鬱陶しい。街道筋でそういう目に幾度となく遭ってきた勘吉には、お上に届けるつもりは皆目なかった。

「つまらねえものを拾ったもんだ」

地面に戻して、そのまま行き過ぎようか、とも思った。だが、もしこのあたりの連中が財布を見つけたら、親切に「ろくぞう」とやらに届けてくれる……とは思えない。おそらくは猫ババを決め込むにちがいない。

「落とした野郎は、さぞかし困ってやがるんだろうな」

大工が三両借りるというのは、もしかすると仕入れの金かもしれない。さっきの赤ら顔の男が見ているような気がして、勘吉は財布を身体（からだ）で隠しながら、

（ええい、しかたねえ！）

彼は、手拭いで泥を落としたその財布を懐に入れた。届けてやる気になったのだ。

（なあに、同じ道すがらだ。ひと助けだし、ちっとばかし寄り道をするだけだから、親分も許してくれるだろう）

変に律儀なところのある勘吉は、そのまま南瓦屋町へと向かった。あちらでたずね、こちらでききき、ようよう目指す「ろくぞう」の家を尋ねあてた。「ろくぞう」は「六蔵」であった。腕のいい大工だが、酒好きの博打好きなので年がら年中ぴーぴー言っているらしい。それを聞いた勘吉は、この金を届けたらさぞかしその男が喜ぶだろう、と思った。

「六蔵さんの家かいな。そこの坂をな、左に入ったところにある長屋の三軒目や」

ひなたぼっこをしていた暇そうな老人に教わり、勘吉はある家のまえに立った。さっきの野漠の長屋に輪をかけたような、ひどい造作である。戸板代わりの筵すら下がっておらず、外からなかが丸見えである。透かすようにしてのぞき込むと、紫色の半纏（はんてん）を着

た男が湯漬けを食っている。菜は焼いた鮭らしいが、土瓶の湯を何度もかけながら、ふうふうと飯を掻き込んでいる。合いの手のように、ひと塩した蕪の漬け物をつまんでいるが、しゃくしゃくしゃくしゃく……という歯触りのいい音が聞こえてきて、勘吉の腹がまたしてもぐぐ……と鳴った。その音が聞こえたらしく、

「だれや、なんぞ用か」

男はこちらを見た。小太りで、目の下の肉がたるんでいる。

「ああ、ちいとばかりな」

「ほな、入ってこいや。遠慮せんでええで」

土間にもゴミが散乱し、小さなちゃぶ台のまわりにも割れた徳利や汚れた雑巾などが落ちている。そんななかで男は飯を食っているのだ。

（こんな汚えところに入るのに、だれが遠慮するかい）

そんなことを思いながら、勘吉は家に入った。男は湯漬けを食う手をとめて、じろりと勘吉を見ると、

「なんや、ヤクザもんやないか。なにしにうせた」

「おめえさんが六蔵さんかい」

「そや」

「そりゃあよかった」

「なに言うとんねん。六蔵の家に来たんやから六蔵がおるに決まっとるやろ」

「おめえさん、近頃なにか落としなすったんじゃねえかい」

六蔵は少し考えてから、

「ああ……落とした」

「なにを落としなすった」

「そんなこときいてどないすんねん。おまえに関わりないやろ」

「それが、あるんだよ。なにを落としたか言ってみなよ」

「嫌や」

「それじゃあ困るんだ」

「おまえが困ろうが、わしの知ったことやない」

「つれねえなあ。おめえにとって、いい話なんだぜ」

「知るかい。ほかに用がないんやったら帰ってくれ。そろそろ仕事に行かなあかんのや」

六蔵は食器を重ねると膳ごと部屋の端に押しやり、立ち上がった。

「お、おい、どこ行くんだ」

「出かけるてゆうたやろ。そこどけ」

「ま、待ってくれ。おめえ、財布落としただろう」

六蔵は舌打ちをして、

「落とした。それがどないしたんや」

「俺が拾った。——ほれ、こいつだろう」

勘吉は、懐から財布を出して、六蔵に示した。

「おう、これや」

「なかに三両入ってる」

「そや。もうけたなあ。新町でもどこでも行って、命の洗濯せえ」

はじめ勘吉にはその言葉の意味がわからず、少し経ってから顔を真っ赤にして、

「な、な、なに言ってやがんでえ、馬鹿野郎！　俺ぁてめえにわざわざ財布を届けにきてやったんだぞ」

「せやからわしに、これ拾たんやけどもろてもええかどうかききにきたんやろ。ええで、拾たら拾たもののもんや。おまえにやるわ」

勘吉は激昂した。

「おらあ物乞いじゃねえぞ。もらう気なら最初から持ってくるもんけえ！　おめえのもんだから、おめえが持っときゃいいじゃねえか。——ほれ、受け取れよ」

「いらん」

「どうして。ひとから借りた金だろ。ないと困るんじゃねえのか」

「ああ、困るで」

「だったら受け取れよ」

「いらん言うとるやろ」

「わけがわからねえ。おめえが落とした金を俺ぁこの家まで持ってきてやったんだ。不案内な土地だからよ、探しに探したんだぜ。ありがとうの一言も言って、押しいただくのがあたりめえだろうが」

「だれもそんなこと頼んどらん。おまえが勝手にやったことや」

「な、なにい！」

勘吉は憤りのあまり脇差を抜きそうになるのを必死にこらえた。

「てめえ、頭おかしいんじゃねえのか。てめえの金だろうが」

「落としたときにわしとあの金の縁は切れとる」

「馬鹿げたこと言うんじゃねえよ。俺も忙しいんだ。素直に受け取ってくれよ。帰れねえじゃねえか」

「忙しいんやろ。金持って、はよ出ていったらええやないか」

「そうはいかねえ。てめえが受け取るまで俺ぁてこでもここを動かねえぞ」

「迷惑やねん。仕事に行くゆうたやろ」

「うるせえ。——なあ、頼むからもらってくれよ。先を急ぐんだ」

「ははは、ヤクザのくせに泣きそうになっとるやないか。けど、なんと言われようとわしはもらわんで」

「いる金だったから借りたんだろ。どうして、今はいらねえんだ」

「こないだ知り合いの旦那から仕事を請け負うてな、材木やらなんやらの仕入れの金を先払いでもろたんやけど、これが二両ほど足らんのや。もっとくれ……とは言いにくいし、懐具合はすっからかん。いちかばちか、難波御蔵のなかで開かれとる賭場に行ってみた。ほな、まるっきりツキがのうてな、えらい損してしもた。しゃあないさかい、賭場を仕切っとる赤犬の親方に三両借りてな。——その金を落としたわけや」

「だったら、それを……」

「そのときに思たんや。大事な仕事の仕入れの金を博打なんぞで埋め合わせしようとしたのが間違いやった、とな。案の定、バチが当たった。せやからその金はおまえのもんや」

「うるせえやい。手前勝手な屁理屈並べやがって。博打の金だろうが働いた金だろうが金は金だろう。それを、拾った俺がちゃんと持ってきてやったんだから、ありがたく受け取るのがひとの道だろうが。わけのわからねえごたく抜かしてると、張り倒すぞ」

六蔵は吐き捨てるように、

「おお、やっぱりヤクザやなあ。しまいには力ずくか。けどな、わしも浪花の大工や。一旦受け取らんと言うたからには死んでも受け取らん」

「そうかい。だがよ、てめえも強情なら俺も強情だ。てめえを叩っ斬ってでも受け取らせてみせるぜ」

「できるもんならやってみぃ」

「やってやろうじゃねえか」

　狭い長屋の一室でふたりは取っ組み合いをはじめた。たがいに胸ぐらを摑み、相手を引き倒そうとする。ヤクザだけあって勘吉のほうが喧嘩慣れしているが、大工のほうが力は強い。とうとう六蔵は勘吉の着物を破ってしまった。

「姉さんに縫ってもらった道中着を……もう勘弁ならねえ」

　勘吉は、六蔵の頰っぺたを殴り飛ばした。六蔵はそこにあった土瓶を勘吉の頭に叩きつけた。火鉢がひっくり返り、灰神楽が舞う。どしん、ばたん、がたがたがたがた、ごっつつん、ぐわしゃん！　ついに勘吉が道中差を抜き、六蔵は鑿を構えた。

「表に出やがれ」

「おう！」

　放っておけず、近所のものが集まってきたが、刃物を持っているので手出しができない。家主も飛んできたが、少し離れたところでおろおろしながら、

「やめなはれ。危ないさかいやめなはれ」

「うるせえ、すっこんでやがれ、この唐変木め」

「そや、気のきかん家主やで」

「六蔵さん、なんでこないに揉めとるんや。それだけでも聞かせてくれ」

勘吉が脇差を構えたまま、

「こいつが落とした財布を俺が届けてやったんだ」

六蔵も鑿を逆手に持って振りかぶり、

「わしはいらん、おまえにやる、て言うたんや」

家主が呆れ顔で、

「それで、なんで喧嘩になるのや。わしにはわからん」

そう言ってため息をついた。それが合図だったかのように、勘吉が六蔵に斬りかかった。六蔵は受けそこね、鑿が地面に落ちた。六蔵はきりきりっと歯噛みすると、尻をまくってその場にあぐらをかき、腕組みをした。勘吉はにやりと笑って、

「俺の勝ちだ。死にたくなけりゃ、さあ、財布を受け取りやがれ」

「それだけは死んでも嫌や。さあ、殺せ。殺さんかい！」

「おう、お望みどおり、てめえの素っ首落としてやらあ」

勘吉は刀を振りかざした。

「ちょっと待ち」

後ろから声がかかった。

「さあ殺せとは穏やかやないな。朝っぱらからなにをしとるんや」

通りがかったのは、ひとりの女だった。鬼の顔を一面に散らした派手な模様の浴衣（ゆかた）を着、胸にはさらしを巻いており、足には高下駄（たかげた）という奇抜ないでたちで、ひと目でただものではないとわかる。寒いのに太股（ふともも）を露（あら）わにし、腰にはこれも派手な拵えの長脇差をぶち込んでいる。

「あては、口縄（くちなわ）の鬼御前（おにごぜん）ゆうて、この界隈（かいわい）ではちっとは顔と名前を知られた女伊達（おんなだて）や。なにがあったか知らんけど、見ればあんたも同商売の様子。渡世人が素人（しろうと）衆に刃を向けるゆうのはようないなあ」

勘吉はこめかみに稲妻を走らせ、

「女だてらに喧嘩の仲裁か。怪我するからそっちに寄っとけよ」

「なんやと」

鬼御前はするするとまえに出ると、背後から勘吉の右手首を握り、きゅっ、と締めた。

勘吉の手から脇差が落ちた。

「ぎゃああっ！」

「痛（い）てててて……！　は、は、放せ！」

「ほな、この喧嘩、あてに任すか」

「任す、任す」

ている。

鬼御前が手首を放すと、勘吉はしゃがみ込んでしまった。手首は真っ青に腫れ上がっている。

「なんてえ力だ。骨が折れるかと思ったぜ……」

勘吉は涙目でそうつぶやいた。

「折ってやってもよかったんやけどな。――で、このあてが喧嘩預かったうえは、ちゃんとことの次第を話してもらうで」

「へえ、姉さん。聞いておくんなせえ……」

すっかりおとなしくなった勘吉は、江戸から親分の言いつけで大坂の住吉大社に代参に来たいきさつから、財布を拾ってこの長屋まで届けに来たこと、落とし主の六蔵が屁理屈をこねて、どうしてもそれを受け取らぬので、頭に来て喧嘩になったことなどを縷々話した。鬼御前は大笑いして、

「金を盗んだ盗まれたで揉めるのはよう聞くけど、拾った金を届けたのにそれを受け取らんゆうて揉めるのははじめて聞いたわ」

遠巻きに聞いていた家主や近所のものたちもうなずいている。

鬼御前は六蔵に向き直り、

「これはどう考えてもあんたが悪いわ」

「なんやと、この女！　片一方の言い分ばっかり聞きよって、ヤクザもん同士の依怙贔

肩やないか。いっぺんなくした金を受け取ろうが受け取るまいがわしの勝手や。それに、わしはおのれなんぞに仲裁任した覚えはないで。出しゃばるなや、アホ」

「あ、アホやと」

「もし、どうしてもそいつが金はいらんゆうなら、わしもいらんさかい、ドブにでも捨てたらどや」

「天下通用のお宝を捨てたりできるかい」

「ほな、おまえにくれてやるわ」

「なにい！」

鬼御前が拳を振り上げたので、家主があいだに入り、

「まあまあまあ……これでは喧嘩がよけいに大きくなります。とりあえずこの財布はわしが預かっときますさかい、しばらく双方頭を冷やしたらどないだす。ええ知恵が出たら、また、言うてきとくなはれ。――なあ、六蔵。それでええな」

六蔵はしぶしぶ、

「わしは受け取るつもりは金輪際ないけどな、家主さんがそこまで言うんなら今はそれでよろしいわ」

家主は勘吉と鬼御前に向かって頭を下げ、

「わしはこの長屋の家主をしとります九兵衛と申します。鬼御前さんのお名前はわしの

ようなもんでも耳にしとります。そちらのお方は渡世人の方とお見受けしますが、どないだすやろ、わざわざ拾うたものを届けていただいて申し訳おまへんけどな、この金はわしが一旦預かって、そのあいだおたがいに思案するゆうことでよろしいやろか」

勘吉が、

「どうも釈然とはしねえが、しかたありますめえ。あんたと鬼御前の姉さんの顔を立てましょう。——上方くんだりまで来て、こんな腐れ大工と喧嘩してもはじまらねえ」

「なんやと、このガキ！　ノコギリで腹真っ二つにしたろか！」

「まあまあまあまあ……」

九兵衛があわててふたりを引き離し、

「頭のてっぺんに五寸釘打ち込んだる！　放せ、放さんかい！」

と暴れる六蔵を必死に押さえつけながら、

「あんたら早う去んでくれ。でないと、また喧嘩に……」

鬼御前が、

「承知した。あての家は天王寺の口縄坂や。この若い衆はうちに泊まらせる。鬼御前の家どこや、て聞いてくれたら、こどもでも教えてくれるわ。——ついといで！」

そう言うと、高下駄をかんらかんらといわせながら走り出した。あわてて勘吉もそれに従う。ふたりの姿が長屋から消えたのを見はからって、家主は六蔵を羽交い絞めにし

ていた腕を放した。ごろごろと前のめりに転がった六蔵はやっとのことで立ち上がると、

「おい、家主！　家主といえば親も同様、店子（たなこ）といえば子も同様。——そやろ。それを、見ず知らずの江戸もんの肩持つゆうのはどういうことや！」

「おまえの気持ちはわからんでもないが、相手も親切でやってくれたことやないか」

「ああいうのは親切の押し売り、ゆうのや。あいつもあいつやで。わしが、いらんさかいおまえにやる、言うたとき、素直におおきに言うてもろてくれたら、こんな喧嘩にはならなんだのや」

「けど、おまえ、三両なかったら材木の仕入れがでけへんのとちがうか」

「あの仕事はもうあきらめた。あんなガキに頭下げて金受け取ってまでやりとうはない。ははは……さっぱりしたもんや」

「さっぱりしすぎや」

九兵衛はため息をついた。

◇

鬼御前に連れられた勘吉は、口縄坂にある家に着いた。立派な一軒家で、濃紺の暖簾（のれん）には「鬼」という文字と左右に蛇の絵が染め抜かれている。

「へええ……鬼の棲み処（すみか）だってえからどんな岩穴かと思ったら、存外いいうちですね」

「アホか。泊めたるのやさかい、ちっとはお世辞を言い」

「今のがお世辞のつもりだったんですけどね……」

「まあ、一家……というほどやないけど、あてを慕うて集まってきた連中を子方にして、女だてらに親方させてもろとるのや」

「いやあ、てえしたもんだ。俺も今度の旅で東海道のいろんな親分衆のところに草鞋を脱いだけど、女伊達はみんな『ひとり親方』で、こうして子分を従えてるってえのははじめて見ました」

暖簾をくぐると、尻端折りした若い衆が奥から飛び出してきて、

「姉さん、お帰りやす。――おっと、お客人だすか」

鬼御前は勘吉を指さして、

「変な因縁で拾うてきたんや。豆太、しばらく泊めたって」

「へえ、承知しました」

勘吉は、豆太と呼ばれたその若い衆に向かって腰をかがめ、頭を下げると、

「お控えなすって」

狸に似た顔の豆太は笑いながら手を振って、

「仁義は抜きでたのんます。うちの一家はそういうの、苦手でおまして……」

「いえ、仁義を切らねえと一宿一飯の恩を受けるわけにゃあいきやせん。そこは曲げて、

仁義を受けておくんなせえ。お控えなすって、お控えなすって」

しかたなく豆太はその場に座り、三つ指を突いた。

「ほな……不慣れではおますが、控えさせてもらいまっさ」

「さっそくのお控えありがとさんでござんす。手前生国と発しますは日本、日本は関東、関東は花のお江戸でござんす。公方さまの膝元で産湯をつかい、金波銀波は隅田川、いざ言問わん都鳥、打ち出す鐘は寛永寺、鐘がゴンと鳴りゃカラスがカア……」

鬼御前が勘吉の頭を平手で叩くと、

「もう、ええ。邪魔くさい。はよ上がり」

そう言って、先に奥に入っていった。

「へえ……」

気持ちよく仁義を切っていた勘吉は、せっかくの見せ場の腰を折られてがくりと肩を落とし、草鞋の紐をほどき出した。

◇

「……というわけで、今日は仕事を休みましたんや。ほんま腹立つ。ええ迷惑や」

六蔵が唾を飛ばしながらしきりにしゃべりたてているのは、寺の庫裏である。天井からは、古い蜘蛛の巣が縒り合わさって瓢箪のように垂れているのだが、それに混じって妙な古縄が何本もぶら下がっている。床はあちこちに大きな割れ目があったり、穴が開いたりしており、畳は擦り切れてぼろぼろだ。壁土も落ちて、あちこちにそれが山になっている。その横には木製の、使い方のわからぬ道具類がいくつも転がしてある。そんななかに正座して六蔵の話を聞いているのは、住職の大尊和尚である。まず目につくのはその額の広さで、広いというより縦に長い。鉢巻きなら十本ほど巻けそうだ。まるで、福禄寿である。身体は骨と皮ばかりに痩せこけ、眉毛も髭も真っ白で、口髭は左右に垂れたいわゆるどじょう髭というやつだ。顎鬚は立っていても地につきそうなほど伸ばしている。その白い顎鬚をしごきしごき、六蔵のわめきたてるような言葉を浴びている。

　ここ、要久寺は下寺町にある臨済宗の寺である。下寺町は、大坂の寺町のなかでももっとも規模が大きく、およそ三十もの寺がずらりと並んでいる。要久寺は、両脇の大きな寺に挟まれているので、左右から潰されているように見える。また、それぐらい老朽化しており、本堂も斜めに傾ぎ、今にも崩れそうである。甍も壊れ、瓦は割れ、鳩やカラスが巣を作っている。六蔵はこの寺の檀家であり、大尊和尚とは昔からのなじみなのである。

「あの勘吉とかぬかすガキ、ヤクザのくせに金を届けるやなんて無茶苦茶ですわ。おかげで一日、気分悪いわ」

「おまえが無茶苦茶じゃ。じゃが、わしはおまえの気性が好きじゃ。まあ、酒でも飲もう」

そう言うと、和尚は天井から垂れている古縄の一本を引っ張った。どこかでガランガランという音がした。間髪を入れず小坊主がやってきて、擦り切れた畳に指を突いた。目のくりくりとした、利発そうな少年僧である。

「和尚さま、なにかご用で」

「うむ、六蔵さんが酒を飲みたいというで、支度をせよ」

「はい」

小坊主は去った。

「この寺に小坊主がおるとは珍しい。いつもは和尚さんひとりやのに」

「わしがどついたり、蹴ったりするでな、弟子がいつかぬのじゃ。皆、じきに辞めてしまいよる。今は小坊主ばかり四人おるが、いつまで持つかのう」

「気楽なこと言うてはるで」

「今のは万念と申して、なかなか見どころがある。どついても、蹴っても、けろりとしておるのう」

「そんなことしとったら、そのうち後ろからどつかれまっせ」

「ははは。それもまた修行」

しばらくすると、廊下のほうからガラガラガラガラというけたたましい音が聞こえてきたかと思うと、まな板の四方に車輪をつけたようなものが現れた。小坊主が押しているわけではなく、ひとりでに走っているのだ。板のうえには大きな徳利と椀がふたつ載っている。大尊和尚がそれらを下ろし、ネジのようなものを巻くと、車は走り去った。

「さあ、飲め」

六蔵は度肝を抜かれて、

「今のはなんだすか」

「わしが発明した『勝手に運び車』じゃ」

「勝手に動きまんのか」

「そうじゃ。底にねじった細紐を取りつけてあり、それが戻る力で動く。これを大きくすれば、米俵や酒樽も運べるぞ」

「あいかわらず、からくりが好きだすなあ」

「ふふふ……今手がけておるのは、からくり頓智小坊主じゃ」

「なんですのん、それは」

「ほれ、そこにおるぞ」

和尚が指差したところに六蔵は顔を向けて、ぎょっとした。そこには小坊主の格好をした人形のようなものが横たわっていたのだ。顔は粗削りで、口がやけに大きくて不気味である。

「これが、ほんまもんの小坊主みたいに動いたり、しゃべったりしますのか」

「そこまではいかぬ。頓智を出すだけじゃ」

和尚は小坊主の人形を立たせると、

「あー、この橋を渡ってはいかぬと立札が立っている橋を渡るにはどうする」

そう話しかけ、小坊主の頭をポン！　と叩いた。すると、口から紙の札のようなものがするすると出てきた。六蔵がそれを見ると、

「虎を衝立から追い出してください」

と書かれていた。和尚は、

「これはまだまだこれからじゃ」

大尊和尚は、もとは朱塗りだったらしいが今は剝げちょろけの椀にどぶろくをなみなみと注いで六蔵にすすめた。そのあと、おのれの分として茶の湯に用いる大きな茶碗にも入れると、一息で飲み干した。

「うーん、美味い。どぶろくが酒のなかでも一番美味いのう」

「飲みまっせ。飲ましてもらいまっせ。飲まなやってられん。女伊達をきどった出しゃばりの年増が向こうに味方しよったのも腹立つけど、家主までがあっちについたのが許せまへんのや。そう思いまへんか。ほんま、今日はとことん飲むで……と言いたいとこ

やけど、きったないお椀だすなあ。味噌汁の具がカラカラに乾いてこびりついてまっせ。洗てないんとちゃいまっか」

「洗う？　そんなもん洗わいでええ」

「汚おますがな」

「どうせまた使うのじゃ。無駄は省かねばならぬ」

そう言うと和尚は二杯目もまるで水のように干した。

「洗うぐらい、ちょっとした手間だっせ」

「おまえ、その足りぬ頭でもってよう考えてみよ。椀を洗うのに費やす時がたとえわずかであっても、毎日毎日のことじゃ。積もり積もって一生分の椀を洗う時間を足せば、たいへんな量となろう」

「はあ、和尚さんの屁理屈にはわしも負けますわ。けど、せめて、味噌汁と酒の椀は分けたほうが……」

「椀に染みた味噌汁の味が肴となる。これもまた一興」

「はあ……汚いと思うけどな。お弟子さんたちはこれでええんかいな」

「汚いゆえ洗いたいと小坊主どもも申すが、これも修行ゆえ我慢させておる。この寺が汚いのはなにゆえと思う」

「なんで、て……和尚さんが無精かいて掃除せんからだっしゃろ」

「掃除なら弟子にやらせればすむ。じゃが、あえて掃除はせぬよう言いつけてある。壁や床、屋根の修繕をせぬのは……」

「銭がおまへんのやろ」

「それもあるが、これもみな修行と思うてのことじゃ」

「掃除をせんのが修行だすか」

「わからんのか。阿呆だのう。菩提達磨大師が天竺から唐の国に渡り、禅の心を広めんとしたとき、少林寺という寺の岩窟で九年間壁に向かって座禅をなすった。そのとき、岩窟を掃除したと思うか」

「さあ……岩窟ゆうたら岩の穴だっしゃろ。そんなもんほったらかしとちがいますか」

「そこじゃ」

「どこです」

「祖師達磨が、九年間掃除もせずに岩窟のなかでその汚さに耐えて座禅をなすった心を習得するために、わしはあえてこの寺を汚くしておる。なあに、汚くても死にはしない。ときどき埃で咳き込むぐらいじゃ。肺臓が鍛えられて、少々の寒さでは風邪を引かぬようになるという効能もある」

「無精なだけやと思うけどな」

「まあ、そんなことはどうでもよい。憂さ晴らしじゃ。どんどん飲め。どぶろくは小坊主に造らせておるゆえ、売るほどあるぞ。早う飲んでしまわねば、どぶろくはすぐに腐る。飲め飲め、もっと飲め」

「いただきます、ちょうだいします。――けどな、これ、境内にいけてある甕に入れておますのやろ」

「さよう。それがどうかしたか」

六蔵は、白く濁った酒をじっと見つめ、

「ナメクジが入ってまへんか」

「はあん？　たわけたことを申すな。きっちり蓋をしてあるゆえ、ゴミも虫も入ってはおらぬわい」

「近所のもんがこの寺のこと、なんて言うとるか知ってはりますか。ナメクジや、ナメクジや、て言うとりますのやで。なんぼほどナメクジがおるのかと思て……」

「知っとる。要久寺を『かなめくじ』と読んで、ナメク寺と嘲っておるのじゃ。言いたいものには言わしておけ」

「さよか。わしはまた、ぎょうさんナメクジがおるさかいにそういう名前になったのかと思て……」

「くだらぬことを言うひまがあったら飲め」

そこにふたたび「勝手に運び車」がやってきた。今度は、焼いたばかりのイワシの塩焼きにぶつ切りにしたマグロ、大根の漬け物などが載っている。

「おお、六蔵、アテが来たぞ」

酒は浴びるほど飲むし、肉食もする。とんだ破戒僧なのである。ちなみに、禅寺にもかかわらず、門のところには「葷酒山門に入るを許さず」の代わりに、

葷酒山門に入るを許す
なんぼでも許す

という石柱が建っている。隣の寺から、

「昼間に庭で魚を焼かんでくれ」

と苦情が来たというのだからよほどである。寺社奉行にも、戒律を守らぬ寺院として目をつけられており、檀家にも見限られている。

「マグロの造り、けっこうだっしゃないか。いただきますわ」

ふたりはどぶろくをさんざん飲んで、ずぶろくになった。

「わしが、あの江戸っ子のヤクザもんになんで腹立ててるかわかりまっか？　旅の途中やのに、拾うた金をわざわざこれ見よがしに届けに来て、江戸のもんは金に執着がない、さばさばしてる、拾った大金を猫ババもせんとちゃんと届けた、えらいやろ、立派やろ、

大坂の連中は銭に汚いさかい、ありがたがってすぐに受け取るやろ……そういう気持ちが見えとるんや。くそったれが」

六蔵はどぶろくを椀に注ぐが、ほとんどが床にこぼれてしまっている。六蔵はそれを這いつくばって啜った。

「このままでは腹の虫がおさまらん。なんとかあの金をあのヤクザに受け取らせる術はおまへんやろか」

大尊和尚は腕組みをして、

「おまえが言うておったその、女伊達をきどったでしゃばりというのが気になるのじゃ。名前は聞かなんだか」

「聞きましたで。この寒いのに、鬼の柄の、だぶだぶの浴衣をだらしなく着て、相撲取りみたいな分厚い帯をしめて、高下駄を履いとりますのや。とんだ傾奇ものだすわ。たしか、口縄の鬼御前とか言うとりました」

「やはりな！」

和尚は白い眉を逆八の字にして、

「あの女、まだそんなことをしておったか」

「ご存知のおひとだすか」

「ご存知もなにも……任侠だの女伊達だの強きをくじき弱きを助けるだのと口先では

申しても、仏の御心に適わぬ、人道に外れた慮外ものじゃ。わしは、力ずくでものごとを押し切ろうとするああいう輩は大嫌いじゃ！」

「和尚さんがそこまで言わはるゆうのは珍しおますな」

「いろいろとあの女とは因縁があってな。——あやつが向こうについているならば、わしはおまえを押すぞ。その勘吉というヤクザが金を受け取らんというならば、とことんまでやってやれ」

「どうしますねん」

「その三両、まことに叩き返してもよいのじゃな」

「かましまへん。仕事も、もうあきらめました」

「そうか。ならば……白黒をはっきりさせてやれ」

「まさか……お怖れながらとお上に訴えますのか」

「町奉行所などに訴えても、裁きが下るのは随分と先じゃ。何年もかかるかもしれぬ。それでは江戸のヤクザものは待っておれぬし、おまえも困るじゃろ。ならば、即座に裁きを下してくれるところに持ちこめばよい」

「どこへだす」

「横町奉行のところじゃ。横町奉行ならば、双方の訴えを聞き、その場で即決してくれる」

「ああ、なるほど！　それは妙案や。――けど、わしらが勝ちますやろか」

「実を言うと、わしは横町奉行とは深いつながりがある。なれど、鬼御前も横町奉行に関わりがあるのじゃ。それゆえ負けられぬ。あの女にだけは負けとうはない。まあ、負ける気遣いは万にひとつもないとは思うが……」

「たいそうな自信だすなあ」

「あいつにはこれまで散々煮え湯を飲ましてきてやったから、此度(こたび)もぎゅうと言わせてやるわい」

大尊和尚は、また縄を引いた。がらんがらんがらん……と音がして、小坊主がやってきた。

「なんぞご用でございますか」

「筆と硯(すずり)、紙を持ってまいれ。訴状を書く」

「かしこまりました。――あの……和尚(おっ)さま」

「なんじゃ」

「そろそろお勤めの時刻でございますが」

「うむ、そうか」

和尚は立ち上がった。六蔵が感心したように、

「破戒僧やら生臭坊主やらと言われてますけど、お勤めだけはきちんとしますのやなあ」

「あたりまえじゃ。わしをだれだと思うておる。天下のナメク寺の住持じゃぞ」

そう言うと酒臭いげっぷを吐き、部屋の隅から木魚に棒がついたようなものを持ち出した。横についたネジをかりかりと巻いた。それをそっと床に置くと、ひとりでに棒が上下に動きだし、ポクポクポクポク……と音を立てはじめた。

「どうじゃ、わしが作った『勝手に木魚』じゃ。これさえあればこうして……」

和尚は酒を飲みながら木魚の横に寝そべった。

「寝転がっていてもお勤めができる。これは日本中の坊主に売れるぞ」

「はあ……」

しかし、そのポクポクポクポク……という音がだんだん速くなってきた。しまいにはものすごい速さで「ポポポポポポポポポポポ……」と鳴りはじめ、最後はひびが入って、なかから金属片などの部品が飛び出して、ぶっ壊れてしまった。

「これもまだまだじゃな」

そう言うと、大尊和尚はぐびりとどぶろくを口に含んだ。

二

その夜、雀丸は曾根崎新地にいた。

刀鍛冶の澤屋三郎次に誘われ、露天神脇にある「鉢ノ木」という料理屋でさんざん飲み食いさせてもらったのだ。「鉢ノ木」は味噌漬けが名物という変わった店で、板前が雑喉場でいろいろな魚を目利きして、秘伝の味噌に漬け込み、それを焦がさずに焼く。上手く焼かれた味噌漬けは、香ばしく、柔らかく、ふうわりとした仕上がりになっていていくらでも食える。たいへんに美味いが、高いので、自腹では行けぬ。家を出るときに加似江に、今日は「鉢ノ木」でお呼ばれだと言うと、なぜおまえだけが……と理不尽に立腹していた。

「みやげに、ウズラの味噌漬けを買うてまいれ」

そう言いつけられた。

「あの店のウズラの味噌漬けは、ほどよい焼け上がりで、手で裂くと熱々の真っ白い身が現れて、思わずかぶりついてしまう。骨についた身も美味いのじゃ」

何歳になっても、脂っこいものが好きである。雀丸は、加似江がウズラの骨をしゃぶっている光景を思い浮かべてぞっとした。

飲み食いしながらの澤屋と雀丸の話題は、もっぱら日本刀のことであった。刀作りについての蘊蓄を熱く語る澤屋三郎次に雀丸も釣り込まれて、竹光作りの苦労をしゃべった。

「いやあ、食うたわい」

澤屋は丸くなった腹を撫でた。締めの、すぐきの茶漬けをさらさらと口に流し込みながら雀丸は、

「それに、かなり飲みました」

「味噌漬けは喉が渇くゆえ、な」

「たいそうごちそうになりまして、恐縮です」

「なんの。たまにはよいではないか」

「はい、美味しくちょうだいいたしました」

「どうだ、雀さん。これから酔い覚ましがてら新地をぶらつこうか」

「おともいたします」

「もちろん、もう金はないゆえ登楼はせぬ。ひやかすだけだ」

澤屋三郎次は豪快に笑うと、手を叩いて女中を呼び、勘定をした。小粒がなく、一両小判で支払った。

「釣りはいらぬ……と言いたいが、いるぞ」

女中はけたけたと笑った。

いい具合に酔ったふたりは、キタの新地をふらふらとそぞろ歩いた。雀丸は、なにか忘れているような気がしていたが、茶屋や置屋から漏れる明かり、三味線や太鼓の音、嬌声、歌などが混然となった心地よさにとりまぎれてしまった。雀丸はめったに遊里

に足を踏み入れることはないが、たまに訪れたときの雰囲気は好きだった。人生のひとときを真剣に楽しもう、真剣に楽しませよう……というひとたちのやりとりを見ていると、「この世は夢の浮世」という言葉が浮かんでくる。もちろん、その底には舞妓、芸子をはじめとするこの場所に住み暮らすものたちの悲哀が沈んでいるのだが……。

ほんまだっか、そうだっか
あんたの言うことそうだっか
嘘です嘘です真っ赤な嘘です
嘘は楽しやおもしろや

耳に覚えのある歌声が聞こえてきた。真っ黄色のびらびらした女ものの着物を着て、横笛を手に、けったいな仕草の踊りを踊りながらやってくる人物……。

「しゃべりの夢八さん」

雀丸が声をかけると、

「ありゃー、雀さんやおまへんか。今夜はお楽しみだすなあ」

「いや……そういうわけじゃないんだけどね」

澤屋三郎次が、

「知り合いか」

「はい、夢八という芸人さんです」

夢八はぺこりと頭を下げ、

「『嘘つき』をしております夢八と申します。以後、ご昵懇に」

「ほほう、嘘つきとは珍しい。わしは刀鍛冶をしておる澤屋と申す」

澤屋がそう言ったとき、

「貴様、無礼であろう！」

怒声が響きわたった。見ると、狐や猟師などの絵柄を散らした着流しの武士がひとり、道の真ん中に突っ立って、刀の柄に手をかけている。酔っているらしく顔は真っ赤だ。ミナミとちがって、曾根崎新地の客には武士も少なくない。堂島の蔵屋敷や大坂城が近いからである。

「武士の魂にぶつかるとは、許せぬ。それへなおれ」

武士のまえには、遊びに来たのだろう、どこかの商家の番頭か手代頭らしい若い男が真っ青になって立っている。

「すんまへん。——けど、わてが避けようとしたのを、お侍さんがぶつかってきたのとちがいますか」

「なんだと？　貴様、わしが言いがかりをつけておると申すか」

「そ、そやおまへんけど……」

「では、なんだ」

武士は顔をぐいと若者に突き出すと、熟柿臭そうな息を吐きかけた。

「なんでもおまへん。すんまへん、堪忍しとくなはれ」

若者はへこへこと謝ったが、武士はいっこうに許す気配はない。

「なんだろうな、あれは」

雀丸が言うと、夢八が汚いものでも見るような顔で、

「当たり屋だすわ」

澤屋三郎次が、

「当たり屋？　大当たりと言うて、験が良い名ではないか」

「そんなええもんやおまへん。懐具合のさびしい侍が、こういう色里で町人にバーン！とわざと行き当たって、刀が穢れた、とか、鍔にひびが入った、とか、鞘の漆が剝げた、とか因縁をつけて、なんぼか巻き上げまんのや。ほんま、人間の屑だっせ」

夢八は吐き捨てた。

「あー、侍なんか辞めてよかったなあ」

雀丸が言うと、

「あいつは佐貫平左衛門というて、もとは北辰一刀流の切紙（大目録皆伝）の腕前で、

龍野の脇坂家の剣術指南役やったそうでおます」

「そりゃすごい」

北辰一刀流は、千葉周作という剣客が創始した流派で、江戸の神田於玉ケ池の道場は入門者が引きも切らずたいそうな繁昌だという。ちなみに北辰というのは、北斗七星の首座である北極星のことである。

「ところが、酒がもとで崖から落ちて大怪我して、刀を握れんようになりまして、脇坂家をクビになりよった。それで大坂に流れてきよりましたんやが、しょっちゅうあんな具合に店のもんや客にからんで金をせびりとる。新地の鼻つまみもんですわ」

佐貫は、ひたすら詫び続ける若者に向かって、

「いくら謝られてもわしの腹は収まらぬが、いつまでもここでこうしておるわけにはいかぬ。――よし、ならば一両出せ」

「――へ？　一両？」

「そうだ。それでわしも気持ちよく忘れてやろう。どうだ」

「め、めっそうもない。そんな大金、とてもお払いいたしかねます」

「そんなはずはない。ここに遊びに来ようというものは、一両ぐらいの金は持っていよう」

「けど、それを出したらわてはすっからかんに……」

「そんなことは知らぬ。出すのか出さぬのか」

「うーん……出せまへん。謝るだけやったらなんぼでも謝ります。けど……この金は一年間、わてが一生懸命働いて、やっともろうたもんだす」

「ほほう、そうか。――ならば、こういうのはどうじゃ。拳で勝ち負けを決めようではないか」

それを聞いた夢八が顔をしかめ、

「あっ、あかんわ」

とつぶやいた。若い商人はきょとんとして、

「拳、だすか」

「そうじゃ。貴様、狐拳というものを知っておるか」

「へ、へえ……何遍かやったことおます。お座敷の遊びの、あの……」

「さよう。あれを今からここでやる。三遍勝負だ。わしが勝ったら一両払え。そのかわり、貴様が勝ったらわしが一両やろう。それなら公平ではないか。どうだ、やってみぬか」

若者は心が動いたようである。負けるとはかぎらない。もしかしたら一両儲かるかもしれないのだ。

「わてが勝ったら、かならず一両おくなはるか」

「武士に二言はない」

「そのときになって、ごねたらあきまへんで」

「くどい」

佐貫平左衛門はにやりと笑った。

「わかりました。――やりますわ」

夢八が、

「だれかとめたれよ」

と言ったが、勝負はもうはじまってしまった。

狐拳というのは、「拳」遊びの一種である。「狐」は「庄屋」に勝ち、「庄屋」は「猟師」に勝ち、「猟師」は「狐」に勝つ。いわゆる「三すくみ」である。狐は、手を狐の耳の形にして頭に置く。庄屋は手を膝のうえに載せる。漁師は鉄砲を構える仕草をする。三遍続けて勝たねばならぬ「藤八拳（とうはちけん）」というものもあり、これは近年江戸で大流行（おおはや）りした。

「では、行くぞ。ヨイ、ヨイ、ヨーイ……ハッ」

若者は狐で、佐貫は猟師だった。佐貫の勝ちである。空気が張りつめ、まわりを囲むものたちもしわぶきひとつ立てぬ。

「ハッ！」

つぎは、若者は庄屋で、佐貫は狐だった。またしても佐貫の勝ちである。若者は真っ青になり、握り締めた拳が震えている。

「ハッ！」

若者はまた庄屋で、佐貫は狐だった。あいこすらなく、佐貫の圧勝であった。

「むふふふふ……弱いのう。口ほどにもないやつだ。——では、金はもらうぞ」

こうなると文句は言えない。若者は一両分の丁銀と豆板銀を佐貫に手渡したあと、呆然(ぼうぜん)としてその場に立ちすくんでいた。佐貫はけたたましく笑うと、すぐ近くにある「三国楼(さんごくろう)」という揚屋(あげや)に入っていった。野次馬たちも三々五々離れていき、肩を落とした若者はすごすごと新地を出て行った。

「なんだ、今のは」

澤屋が呆れたように言うと、夢八が、

「あいつ、刀が持てんようになってから狐拳にはまりよったんです。剣術に秀でてたからかどうかわかりまへんけど、拳がやたらに強うて、ほぼ負け知らずですわ。あんな風に賭け勝負に誘うて、『狐拳やったらもしかしたら勝てるかもしれん』と思わせといて、むしりとる……ゆうのがいつものやり口だす。けど、いかさまなしでほんまに勝つのやからしゃあない」

そういうこともあるかもしれない、と雀丸は思った。あの侍が北辰一刀流の免許皆伝だとしたら、剣の腕はたいしたものだろう。剣術の立ち合いにおいては、相手がどういう動きに出るか、どのように攻めてくるか……といったことを一瞬で判断することが要求される。判断を誤ると、それはおのれの死にもつながりかねないのだ。そういう実戦で鍛えあげた「相手がどう出るかを読む力」が狐拳にも生かされているのかもしれない。ただ、「当たり屋」として弱い相手に因縁をふっかけ、委縮させておいてからの賭け勝負はなんとも卑怯である。

「曾根崎新地を根城にしているのかな?」

雀丸がきくと、

「あのガキ、『富士屋』ゆう置屋にいてる小墨ゆう女に入れ揚げてますのや。小墨のほうはえろう嫌とりますけど、当人は金さえあれば小墨を呼ぶ。どこぞのヤクザもんの用心棒をして、小銭を稼いどるらしいです。剣術指南役は無理でも刀を振り回すぐらいはできますさかいな。金がのうても、ああやって無理矢理工面して登楼りよる。ほかの上客も、あの妓には佐貫ゆうお方がついてるさかい呼ばんとこ、ゆうて遠慮するさかい、ええ迷惑のようですわ」

「ふーん……とんだ疫病神に見込まれたなあ」

「小墨も、肘鉄食らわしゃええのに、可愛さあまって憎さが百倍になったときの仕返しが怖いさかい、そこまではでけん。けど、そのうちなんぞどえらいことが起きるんやないか、と我々も心を揉んどります」

澤屋三郎次が、

「なれど、あの侍、狐拳の負け知らずとはたいしたものだ。あんなものは、三遍に一度は負けるのがあたりまえだろうに」

「今のあいつには、拳しか食う術がおまへんさかいな、暇なときは毎日、家で朝から晩までひとりで狐拳の稽古しとるそうだっせ」

「ひとりでどうやって稽古するんだ」

「右手と左手で、石拳をやるらしいですわ」

石拳というのは、紙と石、それに鋏（はさみ）の三すくみである。

「そこまでいくと、拳の鬼だな」

「当人は、北辰一拳流を打ち立てる、て言うとるそうだす」

佐貫が弱い町人を脅して金を巻き上げていることはもちろんよろしくないが、雀丸はほんの少しだけあの浪人の気持ちがわかる気がした。彼も、刀を捨てて竹光作りだけで暮らしていこうと決めたとき、とにかく必死になにかを「会得」しようとしたものだ。いまだにそれは会得できていないと思うし、そもそもなにを会得しようとしていたのかすらわからないのだが……。

「白状しますとな……」

夢八が重大な秘密を告白するかのような口調で、

「じつはわたいも、生まれてから一遍も拳で負けたことおまへんのや」

澤屋が驚いて、

「まことか」

「へえ、それだけがわたいの自慢でおましてな。あのガキ、いつか拳で勝負して、こてんぱんにやっつけたろ、と思てます」

「今やればよかったのに」

雀丸が言うと、夢八は頭を掻き、

「野次馬が多かったさかい、ちょっと気後れしましたんや。つぎに会(お)うたら逃すこっちゃおまへん」

そう言って拳を突き出した。

◇

翌朝、雀丸はふたたび手土産(てみやげ)を持って、天満に松本屋甲右衛門を訪ねた。

「竹光屋の雀丸です。甲右衛門さんはご在宅ですか」

声をかけると、

「いてまっせー。入ってきとくなはれ」

戸を開けると、ふたりの人物が茶を飲みながら談笑している。

「おはようございます。——あ、地雷屋さんまで」

甲右衛門の横に座っている蟇蛙に似た顔立ちの太った商人は、地雷屋蟇五郎である。米の買い占めで巨利を得ているとの噂だったが、案外そうでもないらしい。

「このまえはいろいろありがとうございました」

雀丸が頭を下げると地雷屋は分厚い頰肉を歪ませて笑い、

「なんのあれしき。おたがい持ちつ持たれつで行きたいもんやな」

「そうですねえ」

「あんたは若いけど見どころがあるし、歳上を立てる控えめで素直な気持ちがある。世の中には、ええかっこしいというか、おのれさえよかったらええ、ひとのことはどうでもええ、とにかく目立ちたい……ゆう情けない連中がおるさかいな」

甲右衛門が、

「そう、ぼやきないな。——雀丸さん、昨日は芋羊羹おおきに。留守しとって悪かったな。美味しゅういただいたで。隣の婆さんにもおすそ分けしたけどな」

「今日は、新月堂の御手洗団子、持ってきました」

「おお、二日続けて申し訳ない。なによりの土産や。いただくわ」

甲右衛門は恵比須顔で手を伸ばそうとしたので、

「病のほうはよろしいのですか」

「そ、そやねん。今日はだいぶ塩梅がなあ……」

そこまで言ったとき、いきなり戸が開いて、

「ごめんやす！」

入ってきたのは口縄の鬼御前だった。若い渡世人らしき男をひとり従えている。地雷屋は顔をしかめ、

「ええかっこしいの目立ちたがりが来よったわ」

「なんやと！」

鬼御前が嚙みつくと、蟇五郎は蛇ににらまれた蛙のように口を閉ざし、下を向いてしまった。鬼御前は、ふふん……と鼻で笑うと、雀丸に向かって、

「あらあん、雀丸さん、来てはったん？　うれしやの」

「あ、いや、私は……」

「今日は大事の用があるさかい、また、あとでな」

鬼御前は甲右衛門に向き直り、

「お奉行さん、公事ごとを持ってまいりました。どうぞ公平のお裁きをお願いいたします」

そう言って頭を下げた。

「ほう、おまえさんが直々に公事を持ち込むとは……どういうことかいな」

「ほら、あんた！」

鬼御前が勘吉をまえに押し出すと、

「えーと……お控えなすって」

勘吉は腰を引いて仁義を切ろうとしたので、鬼御前はまたしてもその頭をぴしゃりと叩き、

「そんなんええねん。はよしゃべり」

「へ、へえ……。じつぁきのう……」

勘吉がなにか言いかけたとき、戸が開き、

「ごめん！　わしじゃ！」

入ってきた僧体の人物の異相に雀丸はびっくりした。眉毛から頭頂までがものすごく長いうえに、顎鬚が地面につきそうなほど垂れており、唐(もろこし)の仙人のようである。

「おお、御坊」

甲右衛門は雀丸に、

「この御仁はわしの古い知り合いでな、要久寺の大尊和尚という……」

「噂は聞いてます。大商人や大名家に難癖をつけて、金をせびりとる、坊主の風上にも置けない悪辣和尚だとか……」

和尚は、

「そうほめるな。わしは河内山ではないぞ。そこまで悪うはないわい」

そこまで言ったとき、和尚は鬼御前を目ざとく見つけ、

「貴様、先回りしておったか。この蛇女め！」

「さ、先回りて、ひと聞きの悪い……。あてらは公事ごとをお奉行さんに持ってきたとこや」

「ふふん、どうせその公事というのは、こやつの件であろう」

大尊和尚は身体をずらした。鬼御前は大声で、

「あっ、六蔵！　あんた、この坊主とつるんでたんか！」

「ふふふふ……六蔵はわしの寺の檀家でのう」

勘吉が、六蔵に向かって吠えた。

「こっちが先に横町奉行にお裁きを頼みに来たんだ。てめえはひっこんでやがれ」

「じゃかましいわい。おまえこそひっこんどれ」

ふたりは摑みあいをはじめた。鬼御前が勘吉に、大尊和尚が六蔵に加勢し、そこに蟇五郎も加わったので、狭い長屋のなかはめちゃくちゃになった。

「やめいっ！　やめいっ！　やめぬか！」

病身の甲右衛門が彼らを引き離そうとしたが、突き飛ばされてその場に倒れた。五人はどしん、ばたんとまだ取っ組み合っている。

「壊れる壊れる、家が壊れる！」

倒れたまま叫んでいる甲右衛門を助け起こした雀丸は、

「お怪我はありませんか」

「あ、ああ……なんとか……」

甲右衛門は肩を激しく上下させている。

「どうしましょう」

「ほっとけ。いつものことなんや」

「そうは言っても……このままだと血の雨が降りそうですよ」

「雨でも飴でも降ったらええのや。——あんた、そう言うのやったらひとつこの喧嘩、仲裁してみるか」

「私がですか」

「そや。やれるか」

雀丸はきっとした顔つきになり、そこにあった火吹き竹を手にすると、くんずほぐれつの大騒ぎをしている五人の真っただ中に飛び込み、

「こらっ！」

竹で彼らの頭をひとり一発ずつ、コン！　コン！　コン！　コン！　コン！　と叩いた。

「痛ったあ……！」

皆は頭を抱えて屈み込み、ようやく騒ぎは収まった。雀丸は彼らを見渡し、

「いい大人が五人もそろってなにをしているんです。甲右衛門さんのことも考えなさい。それに、近所にもご迷惑です。皆さんはそれぞれ、仏の道、任侠の道、商売の道を守るべきお方でしょう。もっとしっかりしてください」

五人はしゅんとして頭を垂れた。蟇五郎が上目遣いに、

「わしは悪うない。この坊主が……」

「なんじゃと！　それを言うならこの女ヤクザが……」

「あてのせいにせんといて！　そもそもこの悪徳商人が……」

「いいかげんにしなさいっ！」

雀丸がもう一度火吹き竹を振り上げると、三人はパッと飛び離れたが、鬼御前は蟇五郎を、蟇五郎は大尊和尚を、大尊和尚は鬼御前をにらみつけ、ふうふうと息を吐いている。

（ははあ……これが甲右衛門さんの言ってた「三すくみ」か……）

雀丸にもようやく合点がいった。

三すくみというのは「拳」の根本である。銭占いのように表か裏かの二択ではない。三つの要素があって、どれが一番強いということなく互いに牽制しあう関係が成り立っ

ていることをいう。狐拳の狐・庄屋・猟師も、石拳の紙・石・鋏も「三すくみ」だが、もうひとつ、「虫拳」というのがある。これは、蛇と蛙、ナメクジが三すくみになっている。蛇ににらまれた蛙の例えどおり、蛇は蛙に勝つ。蛙はナメクジを食べる。そして、ナメクジは蛇を溶かしてしまう。

どうやらこの三人は、一緒にするとこんな具合にいがみあい、身動きがとれないようになってしまうらしい。

（これはやっかいだな……）

雀丸がそんなことを思っていると、甲右衛門が言った。

「まあ、とにかくおまえがたが持ってきた公事ゆうのを教えてもらおか」

鬼御前が、

「そや、忘れてましたわ。きのうのことですねんけど、あてが野漠のあたりを歩いてたら、このふたりがえろう揉めてましてな……」

大尊和尚が右手のひらを突き出すと、

「待て待て。なにゆえおまえが話すのじゃ。この件についてはわしが訴状を持ってきた。お奉行にはそれを読んでいただく」

「それはおかしいやろ。あてらのほうが先に来てたんやで。あてがしゃべるのが当然やろ」

「おまえは話し下手ゆえお奉行もお困りになる。きちんと訴状をしたためてきたゆえ、それを読んでもらえれば残らずわかる」

「どうせ自分らに都合のええように書いてるにちがいないわ。そうはいかん。あてから……」

「いや、わしから……」

ふたりが左右からぐいぐい迫るので、甲右衛門もへばってしまった。甲右衛門は荒い息をととのえながら雀丸を見やって、

「すまんが雀さん……わしにはもうこの公事を裁く気力がないようじゃ。あんた、わしの代わりに裁いてもらえんやろか」

「——え？　私が、ですか」

「さよう。——おまえがたも得心であろうな」

甲右衛門にそう言われた鬼御前はにこりとして、

「もちろんあては承知だす。雀さんに裁いてもらえるやなんてうれしいわ。どのような裁定が出たかて、けっして文句は言わしまへん。——あんたはどやの」

大尊和尚も大きくうなずき、

「お奉行は病がちゆえ、いたしかたあるまい。わしにも否やはないぞ」

甲右衛門は莞爾（かんじ）として笑い、

「これで決まった。——雀さん、ほな任すわ」

「うーん……えらいことになったなあ……」

　雀丸はぶつぶつ言いながらも、

「では、こうしましょう。私が、大尊和尚の書いてきた訴状を読み上げます。それを聞きながら、鬼御前さんは間違っているところがあったら直してください。いいですね」

　ふたりとも承知したので、雀丸は書状を読み始めたのだが、ふたりともじっと聞いてはいない。すぐに鬼御前が口を挟み、それにまた和尚がかぶせて、侃侃諤諤、なかなかまえへ進まない。ようやくすべてを読み終えたころには雀丸の声が嗄れていた。

「ようよう終わりましたが……つまりは、六蔵さんは賭場で借りた三両入りの財布を落とした、と」

　六蔵はうなずいた。

「で、それを江戸から来た勘吉さんが拾った、と」

　勘吉もうなずいた。

「勘吉さんはそれを六蔵さんに届けたけれど、六蔵さんは一度落としたものは自分のものではない、おまえにやる、と受け取らなかった」

　六蔵はうなずいた。

「勘吉さんは、自分は拾っただけで財布は落とし主のものだから、とこれも受け取らない」

　勘吉もうなずいた。

　雀丸はどっと疲れが出た。なんというくだらない公事だろう。だが、彼は甲右衛門の代役としてこの馬鹿馬鹿しい案件を裁かねばならないのだ。

　しかし、雀丸には腹案があった。

（あれだ。あれしかない……！）

　小躍りしたいような気分であった。一昨日の夜、御霊神社近くの講釈席で聞いた三席のうちの「大岡政談」がまさに今度の公事そのものといっていいような話だったのである。それは「三方一両損の裁き」といって、勘吉・六蔵同様、三両という金の入った財布を拾った男が親切心から落とし主に届けてやるのだが、相手は「落としたときにわしと金の縁は切れた。拾うたら拾うたもののもんや」と言ってどうしても受け取ろうとしない。押し問答のすえにまわりを巻き込んでの大喧嘩になり、双方一歩も退かず、ついには江戸の南町奉行所に訴え出る。

　町奉行の大岡越前守忠相（えちぜんのかみただすけ）は、どちらもおのれの考えを曲げる気がないのを見て、「ならばこの金子三両は奉行が預かりおく。そして、あらためて正直もののふたりにはお上から褒美として二両ずつつかわすがどうじゃ」

　と言い渡す。ありがたくちょうだいしたふたりに向かって越前守は、

「此度の裁きは、三方一両損と申す。わからぬか。落とした金を届けられたときに素直に受け取っておれば三両だったものが二両になったゆえ一両の損、拾うたほうもいらぬからやると言われたときにもろうておけば三両だったものが二両になったゆえ一両の損、かく申す越前も、三両に一両足したゆえ一両の損。これを称して三方一両損と申すのじゃ」

これが名裁きとして長く語り伝えられたという。

雀丸は、これだ！　と思ったのだ。今の訴えとまるっきり同じではないか。彼は座り直すと、

「双方の言い分、よーくわかった。では、横町奉行代人としての裁きを申し渡す」

精一杯の威厳を示して、そう言った。

「おい、急にえらそうになったじゃねえか」

勘吉に突っ込まれて、思わずむせた。

「控えろ。——まずは、家主に命じて、預けおきし三両を持ってこさせよ」

すぐにひとが走り、家主がやってきてその場に三両の小判を並べた。それを見て雀丸は言った。

「そのほうどもがあくまで金を受け取らぬというならば、この金は奉行がもろうておこう」

甲右衛門が後ろから、

「雀さん、そんなしゃちほこばった物言いせんでも、いつもどおりでええのやで」

とささやいたが、これでなくては一昨日の話を思い出せないのだ。

「そこであらためてお上から、そのほうどもに二両ずつ褒美を下しおかれる。ありがたくちょうだいいたすよう……」

「雀さん、あんたは横町奉行や。お上ではないで」

「黙っておれ。——大工六蔵とやら、そのほうは届けられた金をそのまま受け取っておけば三両になったものが二両になったゆえ一両の損、渡世人勘吉は六蔵がいらぬと申した折に素直にもろうておけば三両だったものが二両になったゆえ、これも一両の損、そして、かく申す奉行も懐から一両出したゆえ……」

そこまで言って、雀丸はハッと気づいた。

（どうして私が一両損しなければならないんだ……）

一両といえば大金である。屋台のうどんは十六文と相場が決まっているが、一両は銭になおすと四千文であり、うどんが二百五十杯食える勘定になる。近頃金がなくて、それこそ雀のようにぴいぴいしていた雀丸にとって一両など出せるはずもない。ぐっ、と詰まったときに、

「あははは……それはあかんわ」

鬼御前が腹を押さえて、身体を折るようにしてけたたましく笑った。

「それ、講釈の大岡裁きやないの。あてもこないだ、聞いたところや」

大尊和尚も、

「愚僧も聞いたことがある。いくらなんでもわしらを馬鹿にしておらぬか」

「え？　いや、その……」

地雷屋蟇五郎も、

「そんな借り物の裁きでは、とても大坂の諸人を納得させることはでけんのう」

勘吉も、

「俺も江戸の寄席で聞いたことがある。そんなものでお茶を濁すたあ、なにが横町奉行だ。がっかりだぜ」

六蔵も、

「わしらをなめとる。もっと親身になって裁いてほしいもんやなあ」

全員から総スカンを食って、雀丸は落ち込んだ。しかし、たしかに皆の言うとおりである。講釈場で聞いたネタのままを「お裁きです」と言われても、そうですかわかりました、とはなるまい。頓智や屁理屈、かつての名裁き……そんなものに頼るのではなく、その場で双方の生の訴えに真剣に耳を傾け、なにが求められているかを考えたうえで、即断即決しなければならなかったのだ。おのれを恥じた雀丸は、ため息をついた。

松本屋甲右衛門はそんな雀丸の様子を見て、

「ははは……横町奉行もこれでなかなかむずかしいもんやろ」

「はい。身に染みました」

甲右衛門は笑いながら、その場にあった小判をつまみ上げて、

「天保金(てんぽうきん)やな。それにしても、大坂で小判というのはあまり見かけんなあ」

上方の銀遣いといって、京・大坂では銅銭以外の大口取引には丁銀や豆板銀が使われることが多かった。しげしげと小判を見つめている甲右衛門に雀丸は、

「私には手に余ることでした。あとのお裁きは甲右衛門さんにお返しいたします」

「なあ、雀さん。せっかく手がけた裁きや。しまいまでひとりでやってみなはれ。途中で放り出すのはようないで」

「はあ……」

「どないするのがええのか、ゆっくり考えなはれ。あんたがええ裁きを思いつくまで、この小判はわしが預かっとく。よろしいかな」

「お願いします」

甲右衛門は居合わせたものたちを見渡して、

「横町奉行の裁きは即断即決が決まりやが、此度ばかりはしばらく待ってもらうことになる。皆の衆もそれでええかいな」

一同は頭を下げた。やはり、甲右衛門の貫禄には雀丸は遠く及ばないようだ。

◇

結局、裁きは雀丸がつける、となったものの、すぐにはよい思案も浮かばない。なにか思いついたらもう一度白洲を開くということで、その日は散会となった。たいへんな重荷を背負わされた気分になって、雀丸はどんよりと天満界隈を歩いていた。

（天神さんにでもお詣りするか……）

そう思って、足を北に向ける。宮前町のあたりまで来たとき、突然、なにかが胸のあたりに飛びかかってきた。あまりのすばやい動きに避けることもできず、雀丸がそれを抱きとめた途端、右脚の臑に「ぐきっ……！」という嫌な感触が走った。雀丸はそのまま仰向けにひっくり返ったが、その「なにか」は、ミャーミャーといいながらしきりに雀丸の顔を舐めまわしている。

（猫……？）

白と黒のぶちの子猫だ。どこかで見たことがあるような……と思っていると、

「ヒナ！　いけません！」

そう言いながら走ってくる若い娘の顔を見て、

「あっ！」

向こうも雀丸を見て、

「あっ！」

それは先日、逃げた飼い猫を捕まえてやった丸顔の武家娘だった。あのときの猫がおそらく今雀丸を舐めまくっている子猫だろう。小柄な娘は猫を抱き上げると、

「またお会いしましたね」

そう言って微笑（ほほえ）んだ。雀丸は起き上がろうとしたが、右脚が痛くてすぐには立てなかった。娘は心配そうに、

「大丈夫でしょうか」

「ええ……たぶん……」

なんとか直立しようとしてよろけた雀丸を、娘は咄嗟（とっさ）に抱きかかえた。いい香りが雀丸の鼻孔をついた。

「す、すいません」

あわてて離れようとした雀丸だが、

「脚を痛められたのでしょうか。私のせいで……」

「そんなたいそうな」

「申し訳ありません。よいお医者さまを知っておりますゆえ、そちらに参りましょう」

「い、いえいえ、ちょっとひねっただけです。すぐに治りますから……」

だが、娘は雀丸に肩を貸し、どこかに連れていこうとするので、

「医者はけっこうです。家に用事がありますし……」

「では、おうちまでお送りいたします。でないと、私の気がすみません」

困ったなあ、と思いつつ、たしかにこうしてもらうと楽なのだ。

「この子、すごい人見知りで、うちの父にもいまだに嚙みつくぐらいなんですが、あなたにだけはなついてるみたいです」

「ははあ……私は雀なので猫には好かれるみたいです」

「雀って……どういうことですか？」

「申し遅れましたが、私は雀丸という名なのです。お見知りおきください」

娘はぷっと噴き出し、

「雀丸さま？　面白いお名前ですこと」

「もちろん本名ではありませんが、竹細工を作るのが仕事ですので、竹に雀の縁でそう名乗っているのです」

「まあ……」

ふたりが天神橋のたもとまでやってきたとき、

「その！　なにをしておる！」

まえから橋を渡ってきたのは、四十歳を少し超えたぐらいの武士だった。着流しに黒

の羽織、細身の大小に雪駄履き、御用箱を担いだ小者をひとり連れており、ひとめで町奉行所の同心とわかる。顔はいわゆる馬面というやつで、鼻から下がかなり長い。

「父上、このお方は……」

「言うな！　わかっておるぞ。こやつが急におまえに襲いかかったのであろう」

「いえ、そうではなく……」

「皆まで申さずともわかる。力ずくでおまえを押さえ込み、連れ去ろうとしたにちがいない」

「ですから、このお方がわたくしの……」

「許せぬ。父がこやつを成敗してくれる！」

馬面の同心が刀の柄に手をかけたとき、娘が抱えていた猫がいきなりその馬面を引っ掻いた。

「うがーっ！」

同心は顔面を押さえてうずくまり、その隙に雀丸は逃げ出した。痛みをこらえて走りながら、

（親が馬面でも子は丸顔なんだな……）

と妙なことに感心していた。

◇

深夜。

「豆太さん……豆太さん」

勘吉はそっと豆太を揺り動かした。布団にくるまって熟寝(うまい)をむさぼっていた豆太はうっすら目を開けると、

「なんや、旅人(たびにん)さんかいな。こんな夜中にどないしたんや。——ま、まさか、わてはそっちの趣味はないいで」

「しっ……声が高い」

勘吉は豆太の口を手で押さえると、

「豆太の兄いにちっときてえことがあるんだ」

「兄い？　ええ響きやなあ。なんでもきけ。自慢やないが知ってることは教えられるけど、知らんことは教えられへんで」

「そりゃああたりめえだ。——難波御蔵ってのはどこにある？」

「難波御蔵？　そんなとこ行ってどないすんねん」

「六蔵っていう大工が落とした金ってのは、そこの賭場で借りた金だって聞いたもんでね。——俺(おり)ゃあ博打が三度の飯より好きで、家を勘当されて、それでこうしてヤクザも

のになったんだ。道中は、親分の言いつけで博打を封じてきたけど、こうして揉めごとに巻き込まれて大坂で足止めを食うと、なんて言ったらいいのか、その……」

「へへへ……博打好きの虫が騒ぎ出した、ゆうやつやな」

「そいつだ。さすが、兄い。上手えこと言うね」

「わても博打好きやさかいな。——難波御蔵はここから近いし、今晩もご開帳になってるはずや。よっしゃ、一緒に行こか」

「おう、そうこなくちゃ」

「難波御蔵」というのは飢饉に備えて設けられた公儀の米蔵で、広大な敷地のなかに多数の蔵が並んでいた。日頃は常駐の役人もおらず、赤犬の千兵衛という元締めがすべてを仕切っていた。夜になると、その赤犬親方が近隣の町人や百姓を集めて賭場を開くのである。

赤犬の千兵衛は、元来は難波御蔵への米の運搬などを一手に請け負っている荷問屋の伝馬役で、道頓堀と難波御蔵をつなぐ堀川を航行する小舟数艘や馬などを所有しているが、大勢の人足を使うところからいつしか土地の顔役になった男である。荒っぽい馬方や仲仕たちを束ねるだけでなく、博打打ちとしての子方も大勢従えている。

「草博打やけどな、毎晩、けっこうな金が動くらしいで」

「そりゃあ楽しみだ」

「けど、うちの姉さんは、わしらが素人衆の遊び場に出向くのを嫌がりはるさかい、こっそり行こ」

「合点承知の助だ」

ふたりはにやりと笑い合い、提灯を持って抜き足差し足、そーっと家を出た。

「あんた、その荷物はなんやねん」

「こいつは親分から預かった脇差さ。住吉大社に奉納するんだ」

「そんなもん置いていきいな」

「あんたたちを疑るわけじゃねえが、これは今の俺にとっちゃ命より大事なもんだ。もし、兄いのところが火事にでもなったら困るから、こうして抱いていくのさ」

「縁起悪いこと抜かすやっちゃで」

口縄坂から難波御蔵までは四半刻もかからぬ。顔見知りの木戸番に木戸を開けてもらい、無駄話をしているうちにあっというまに着いてしまった。もちろん入り口には本来、閂がかけられているはずだが、くぐり戸は開けっ放しで、博打の客が勝手放題に出入りできるようになっていた。暗いなか、蔵を三つほど越えると、明かりのついている建物があった。なかに入ると、左隅に結界で囲まれた商家の帳場のような場所があり、そこに褞袍を着た五十がらみの大男が鉈豆煙管をくわえ、不機嫌そうな顔つきで座っている。この男が赤犬の千兵衛らしい。頭のうえには貧相ながらも神棚が祀られており、三宝(ほう)や榊(さかき)、お神酒(みき)徳利などが置かれ、そこに恵比寿さんの福笹(ふくざさ)が立てかけてある。

「遊ばせていただきまっせ」

豆太がそう言うと、千兵衛はぶすっとした顔のまま、

「ここは素人衆の遊び場や。おまえらみたいなヤクザの来るとこやない。帰った帰った」

「まあまあ、赤犬の親方、そう言わんと。わてら、博打が三度の飯より好きですねん。端っこのほうでちょこっと遊ばせてもろたらそれでよろしおます。なんとかお願い申します」

「うーむ、それやったらええけどな、素人衆の遊びを邪魔する、てなことはしてもろたらどもならんで」

「それはもう、十分に心得てます」

「イカサマとかも勘弁してや。もし見つけたら、手首から先、切り落とすからな。これは、かたがた言うとく」

勘吉がカチンときて、

「おう、イカサマだと？　おうおうおう、そんな悪さするような男かどうか……」

豆太があわてて制し、

「ま、ま、ま、ま……あんたは黙っててや。――親方、わてら、イカサマやなんてそんな器用な真似(まね)はどだいでけまへんのや。隅っこで遊ばせとくなはるか」

　というわけで、ふたりは賭場の客となった。二十畳ほどのがらんとした部屋の四隅に燭台(しょくだい)が立てられており、中央には畳を三枚つないで鎹(かすがい)を打ったものが敷かれている。その左右に、町人や百姓などが目をぎらつかせて座っている。正式な賭場ではないから、駒札(こまふだ)ではなく、金をそのまま張る。中盆(なかぼん)を兼ねた壺(つぼ)振りがひとり、壺を持って立膝をしている。勘吉と豆太は一番端に座った。

「さあ、半方(はんかた)ないか、半方ないか……」

　勘吉がすぐにも金を張ろうとするのを豆太が、

「おい、熱うなるなよ。わてらは素人衆に交じって軽う遊ばせてもらうだけやで」

「ああ、わかってらあ。名高い親分衆の花会にも出たことがある俺だ。こんなシケた連中相手に本気になるわけがねえだろ」

「それもそやな」

「さあ、丁半駒揃(そろ)いました。——勝負！」

　壺振りの言葉に、勘吉はぐいと身を乗り出した。

　雀丸は、加似江と差し向かいで朝餉(あさげ)をしたためていた。昨夜の冷や飯を茶粥(ちゃがゆ)にしたものと漬け物、イワシの丸干しという質素な献立である。

「こんな菜では痩せてしまうわい」

食べながら加似江は文句を垂れた。

「お祖母さまは太り過ぎゆえ、これでちょうどいいと思いますが……」

「馬鹿なことを。もっと滋養のあるものを食わせてもらいたいのう」

「たとえばどんな？」

「ウズラの味噌漬けとか、な」

「へえ、朝からですか」

一昨日、土産を買うのを忘れていたことをまだ根に持っているようだ、と思いつつ、
雀丸は軽く受け流して、

「そのうち大金が転がり込んできたら、お食べいただきますよ」

「それはいつなのじゃ」

「さあ……」

食器を片づけようと立ち上がったとき、

「雀さん、いてはりますか」

入ってきたのは「しゃべりの夢八」だ。

「すんまへん、時分時でおましたか」

「今すんだところです。かまいませんよ。――こんな朝早くからどうしたんです」

「昨日の夜遅うにあの浪人、佐貫平左衛門がまたぞろ曾根崎新地に来よりましてな……」

夢八の顔は暗い。

「『富士屋』から小墨を呼ぼうとしたのやけど、よそでお座敷がかかってるさかいゆうて断られよった。それを根に持って、小墨を呼んだ客のところに行って、わしの女に座敷をかけるとは不届き至極だ、と難癖をつけ、刀を抜いて客を脅したりして、しまいにはその客に狐拳の勝負を挑みよったんです。俺が勝ったら小墨を譲れ、ゆうて……」

「うわあ……」

その座敷のひりついた様子が目に見えるようだ。

「もちろん三遍続けて勝ちよった。約束だ、と小墨の手を引いて連れていこうとしたとき、駆けつけた『富士屋』の若い衆が立ちふさがりましてな、この里で好き放題な真似されてはほかの客にしめしがつかん、ゆうて佐貫をぼこぼこにしよったんだす」

「えらいことだなあ」

「佐貫は、刀を振り回して大暴れしたあげく、とうとう小墨に、『二度と来んといてくんなまし。主の顔を見るのも嫌でおます』とはっきりふられ、『抜かしたな。今度は金を持ってきておまえを身請けしてやる。それなら文句は言えまい。そうなったらおまえを煮るなと焼くなとわしの勝手だ』と言い放って、そのまま逃げ出した……ゆうのがついさっきのことでおます」

加似江が憤然として、

「そういう輩は、ぎゅっと絞めてやらにゃあならぬ。芸子や舞妓がかわいそうじゃ」

「けど、店側は客を選ぶわけにもいかんさかい、逃げ腰だすのや。つぎにまた暴れられて、怪我人や死人が出たらえらいことになる。小墨に因果を含めて、上手にあしらわせる……ゆうところとちがいますか」

「小墨さんひとりに災難を押し付けるのはよくないな」

「雀さん、なんぞええ知恵はおまへんやろか」

「そうですねえ……その浪人、どこかのヤクザの用心棒をしていると言ってましたね。名前はわかりませんか」

「聞いてまへんなあ……」

そのとき、

「雀丸さんの家はここですかい」

表で小さな声がした。聞き覚えがある声だ。

「そうですよー、入ってください、勘吉さん」

勘吉が左右を見渡しながらおずおずと入ってきた。まえに会ったときの威勢のよさは微塵(みじん)もない。

「どうしたんです？　鬼御前さんと一緒じゃないんですか？」

「それがその……なんてえかその……つまりその……」

「じれったいのう！　男ならしゃきしゃき言わぬか！」

見知らぬ老婆がいきなり怒鳴ったので勘吉は直立不動になり、

「わ、わ、わかりやした。虫のいい話だが、こいつあだれにも内証で願いてえんだ……」

雀丸はにっこり笑って、

「うちのお客さんはたいがいそうです。祖母も口は固いですからご安堵ください」

「そっちの御仁は……？」

勘吉が夢八を見たので、

「ああ、このひとは私の古い友だちですから大丈夫」

古い友人どころか、このあいだはじめて会ったばかりである。

「そ、それじゃあ恥を忍んで話させていただきやすから、どうぞあっしの申し上げることひととおり、聞いてやっておくんなせえ」

勘吉の話というのはこうである。

生来の博打好きの勘吉は、思わぬことで大坂に足止めを食ったせいで我慢ができなくなり、豆太という男とともに難波御蔵で開かれている賭場へと赴いた。はじめは勝っていたので鷹揚に賭けていたのだが、そのうち負けが込みはじめて、つい熱くなってしまった。豆太が横から、熱くなるなと何度もしつこく言ってくることにも苛立ち、なんとか負けを取り返そうと倍、倍、倍……に張っていったのだが、丁と張れば半と出て、半と張れば丁と出て、裏目裏目が続き、ついにはすっからかんになってしまった。

「勘吉さん、もう帰ろ」

　と豆太が言うのを、

「うるせえ！　素人衆ばかりのなかで博打打ちが、からっけつになったからってすごすご帰（けえ）れるかい！」

　頭に血がのぼった勘吉は、帳場に行って赤犬の千兵衛に、

「悪いがちいっとばかし駒を借りてえんだが」

「言うたやろ。ここは素人衆が一日の疲れをとりに来るところや。おまえら本職が出しゃばる場所やない。金がのうなったら、帰った帰った」

「そう冷たく言わねえでさあ、なあ、頼みますよ、ねーえ、親方さん」

「ふん……しゃあないな。で、おまえ、形（かた）はあるんか」

「形……？」

「金を借りるのやから形を入れるのはあたりまえやろ。それともなんや、初顔の、どこの馬の骨とも知れんやつに、形もなしに駒を融通せえ、ゆうのか」

「いや……それは……」

「なんじゃ、なんにも持ってないんかいな。すかんぴんでは話にならんわ。去（い）に！」

カッとなった勘吉は、着物をくるくると脱ぎすてるとおのれの長脇差とともに差し出した。

「これで一両貸してくれ」

しかし、赤犬は鼻で笑い、

「一両？　そんなシラミのたかったような着物と安もんのドスでそんなに貸せるかいな。街道筋の田舎博打場やないのやで。それやったらまあ……五百文ゆうところやな」

「ご、五百文だあ？　足下見やがって」

しかし、着物も長脇差もたしかに安物である。ぷい、と横を向いた赤犬の態度に腹を立てた勘吉は思わず、風呂敷包みを解くと預かっていた奉納のための脇差を出した。

「馬鹿にするねえ！　形ぐらい持ってらい。こいつでどうだ」

豆太が、

「あ、あかん、勘吉さん、それはあかん……」

袖を引くのを払いのけて、

「これなら立派な形だろう。いくら貸す」

赤犬の千兵衛は脇差をじっくりと検分し、鞘から抜いたり、明かりに透かしたりしていたが、

「ま、これやったら七両半いうところやな」

「嘘つきゃあがれ。十五両はする代物だぜ」

「嫌ならやめとき」

「わ、わかった。七両半でいいから貸してくれ」

駒をもらった勘吉はあわてて賭場に戻ると、

「これで取り返してやるぜ！」

「あかんて。勘吉さん、えらいことになっても知らんで」

「あのなあ、兄い、博打ってものには運気の流れってものがあるんだ。さっきまで俺ぁついてなかったが、一晩中ってことはねえ。そろそろ風向きがこちらに向いてくるはずだよ。なあに、七両半もありゃあなんとか……」

黙って聞いていた加似江がぼそりと、

「で、えらいことになったのじゃな」

うなだれた勘吉が、

「そういうこって……」

「アホじゃのう」

「へえ……親分にもそう言われやした。だから、道中はかたがた博打をするな、と言われてたんですが、つい……」

雀丸が、

「で、私になんの用です」

勘吉はその場にがばとひれ伏して、

「雀丸さんは、大坂にふたりといねえ竹光作りの名人だてえことを、豆太の兄いに聞いてまいりやした。このままじゃあ俺ぁ江戸へ帰れねえ。親分から預かった脇差そっくりの竹光を雀丸さんにこさえていただいて、それを住吉さんへ奉納してえんです。どうかお願(ねげ)えいたしやす」

「神さんをだまそう、とするとはとんでもないことじゃ、この大たわけ！」

加似江が叫ぶと勘吉は頭をすくめて、

「とととんでもねえ。神さまはなんでもお見通しでさあ。けど、このまま手ぶらで住吉さんへは行けねえ。親分に会わせる顔もねえ。鬼御前の姉さんの耳に入っても困る。せめて同じような造りの竹光をお納めして、受け取りをもらい、あとで金ができたら、本物の脇差と取り返させてもらいてえ……そう思っておりやす」

「その言葉、嘘偽りはありませんね」

雀丸が言うと、

「へえ……今度のことは骨身に染みやした。雀丸さん、この窮状をなんとか救っておくんなせえ」

雀丸はしばらく考えていたが、

「わかりました。私でよければ力をお貸ししましょう。ですが、その奉納用の脇差、長さ、太さはもとより、柄、鍔、鞘などの拵えも知りたいので、一度、この目で見てみたいのですが……」

「そう言われても、ものは赤犬の親分に形に取られちまったんで……」

「頼んだら見せてくれませんかね。なにも奪い返そうというわけじゃないんだし」

「さあてね……あの賭場にはもう行きたくねえんでさあ」

「どうして」

「借りた七両半をみるみるすっちまったんで、さすがに頭ぁ来て、ちっとばかしゴネてみたら、奥から用心棒らしい浪人が出てきやがって、白刃をいきなり喉に突きつけやがってね、命が惜しくばとっとと出ていけ……てなことを言われちまって……」

加似江が露骨に舌打ちをして、

「それで肝が縮み上がってしもうたか。ヤクザのくせに情けないのう」

「へえ……なんともすいやせん。ヤクザ同士の喧嘩なら慣れてるんでやすが、侍はどうも苦手で。狐やら猟師やらの柄を散らした着物を着た、凄そうなやつでした」

雀丸と夢八は顔を見合わせた。

「そうか、そんなところにいたのか」

雀丸がそう言ったとき、

「雀さん、いとるか」

　表から声がした。雀丸は苦笑して、

「今朝はお客が多いなあ。――甲右衛門さん、どうぞ、開いてますよ」

　横町奉行の甲右衛門が入ってくると、夢八や勘吉を見て、

「千客万来やな。けっこうけっこう」

　雀丸が、

「病のほうはよろしいのですか」

「え？　あ、ああ……そうやな。今朝はどうもいつもより塩梅がええらしい。けど、ほんまはそうでものうて……」

「なにを言ってるのです」

「そんなことはどうでもええ。昨日、どうにも気になったんでな……」

　甲右衛門は懐から小判三枚を取り出すと、

「一応知り合いの両替屋に行って調べてもろたのや。そうしたら……」

「はあ」

「これ……贋金（にせがね）やったわ」

　一同はのけぞった。

「鉄板に金の鍍金（めっき）をほどこしてあって、なかなかようできてる、と言うとった。素人が

作れる代物やないそうな」

「たしか六蔵さんは、この小判、赤犬千兵衛の賭場で借りた、と言ってましたよね。

——これは、どうあっても難波御蔵に行くしかないようです」

雀丸がそう言って立ち上がると、夢八も、

「わたいも行きまっせ」

「わしも行こう」

加似江が言ったので、

「お祖母さまは留守番をお願いします。甲右衛門さんもです」

「じゃあ俺も……」

勘吉の言葉に雀丸はかぶりを振り、

「あなたは行、く、の」

勘吉は無言でうなずいた。

三

賭場が開かれるのは夜中である。雀丸と夢八、それに勘吉の三人は難波新地近くで店を出していた屋台のうどん屋で生姜(しょうが)をたっぷり入れたあんかけうどんを食べて腹ごしらえをしてから、難波御蔵へと乗り込んだ。

「また来たのか」

縕袍を着た赤犬の千兵衛は上目遣いに勘吉を見ると、

「やめとけ。おまえには博才がない。損するだけやで」

「今日は遊びにきたんじゃねえんだ。昨日渡した長脇差のことなんだが……」

「腕ずくで取り返すちゅうんか」

「いや、そうじゃねえ。あれをもう一遍だけ拝みてえんだ」

「なんのために。見せた途端に摑んで逃げる腹やろ。そうはいくかい」

「ちがうって。わけを言わなきゃわかんねえだろうが、あの脇差は住吉さんに奉納するための親分からの預かりものだったんだ。手ぶらじゃお詣りできねえから、あれの偽物(ぎぶつ)をここにいる竹光師の雀丸さんに作ってもらって、代わりにそいつを奉納することにしたのさ」

「へっ！　おまえとこの親方も出来の悪い子方を持って不幸せやな」

「面目ねえ。——なあ、頼むよ」

「わかったわかった。——おい」

千兵衛が顎をしゃくると、ひとりの子方が簞笥(たんす)から脇差を取り出した。千兵衛から脇差を受け取った雀丸はそれをとっくりと見ながら、

「うーん、これはいい仕事ですねえ。七両半なら安いです。たぶん三十両はするでしょう」

「うちは質屋やない。賭場の貸し借りゆうのはそういうもんや」

「ええ、それについては文句はありませんが、ひとつだけおたずねしたいことがあります」

「なんじゃい」

「六蔵というひとがここに出入りしていますよね」

「六蔵……？」

子方が千兵衛に、

「ときどき来る大工の……」

「ああ、あいつか。知っとる。あいつがどうかしたか」

「先日、こちらで三両借りたとうかがいました」

「そうやったな。あの金、まだ返してもろてないが……それで？」

「小判やったと聞いてます。上方で小判は珍しいんで、出どころはどこかな、と思いまして」

千兵衛は用心深そうな顔つきになり、

「いちいちそんなもん覚えとるかいな。——だいたい、おまえ、なんでそんなこと根掘り葉掘りきくのや。町方の手先やないやろな」

「ちがいます。私は、横町奉行の手伝いをしているものです」

雀丸はあっさりと言った。横町奉行と聞いて千兵衛は安堵したらしく、

「横町奉行なら怖いことあらへんな。ほな、腹割って話すけど、わしもな、ときどき小判を持って遊びにくる客がおるさかい、妙やなあとは思とったんや。金蔵にもかなり貯(た)まっとると思うで。――とはいえ、金でも銀でも銭でも金は金や。選(え)り好みしとったらこの商売はやっていかれへん」

「そりゃあそうでしょう」

「後ろ暗い金でも金は金。盗んだもんでもドブで拾たもんでも、汗水垂らして稼いだ金でもおんなじや」

「はあ……」

そのとき、賭場の端にいた客のひとりがそっと立ち上がり、部屋を出ていった。髷(まげ)を崩し、着物も町人体にしてはいるが、隠れ遊びに来ている侍だろう、と雀丸は思った。ちら、と夢八を見ると、夢八は飲み込み顔でうなずいて、どこかに行ってしまった。

「わしとこも客商売でな、客がどこからどんな素性の金を持ってこようがいちいち気にしてはおれんし、また、気にしてはならん。つまり、なんぼ横町奉行の筋のもんやいうたかて、客人のことをおまえに話すわけにはいかん、ということっちゃ」

「わかります。私も商売をしておりますので、客の秘密は守らなくてはなりません」

「えろう物わかりのええやっちゃな。わかったら、ほな帰り」

「ところで今日は、佐貫さんはいらっしゃらないのですか」

「佐貫？　ああ、『拳の先生』かいな。半刻ほどまえに見かけたけど……おまえ、あの先生とも知り合いかいな」

「そういうわけじゃないんですが……」

　雀丸は立ち上がると、

「じゃあ勘吉さん、行きましょうか」

　千兵衛は顔をしかめ、

「おい、その脇差、返さんかい」

「え？　これですか。これはいただいて帰りますよ」

「なにを言うとんのや。見るだけて言うたやろ。返してほしかったら七両二分払わんかい」

「いえ、払う気はありません。だって……ここの博打はイカサマでしょう？」

　勘吉が目を剝いて、

「な、な、なんだと？　イカサマだったのか！」

　千兵衛はゆっくり立ち上がると、ドスのきいた声で、

「おい、若いの。滅多なことを言うもんやないで。うちの賭場にケチつける気か。腕の一本、足の一本ではすまんで」

「ははは……だって、一番わかりやすいイカサマですから……。たぶん賽子(さいころ)に鉛が仕込んであって、丁しか出ない組と半しか出ない組があるんでしょうね。さっきから横目で見ていたら、壺を振ってるひとが、しょっちゅう賽子をお客さんにわからないように取り替えてますから、こどもでもわかりますよ」

勘吉は天井を仰いで、

「おとなの俺がわからなかった……」

千兵衛はかたわらにあった長脇差を抜くと、

「おい、こいつら叩き斬ってしまえ。難波御蔵のなかでなにが起ころうと、町方は踏み込めん」

何人かいた子方たちもそれぞれ匕首(あいくち)や脇差を抜いた。客たちは悲鳴を上げて部屋から逃げ出した。

「さあ、かかってきやがれ。よくも俺をコケにしやがったな!」

勘吉も長いやつを抜き放ったが、雀丸は千兵衛が吸っていた鉈豆煙管を煙草盆(たばこぼん)からひょいと取り、それを十手のように構えた。

「やってまえ!」

千兵衛が怒鳴ったが、子方たちは刀の切っ先をぶるぶる震わせるだけで動こうとしない。喧嘩慣れしていないようだ。しかたなく雀丸はつかつかと千兵衛に歩み寄り、煙管でその脳天を思い切り叩いた。カツーン！　という甲高い音がして千兵衛は頭を抱え、

「お、おい、先生、探してこい！　そこらへんにいてはるはずや！」

「へ、へえ！」

ひとりが奥に駆け出していったが、すぐに戻ってくると、

「拳の先生、いてはりまへん」

「そんなはずない。わしはさいぜん見かけたのや」

「そ、それと、金蔵が開いとりまして、金が一文ものうなっとります」

「な、なんやと！」

そう叫んだあと、千兵衛は目を回したのか神棚にすがりついた。榊やお神酒徳利、福笹などががらがらと落ち、千兵衛はその場に倒れた。

◇

曾根崎新地にある置屋「富士屋」の二階にある客間で、主（あるじ）の富士屋六治郎（ろくじろう）は佐貫平左衛門と向き合っていた。佐貫の目は血走り、尋常でない様子である。富士屋六治郎の後ろには、若い芸子が憔悴（しょうすい）しきった顔つきで下を向いている。小墨であろう。

「富士屋、小墨は昨夜、こともあろうにこのわしに向かって、『二度と来んといてくんなまし。主の顔を見るのも嫌でおます』と抜かしよった。金さえ出せば客だ。芸子の分際で客への雑言、許すわけにはいかぬ」

富士屋六治郎は顔色ひとつ変えることなく、

「芸子はうちの財宝でおます。この子らあってのうちの店だす。佐貫さまがこの子にご執心ゆうのはまえから聞いとりますが、金さえ出せば客ゆうのは間違うとります。芸子舞妓も店もまたお客さんも、おたがいに気を配り合って、面白おかしゅうひとときを過ごす、というのがおとなの遊びごととちがいますか」

「えらそうなことを……客に説教か」

「そやおまへんけど……その女子が嫌がっているのをわかってはるなら、ほかの女子に乗り換えるとか、遊び場を変えるとかするのが粋なお客さんのなさりようやと思いますけど」

「わしは小墨ひとすじ、ほかの女など考えたこともない」

「一途なのはけっこうだすけどな、さっきも申しましたように芸子舞妓はうちの財産。あんさんおひとりのものやおまへん。独り占めしたかったら、身請けしとくなはれ。ただし、小墨の身代金と借銭はあわせて百八十両はおまっせ」

「ほう、たった百八十両か」

佐貫はにやりと笑って立ち上がると、帯から胴巻きを外し、その場に放り出した。がちゃがちゃ……という音とともに小判が散乱し、畳のうえに山吹色の池ができたようになった。富士屋は蒼白になり、小判と佐貫を交互に見て、

「あ、あ、あんさん、これ……」

「驚いたか。小墨を独り占めしたかったら身請けせよと申したな。二百両ある。残りは貴様にくれてやる。――約束だ、小墨をもろうていくぞ」

佐貫は小墨の手首を摑んで、ぐいと引き起こそうとした。

「お、親父さま……！」

小墨は悲鳴を上げて主に助けを求めたが、富士屋は呆然として動けない。

そのとき、唐紙が開き、入ってきたのはひょろっとした若い町人だった。手に、なぜかえべっさんの福笹を持っている。銭かます、米俵、才槌、恵比寿小判……といった吉兆もぶら下がったままだ。

「なにやつだ、貴様！」

佐貫が怒鳴りつけると、若者は言った。

「竹光屋雀丸」

「なんだか知らぬが、そこをどけ。どかぬと斬り捨てるぞ」

「小墨さんを放しなさい」

「なに？　貴様、小墨に関わり合いのものか」

「いいえ、会ったこともないです」

「俺を愚弄するつもりか。とにかく小墨は俺のものになったのだ。連れていく」

雀丸は両手を広げて佐貫のまえに立ちはだかった。

「あなたには小墨さんを連れていくことはできません。なぜなら、その金は……」

雀丸は、積み重なった小判をちらと見やり、

「贋金だからです」

「でたらめを抜かすな」

「すいません、楼主さん、そこの小判をひとつ放っていただけませんか」

富士屋はなんのことだかわからぬままに、一枚を雀丸に向けて投げた。受け取った雀丸はそれを前歯でガリッと噛み、佐貫平左衛門に示した。金鍍金が剥がれて、地金が剥き出しになっている。鉄だ。わなわな震えながら小判の山を見すえている佐貫に、雀丸は言った。

「その金で小墨さんを身請けしたら、あなたは贋金使いの罪で磔(はりつけ)になります。でも、今ならまだ引き返せますよ。——どうしますか」

「くそっ！」

佐貫は雀丸を突き飛ばすと、大刀を抜き放ち、正眼(せいがん)に構えた。腕を痛めてお払い箱に

なったとはいえ、もとは剣術指南役である。強くないわけがない。雀丸はそんな相手に向かって、右手に持ったえべっさんの福笹を突き出した。

「ふざけておるのか」

「いいえ」

「――死ねっ！」

佐貫が踏み込んできたところを、雀丸は雀のようにひらりと体をかわし、笹を振ってその手首をぴしゃり！　と打った。

「あっ……！」

激痛が走ったらしく、佐貫は太刀を取り落とした。佐貫は恨みのこもった形相で雀丸をにらみつけ、今度は脇差を抜いた。それを小墨の喉に突きつけた。しまった、と雀丸は思ったが、人質を取られてしまったのでどうにもならない。佐貫は、小墨を引きずるようにして階段を下りていった。雀丸と富士屋もあとを追う。

髷もざんばらになり、鬼のような形相の佐貫が抜き身の脇差を持って店の外に出ると、たまたま通り合わせた客や店のものたちが、悲鳴を上げて散り散りに逃げた。佐貫は小墨に切っ先を突きつけたまま、大通りに向かって大股で歩いていく。

「だ、だれかお役人に……」

その声を耳ざとく聞きつけた佐貫は、

「不浄役人を呼んだならその場でこの女を殺し、わしも自害する。町奉行所には報せるな！」

　これでもうだれも動けなくなった。雀丸と富士屋が表に出たとき、夢八が近寄ってきた。

「雀さん、わかりましたで」

「おう、それで？」

「他聞をはばかります。耳、貸しとくなはれ」

　夢八は雀丸になにごとかをささやいた。雀丸はしばらく絶句していたが、やがて絞り出すように、

「それは……根が深いな」

「そうだっしゃろ。どえらいことだっせ」

　ふたりがそんなことを言っているあいだに、佐貫平左衛門は曾根崎川を背にして小高い場所にのぼり、小墨の喉を脇差でひたひたと叩きながら、

「富士屋、どこにおる」

　そう声をかけた。

「わてはここだす」

　富士屋六治郎が右手を挙げると、

「今から取引をしようではないか。おまえも、大事な芸子をむざむざ殺されたくはなかろう」

「あたりまえだす。うちにおる子は皆、わての娘みたいなもんだす」

「ならば、わしと拳で勝負せよ」

「け、拳だすか」

「そうだ。狐拳でわしに三遍続けて勝ったら、小墨は無傷で返してやろう。なれど、わしが勝ったら、小墨はわしのもの。——どうだ、勝っても負けても恨みなしだ」

夢八が、

「あ、あかん、あいつの思う壺にはまる……」

しかし、富士屋は一歩まえに出ると、

「あんさんが負けはったら、ほんまに……ほんまに小墨はそのまま返しとくなはるか。嘘やないやろな」

「言うにゃ及ぶだ。万一、わしが負けたら、小墨との関わりを断つどころか、曾根崎には二度と足を踏み入れぬ。いや……」

「拳の鬼」は薄い笑いを浮かべると、

「腹を切る」

「ほ、ほんまだっか！」

「約束しよう。しかも、この場でだ。──どうだ、それならおまえたちに損はあるまい」

富士屋は心を動かされたようだった。

「けど……わては拳なんかやったことおまへんのや。だれぞ代人を立ててもよろしやろか」

「かまわぬ。そやつが拳の巧者であればあるほど、わしの勝ちが嘘偽りのないまことのものとわかるだろう」

「えーと……えーと……」

富士屋はまわりを見渡した。雀丸は夢八の脇の下をつつき、

「ちょっと……ちょっと」

「なんでやす」

「なんでやすじゃないですよ。こないだ言ってたでしょう。生まれてから一遍も拳で負けたことがないのが自慢だって」

「そんなこと言いましたかいな」

「いつか拳で勝負してこてんぱんにやっつける、つぎに会ったら逃さないって啖呵切ってたじゃないですか。──さあ、今こそその拳の腕を見せるときです」

「うーん……そうですなあ……」

「このままだと富士屋さんが戦わざるをえなくなって、ぼこぼこにやられてしまいます

よ。ささあ、さあさあ……行った行った」

　雀丸は夢八の背中を押した。

「しゃあないなあ……」

　そう言いながらも夢八は手を高々と挙げ、

「わたいが相手になったるわ！」

　まわりのものたちは、

「あれ、しゃべりの夢八やないか」

「ああ、嘘つきの……」

「あいつ、拳が強いんか」

　夢八は彼らを尻目に佐貫平左衛門のまえまで進み出ると、

「わたいは日本一の拳の名人や。おまえなんか鼻毛の先で吹き飛ばしたる」

「威勢のいいやつがでてきたと思ったら、おまえ、このあたりを流しておる芸人ではないか」

「それがどないした。わたいはオギャーと生まれてから今まで、拳で負けたことがないのや。覚悟せえ。イカサマ、後出し、ずるはなしやぞ」

「わかっておる。三遍続けて勝ったほうが勝ちだぞ。では……ヨイヨイヨーイ……」

「ちょ、ちょちょ、ちょっと待ってくれ」

「なんだ、今さら」

　夢八は顔中に汗をかき、

「あのな、これは拳の大名人同士の対決やさかい、三遍勝負ゆうのは軽すぎるんとちがうやろか。せめて五遍勝負にしてくれ」

「ふん、よかろう。三遍でも五遍でも同じことだ。勝つのはわしだからな」

「や、や、やかましい。かかか勝つのはわたいや」

「どうしたどうした。声が震えておるぞ」

　夢八はくるりと身体を半回転させ、雀丸のほうを向いた。すでに顔だけでなく着物も汗でびっしょりになっている。

「すんまへん。代わってもらえまへんか」

「どうしてです？」

「やりとうても手が……この手が動きまへんわ」

「今まで負けたことのない拳の名人なんでしょう」

「あはは……わたいの商売なにか知ってなはるか」

「嘘つきです」

「あれも嘘。真っ赤な嘘です」

「なんでいらない嘘をつくかなあ」

「なんでですやろ。もう、癖になってまんねん。わたいの言うことは信用せんとくなはれ」

「さっきの件も？」

「いや、あれだけはほんまだす」

　雀丸はため息をつくと、

「すいませーん、私が代わりの代わりをやりまーす」

　そう言うと、佐貫のまえまですたすたと歩み寄った。

「また貴様か。これはただの遊びではないぞ。この女の一生がかかった真剣勝負なのだ。それを承知で、わしと拳をするのだな」

「はい。でも……」

「でも、なんだ？」

「拳ってやったことないんですけど、私にできますかね」

　佐貫だけではない。富士屋も、野次馬連中も皆ずっこけた。喉に刃を突きつけられている小墨までが、

「ちょっと真面目にやっとくれやす」

「はいはい、すいません。えーと、これが狐で、これが猟師で、これが庄屋か。狐は猟師に勝って……いや、逆か……」

佐貫平左衛門は馬鹿にされているのかといらいらして、

「ほかのやつに代わってもらえ！」

「だめです、私がやりますから。いえいえ、ほんまです。――よいよいよーい、ハッ！」

いきなり勝負がはじまった。佐貫が狐で、雀丸が猟師。雀丸の勝ちだった。うおお
……というどよめきが見物のあいだにひろがった。佐貫平左衛門は呆然としている。

「あの……今のは私の勝ちですね」

「そ、そうだ。二番勝負、行くぞ！　よいよいよーい、ハッ！」

佐貫が猟師、雀丸が庄屋で雀丸の勝ちだ。佐貫は、信じられぬ……という顔つきで立
ち尽くしている。

「あのー、今のも私の勝ちで……」

「いちいちきくな！　まだ勝負は残っておる」

佐貫はまた猟師、雀丸も猟師で、あいこである。

「ハッ！」

あいこから佐貫はまた猟師、そして雀丸は庄屋で、またしても雀丸の勝ちだ。

本来の三番勝負ならこれで雀丸側の勝利である。しかし、夢八が五遍続けて……と言
ったがために、これでは終わりにならぬ。

佐貫は、かつて経験したことのない三連敗がよほど身にこたえたのか、伏し目がちで

ため息をついている。夢八がそっとその場を離れようとしているのが雀丸の目に入った。

「夢八さん、だめですよ」

「けど、今のあいだやったらこそっと町奉行所に……」

「あの男との約束ですから」

「うーん……固いなあ……」

いつのまにか曾根崎中の人間が集まってきたかのような見物の数である。皆が押し合いへし合いして、なんとか勝敗の行方を見ようと必死になっている。

「こらっ、押すな、押すな。そっち行け」

「なに言うとんねん。おまえこそそっち行け。わしはもとからこの場所やった」

「なんやと。どかんかい」

「どきさらせ」

「まあまあ、おふたりともそんなに怒らんと。どっちの場所か、拳で勝負したらどうです」

気楽な連中はそんなことを言いながら佐貫と雀丸を見つめている。佐貫は涙目で、

「なぜだ……なぜおまえはわしの出すものを先に見切る。そんなことができるのはこの世でわしひとりかと思うておった。しかもわしはそれを、血のにじむような修行の末に会得したのだ」

「ああ、それはですねえ……私にもよくわからないのですが、あなたは拳を剣のかわりにしよう、拳で世渡りしよう、拳をおのれの武器にしよう……という気持ちが強すぎるのではないでしょうか」

「なんだと……？」

「拳は遊びです。おのれや他人の命を賭けたりするようなものではありません。でも、あなたの拳は人を殺しかねない。いわば『邪拳』です。ですから、剣術でいうところの殺気がものすごくて、それで、なにを出すかなんとなくわかってしまうんです。ほら、剣術の達人は殺気を殺すって言うでしょう」

「…………」

「では、続けましょうか。よいよいよーい、ハッ！」

あいこだ。

また、あいこだ。

またまた、あいこだ。

またまたまた、あいこだ。

皆は固唾（かたず）を呑んでふたりを見守っている。肩を大きく上下させながら荒い息をついているのは佐貫のほうだ。雀丸は涼しい顔である。

「ハッ！」

佐貫は庄屋、そして雀丸は……。

「狐や！」

一同が絶叫した。雀丸は眉毛一本動かすことなく、落ち着いた声で言った。

「いかがでしょう。ここであなたの負け、ということにすれば、切腹は堪忍してあげますけど……」

「言うな！　まだ四勝ではないか。五遍目はわしが勝つ」

ふたりは腰を落として身構えた。まるで剣による果たし合いのようだ。

「よいよいよーい…………ハッ！」

雀丸は猟師だった。だが、佐貫は拳を出さなかった。

「道連れにしてやる！」

そう叫ぶと小墨を後ろから抱きかかえるようにして身を翻し、背後の川へ飛び込もうとしたのだ。

「あっ……！」

皆が目を覆ったとき、夢八が石礫を投げた。礫はあやまたず佐貫の背中を直撃した。

佐貫が一瞬息を詰まらせた拍子に、小墨は彼の腕を振りほどき、自由の身となった。その隙に雀丸が土手を駆け上がり、佐貫と対峙した。対峙といっても、持っているのはあいかわらず福笹のみだ。激昂した佐貫が脇差を振りかざしたのをつゆほども気にせず、

雀丸はするすると進み出て、福笹を相手の鼻先に突き出した。笹が佐貫の鼻孔をくちょくちょとくすぐる。佐貫は顔を歪め、

「や、やめぬか。そんなことをされては……く、く、くさめが……ひぃぃーくしょん！」

大きなくしゃみをした。

「ひくしょん！　べーっくしょん！　ぶわくしょん！」

一度出はじめるとなかなか止まらず、佐貫はくしゃみを連発しながら脇差をめちゃくちゃに振り回している。そこを雀丸はなんなく取り押さえてしまった。見物客はどっと喝采した。

小墨のところに富士屋六治郎が駆けつけ、

「怪我はないか」

「へえ、親父さま、大事おまへん……」

「よかった……」

佐貫は、新地に狼藉（ろうぜき）ものがいるという報せに駆けつけた町奉行所の同心に引き渡された。雀丸、夢八、富士屋六治郎、そして小墨の四人は富士屋へと戻った。出迎えた番頭が、

「旦さん、さきほどの小判だすけど……」

「おお、残らず集めておいて、お奉行所にお届けせねばならんぞ」

「それが……つい今しがた、町奉行所の役人だというお方が来られまして、こちらに偽小判があると聞いて参った、証拠の品としてこちらで引き取らせてもらう、と言って、みな持って帰られました」

雀丸は首をかしげ、

「おかしいですね。どうしてここに贋金があると知っていたのでしょう」

富士屋も、

「そのお役人、ほんまに町奉行所のお方やろな。十手は持ってはったか」

「それがその……えらい強引なおひとで、主が戻りますまでお待ちください、と申しあげますと、一刻を争うことだ、そのような暇はない、と無理矢理ひったくるように……」

雀丸と富士屋は顔を見合わせた。

「あてのほうに理がある」

「いいや、わしの勝ちじゃ」

「なに言うとんねん、この生臭坊主」

「やかましい、蛇女」

浮世小路にある雀丸の店で、女侠客と老僧が口汚くののしり合いを続けていた。今からここで、「裁き」が執り行われるのだ。正面には、すこし引っ込んだところに松本屋甲右衛門が座している。土間に控えているのは、勘吉と口縄の鬼御前、六蔵と大尊和尚の四人である。

「わしじゃわしじゃわしじゃ」

「あてが勝ちに決まってる」

そのとき、

「横町奉行代人竹光屋雀丸、ご出座ーっ」

みずからそう言いながら奥から現れたのは雀丸である。いつもとかわらぬ身なりでひょこひょこと進み出て、座布団のうえにちょんと座った。

「渡世人勘吉さんとその後見口縄鬼御前さん、ならびに大工六蔵さんとその後見要久寺住職大尊和尚さん、面(おもて)をお上げください」

雀丸が言った。四人は顔を上げた。

「六蔵さんは、難波御蔵の博打場で赤犬の千兵衛親方から借りた三両入りの財布を落としました。それを拾った勘吉さんが六蔵さんに届けてあげたのに、六蔵さんは受け取りませんでした。落としたときに縁は切れているから、拾ったひとのものだ、という理屈からでしたが、勘吉さんもそうですかと言って受け取るわけにもいかず、双方譲らずに喧嘩になりました。——そうですね」

ふたりはうなずいた。

「それがここまで大きくなったのは、勘吉さんには鬼御前さんが、六蔵さんには大尊和尚さんが後ろ盾になって、喧嘩をあおったからです。そうではありませんか」

鬼御前が、

「あては、なにもしてまへん。この旅人さんがあまりに理不尽な目に遭(お)うてはるさかい、浮世の義理で味方したげただけでおます。この坊主が悪いんだす」

「お控えなさい。ひとのうえに立つまことの俠客なら、若いものの喧嘩口論をたしなめこそすれ、一緒になって騒ぐとはなにごとですか」

鬼御前はしゅんとして下を向いた。大尊和尚はにやりと笑い、

「わしは檀家の相談を聞いたまでじゃ。女伊達気取りのこの女さえおらねば、なにも起こらなかったはずじゃわい」

「あなたもお控えなさい。仏の道を説くべき僧が、諍(いさか)いごとの片棒を担ぐとはとんでもないことです。以後、お気を付けなさい」

今度は和尚が下を向き、鬼御前がほくそ笑んでいる。

「では、横町奉行代人としての裁きを申し渡しますから、謹んでお聞きください」

それまでのほほんとしていた雀丸の口調がにわかに改まり、その場の空気がぴーんと張りつめた。四人は、雀丸がなにを言うかとまっすぐにその顔を見つめた。

「えーと、ですね……私もいろいろ考えました。勘吉さんが正しいのか……」

勘吉と鬼御前が身を乗り出した。

「それとも六蔵さんが正しいのか……」

六蔵と和尚が身を乗り出す。

「考えに考えたすえ、ようやく気持ちがまとまりました。——この一件に勝ち負けはありません」

四人はずっこけた。

「もともとの小判は贋金でした。つまり、なんの値打ちもなかったのですから、受け取る受け取らぬで揉める意味もなかったことになります。贋金は後刻、町奉行所にお届けしようと思っております。これにて一件落着」

一同はぽかんとした。

「だって、贋金をおたがい押し付け合っていてもしかたないでしょう？　だから……どうでもいいということです」

「ははあ……喧嘩の種そのものがなかったのと同じってことだね」

勘吉が言うと、六蔵も苦笑いして、

「そやなあ。贋金を押し付け合っていてもしゃあないわ。——これですっきりした」

「ああ、俺もだ。これでやっと住吉さんへお詣りできるぜ」

和尚と鬼御前も身体の力が抜けたらしく、その場にへたり込んだ。

「ではありますが……」

雀丸は続けた。

「勘吉さんは、おのれの用もあるのに、拾ったお金を六蔵さんのところに届けたのです。そのお金を受け取るつもりがないにしても、わざわざ届けてくれてありがとう、の一言は言うべきだったのではないですか」

六蔵の顔が引きつった。

「ですから、あなたは勘吉さんに謝るべきです。私はそう思います！」

六蔵は真っ赤になって大尊和尚をちらと見た。和尚は、長い頭を振り回して、

「なにゆえ謝らねばならぬ。謝るということはこちらが負けということじゃ！　あんたはさっき、勝ち負けはないと言うた。矛盾するではないか」

そう怒鳴ったが、雀丸は、

「横町奉行の裁きは絶対です。それを承知であなたがたも公事を持ち込んだのでしょう。私の裁きに従っていただきます」

凛（りん）とした声で言い放った。和尚は憤然としていたが、やがて、

「しかたない……」

そう言うと小さくうなずいた。六蔵は勘吉に向かって頭を下げ、

「そう言われてみたら、そやなあ。受け取る受け取らんはともかく、持ってきてくれたんやからお礼を言わなあかんかった。すまなんだなあ」

「いいってことよ。俺も最初は面食らったが、おめえさん、おもしれえじゃねえか。これからは兄弟分として仲良くつきあってくんな」

「おお、それはわても望むところや」

六蔵は雀丸に向き直り、

「これでほんまにすーっとしましたわ。おおきに」

松本屋甲右衛門が、

「うむ。ええ裁きやった。よかったよかった」

雀丸はふーっと長い息を吐いて、

「ああ、これで肩の荷がおりました。——さ、飲みに行こうかな」

「ちょっと待ちなはれ、雀さん」

甲右衛門が言った。

「あんた、ほんまに横町奉行を継ぐ気はないのか。なかなか気分のええもんやろ」

雀丸は、

「たしかに……今度のことではいろいろ教えられました。ものごとの真実を探るというのは、面白いものですね」

「おお……それならば……」

「でも、継ぎませんからねー」

　雀丸はへらへらと笑い、甲右衛門は渋い顔をした。

　雀丸は、銅座のまえで足をとめた。

「あの……すいません」

　門番のひとりに声をかけると、

「なんだ、おまえは。ここに用があるなら鑑札を見せろ」

「ここに用があるんじゃなくて、げじげじ眉毛の役人さんに用があるのです。今、いらっしゃいますか」

　門番はあわてて唇に人差し指を立て、

「こ、声が高い。千原さまに聞こえたらどんなにお怒りになるか……」

「ははあ、あの方は千原さまとおっしゃるのですか。たいそう博打好きのようですね」

「おまえ、よく知っておるな。あの方は毎晩どこかの賭場に入り浸っているらしい」

　もうひとりの門番が、

「おい、いらぬことを言うと叱られるぞ」

「それもそうだな。——寄れ、寄れっ」

門番は雀丸を棒で追い立てようとした。

「そんな乱暴な。——すいませーん、げじげじ眉の役人さーん！　げじげじ眉の……」

「ば、馬鹿っ。なかに聞こえたらどうする。黙れと申すに……」

「げじげじ眉ーっ。げじげじーっ」

そのとき、

「だれがげじげじ眉毛だ！　そのままでは捨て置かぬぞ」

頭から湯気を出しながら、中年の役人が現れた。

「ああ、探す手間が省けた。こんにちは。またお会いしましたね。今日で三度目です」

「貴様のようなやつは知らぬぞ。でたらめを言うな」

「いえ、一度目は先日、ここでお会いしました。二度目は難波御蔵のなかでしたねー」

「な、なんだと？　わしはそのようなところ……」

「行ってはおられませんか。町人に身なりを変えて、お楽しみだったような……」

「知らぬ。ひとまちがえであろう」

「これに見覚えはありませんか」

雀丸は懐から三枚の小判を取り出した。

「赤犬の親方さんの帳場から偽小判がたくさん見つかりまして、どうやらあなたが持ち込んだもののようですね。まさか銅座のなかで作られているとは思いませんでした。こりゃあ見つからないはずですよね」

「ええい、黙らぬか！」

げじげじ眉の役人が刀の柄に手をかけたとき、懐徳堂のあたりから歩いてきたひとりの侍が、

「あああっ……貴様は！」

と叫んだ。雀丸がひょいとそちらを見ると、馬面の同心だ。同心は十手を振りかざし、雀丸に向かって突進してきた。

「貴様あああ、此度は逃さぬぞ。ようもわが娘を……」

「ちちちちがいますってば……もう！」

「なにがちがうのだ。どうせまた娘をたぶらかさんとしておったのだろう。同心町のほうに行こうとしていたのがなによりの証拠だ。許さぬ！」

「ちがいますちがいます。私は銅座に用があるのです」

雀丸はあわててそう言った。

「銅座？　貴様のような町人がなんの用だ」

「もう……めんどくさいなあ」

「なんだと」

「いや、なんでもありません」

「怪しいやつ。会所に参れ」

「嫌ですよ。――あのですねえ……」

雀丸はその同心になにごとかを耳打ちした。

「まことか……」

同心の顔が真っ青になった。

「信じてくださいますか」

「貴様の言など平生ならば一笑に付すべきだが、じつは先ごろ、江戸で偽小判が出回っているゆえ、京・大坂においても気を配り、なにか見出したら遅滞なく調べを進めよ、という報せがご老中から参ったところだ。うーむ……まさか大坂で……」

「そんな呑気なことを言ってるときではありませんよ。あれをご覧ください」

げじげじ眉の銅座役人は刀を抜いた。

「わかった。わしはそこの会所まで助けを呼びに参るゆえ、おまえはここで食い止めておけ。よいな！」

「えっ？　ずるいです」

雀丸はそう言ったが、同心は東に向かって走り去った。

「おいおい……」

しかたなく雀丸はげじげじ眉に向き合った。

「秘密を知られたからには生かしておけぬ」

雀丸にはなんの得物もない。

「なんか持って来ればよかったなあ。せめてえべっさんの福笹でも……」

「なにをぶつぶつ申しておる。——死ね！」

刹那、真横からひとりの小坊主がものすごい勢いで突っ込んできて、げじげじ眉に体当たりした。

「無礼者！」

げじげじ眉が刀を振るうと、小坊主の身体はばらばらになった。雀丸も驚いてよく見ると、それは木でできた人形なのだ。口を忙しく開け閉めしながら、「蓋を取らずにお代わりをいれてください」とか「獣の皮は入るべからず」とか「わしの喉は東海道」とかいった文章の書かれた紙を大量に吐き出している。

「くそっ！」

げじげじ眉はからくり小坊主の残骸を蹴飛ばすと、

「貴様の口を封じなくては、わしは破滅ぞ。殺してやる！」

そのとき、南部家の蔵屋敷の裏から痩せこけた、頭のやたらと長い僧侶がぬうと現れた。大尊和尚である。左手に背丈と同じぐらいの杖を持っている。

「邪魔す……」

るな、は聞き取れなかった。大尊が、げじげじ眉の顔面を殴りつけた。か細い老僧のどこにそんな力があるのか、と見ていたものが皆驚き呆れたぐらい、げじげじ眉の身体は軽々と吹っ飛び、銀杏の木に激突した。木の葉がはらはらと舞い散り、げじげじ眉はぶるっと頭を震わせると、両手で大尊に摑みかかった。大尊はもう一度、固めた拳をげじげじ眉の鼻面に叩き込んだ。鼻血を垂らしながら、げじげじ眉はなおもよろよろと大尊和尚に向かって数歩進んだ。

「成仏せい」

和尚がとどめだとばかりに杖を鳩尾に突き入れると、げじげじ眉はばったりと前のめりに倒れた。

「げに何事も一睡の夢、南無三宝……」

つぶやいた和尚に、雀丸は言った。

「やりすぎです」

「うははは……」

「でも、どうして和尚さんがここにいるんです」

「甲右衛門殿に頼まれてな。おまえがひとりでなにやらしでかしそうだと言うのでな、見張っておったのよ」

(見透かされていたか……)

雀丸は、甲右衛門の慧眼(けいがん)に感嘆した。

「わしも、裁きでのしくじりを取り戻したかった。これで貸し借りなしじゃ」

そう言うと和尚は長い頭を前後にゆすりながら大笑いした。雀丸もつられて、少しだけ微笑んだ。

そこに、さっきの同心が会所の小者たちを連れて戻ってきた。雀丸と和尚は逆方向に逃げ出した。

◇

熱した鉄塊を打つカン！　カン！　カン！　という心地よい音が聞こえてくる。雀丸は暖簾をくぐった。弟子とともに素延べを行っていた澤屋三郎次は横目で雀丸を見ると、

「どうした、雀さん。仕事中の刀鍛冶の家には入ってはならぬと教えたのを忘れたかな」

「もちろん覚えておりますが、今日は火急の用件でして……」

「ほう……」

鉄が冷めぬうちに、とそれでも何度か槌を振るった澤屋だったが、出来が気に入らぬのか、目顔で弟子に、向こうに行けと報せると、槌を放り出した。

「なにごとかな」

苛立った顔つきで澤屋は雀丸に向き直った。

「先日はごちそうさまでした」

「なんの。——まさか、その礼に来たわけではあるまい」

「はい。——じつは昨今、江戸で偽小判が出回っている、というのをご存知ですか」

「いや……知らぬが、出回っていてもおかしくはないのう。各大名家が貧窮のあまり贋金作りを行っているというのはわしも耳にしておる。貧すれば鈍するとはこのことだな」

「江戸の町奉行所や老中は大慌てで金の出所を調べているみたいですが、わからないはずですねえ。小判の偽造は上方で行われていたのです」

「なるほど。上方は銀使いゆえ、まさか偽小判を作っているとは思わぬからな」

「そうなんです。目の付け所はすばらしいんです。しかも、その張本人は銅座の役人たちでした。お上の役所のなかですから、これはだれにもわからない」

「それがなにゆえ露見したのだ」

「偽造に携わっていた銅座役人のひとりがたいそうな博打好きでして、金に困って、江戸に送るべき偽小判をちょいと拝借して賭けごとに使ってしまった。一度やるとたがが外れてしまい、二度、三度……と繰り返す。おかげで博打場にはかなりの偽小判が持ち込まれることになりました」

「たわけたやつだのう」

「賭場の親方はそれが偽物であることは知りませんから、客の大工が、金を貸してくれと言ってきたときに、なにも思わず、その小判を貸し与えたのです。大工はそれを落としてしまい、小判は巡り巡って横町奉行の手に渡りました」

「おまえさん、どうしてそんなことを知っておるのだ」

「横町奉行のお手伝いを少しばかり……」

「ふむ、それならわかる。——なれど、なにゆえそんな話をわしにするのだ」

「さきほど、東町奉行所による銅座の手入れが行われました。東西の町奉行所はかねてご老中さまから、京・大坂でも偽小判に気を配り、なにか見出したら遅滞なく調べを進めよ、という指図を受けていたそうです。大坂ご城代を通じて東町奉行から銅座詰めの首座役人に内々に話があり、町方が銅座に踏み込んで、偽小判作りにかかわっていた四名を捕えました。ですが、銅座のなかには偽小判作りが行われていた様子はなかったそうです」

「それはそうだろうな。銅座は銅の鋳造を仕切っているだけで、銅吹きそのものは長堀や道頓堀の大坂銅吹所にて行われておるのだから、当たるならばそちらであろう」

「ところが十七軒ある銅吹所をすべて調べても偽小判作りの証拠は見つかりませんでした」

「ほう……」

「そこで私は思い出したのです。『鉢ノ木』でごちそうになったとき、先生は一両小判で支払いをされておられましたね」

「そうだった、かな……」

「大坂で小判とは珍しいな、と思ったので覚えているのです。失礼ながら、今のご時世、まだまだ刀の売れ行きはそれほどではないはず。刀鍛冶というお仕事は元手がかなりかかることも存じております。刀鍛冶なら偽小判の芯になる丸い鉄板を作ることもたやすいでしょうし、先生はもと飾り職人ですから鍍金はお手のものではありませんか」

「まるで、わしがその偽小判を作っていたような口ぶりだのう」

「ちがうのですか。——まあ、ちがうほうが私としてはうれしいのですが……」

澤屋はなにか言いかけたが、すぐに口を閉じ、しばらく黙ったあと、くくく……と笑い出した。

「私、なにかおかしいことを言いましたか」

「いや……雀さん、おまえさんの言うたこと、ちごうてはおらぬ。いかにもわしは銅座役人に頼まれて、ここで偽小判を作っておった。見事な推量だ。澤屋三郎次、感服つかまつった」

雀丸はため息をつくと、

「やはりそうでしたか……」

「人間、貧窮すると心根が腐るものだ。情けないことだが、材の玉鋼（たまはがね）はおろか炭を買う金ものうてな、つい話に乗ってしもうたのだ。悪いこととは知りながらも、金が入ってくると暮らしにも心にもゆとりができる。そうなるともう貧の苦しみには戻れぬのだ」

澤屋は立ち上がり、

「では、参ろうか」

「どこへです」

「会所だ。お上に自訴いたす」

雀丸は澤屋の袖を摑み、

「先生、お逃げください。贋金使いは磔です」

「わかっておる。覚悟のうえだ」

「銅座の役人たちはまだ先生のお名前は口にしていないようです。今ならまだ間に合います。贋金を作っているのは先生だけではありません。困窮した大名家ではかなりおおっぴらに偽小判や偽丁銀を作らせているそうです」

「雀さん、銅座の役人連中は捕まって罰を受けるのに、わしひとりがのうのうと逃げ延びるわけにはいかぬ。そうであろう」

「………」

「おまえさんも横町奉行の手伝いをしておるなら、覚えておきなされ。裁きは公平でなければならぬ。大坂の民の心がお上を離れてしもうたのも、町奉行所の裁きに依怙贔屓が多く、賄賂を渡せばすぐにくつがえるからなのだ。せめて横町奉行には正しく、私情を挟まぬ裁きをしてもらいたいものだな」

「はい……」

「大坂の民のために、良き横町奉行になられるがよかろう」

　そう言い残して、澤屋三郎次は鍛冶場を出て行った。雀丸はその後ろ姿に向かって頭を下げた。

◇

「ようやった。大手柄だ」

　与力溜まりに呼ばれた東町奉行所定町廻り同心皐月親兵衛は、直の上役である与力北岡五郎左衛門のまえで頭を下げた。

「此度のことで東町の株が上がった。お頭も喜んでおられる。ご城代から褒美を下し置かれるという話も内々に聞いておるぞ。おまえの評判も上がり、わしも鼻が高いというものだ」

「恐れ入ります」

　親兵衛は馬面を畳にこすり付けた。

「それにしても、小判偽造の本拠が銅座のなかにある、とよう調べがついたのう。どのようにして目星をつけたのだ」

「そ、それはでございますな……なんとなく怪しげなふるまいをする役人がおりましたゆえ、かねてより内偵を進めておりましたるところ、その、なんと申しましょうか……」

「まあ、よい。これからも励んでくれい」

「かしこまりました」

親兵衛は複雑な思いを抱えながら与力溜まりを退出した。

（注）いわゆる「じゃんけん」は石拳が改良されたものだが、「じゃんけん」という名前になったのは明治時代だと言われている。一説によると、雀丸に敗北した佐貫平左衛門が一念発起して全国に広めたという。当初は、佐貫が北辰一刀流免許の腕まえであり、北辰が北斗七星の首座であるところから「北斗の拳」と呼ばれていたという説もある。「じゃんけん」は「邪拳」がなまったものだともいうが定かではない。

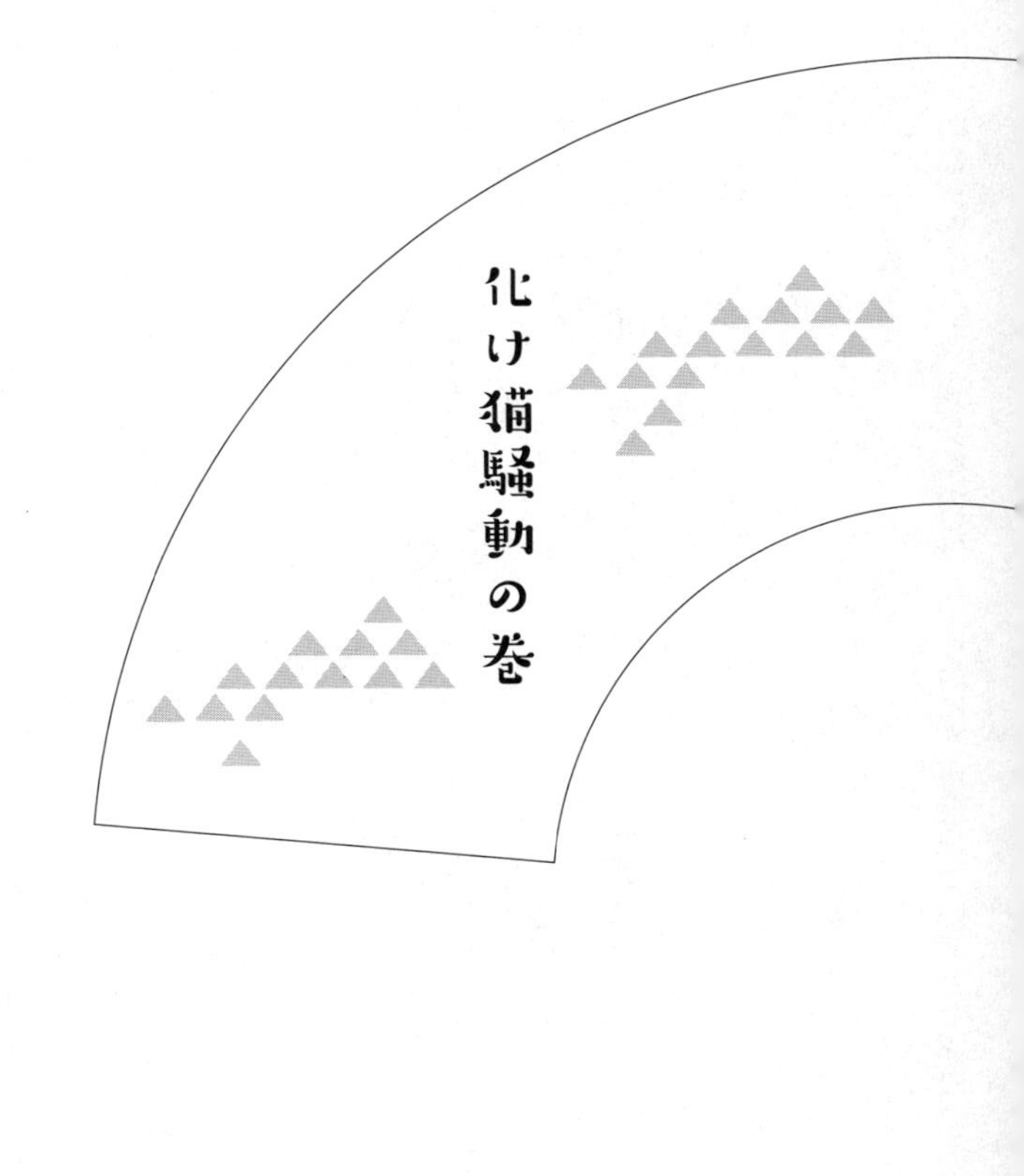

化け猫騒動の巻

一

「お帰りなさいませ」

東町奉行所での勤めを終え、天満の同心町にある役宅に戻ってきた皐月親兵衛を、妻女の加世と娘の園が玄関で出迎えた。腰から抜いた大小を加世に預けながら、親兵衛は上機嫌であった。

「今日も北岡さまにおほめをちょうだいしたぞ。例の偽小判一件だが、ご老中からも東町奉行所の大手柄であるとの書状が届いたそうだ」

「それはよろしゅうございました」

「うむ、これが出世の糸口となるかもしれん」

そう言うと親兵衛は着替えのため居間へと入った。途端、

「ふぎゃああっ」

叫び声が上がり、親兵衛の長い顔になにかが飛びついてきた。白と黒のぶちの子猫だ。

「痛いっ！」

猫に右頬を引っ搔かれ、親兵衛はそれを引っ剝がして畳に放り捨てた。どうやら居間に入ったときに昼寝をしていた猫の尾を踏んだらしい。猫は簞笥を駆け上り、そのうえから親兵衛をにらみつけている。

「クソ猫め！　毎日毎日……ここはわしの家だ。わしが主だ。おまえはわしの僕だ。わかっておるのか！」

親兵衛は怒鳴ったが、猫はぷいっと顔をそむけて、どこかへ行ってしまった。そこに、娘の園が入ってきた。

「父上、そのお顔はどうなさったのです」

「知れたこと！　おまえの飼い猫にまた引っ搔かれたのだ」

「それは父上が引っ搔かれるようなことをなさったからでしょう。ヒナはおとなしい猫でございます」

「まえから申しておるだろう。家長の言うことをきかぬこんな猫は捨ててしまえ」

「私や母上、大七などの言うことはよう聞きます。父上にだけ逆らうのです」

「ふん！」

親兵衛は鼻を鳴らした。

「わしが御用繁多ゆえ、こやつはわしをこの家のものと思うておらぬ。それゆえ逆らうのであろう」

「いえ、よそのおかたにも愛想よくいたします。たとえば雀丸さまなどにも……」

雀丸という名を口にしたとき、娘が少し顔を赤らめたことに父親は気づきもしなかった。

「雀丸だと……？　ああ、あの横町奉行の手伝いをしているとかいう男か。若いのにへらへらした、腰の据わらぬやつだ。あのようなものとはつきおうてはいかぬぞ。どうせ後ろ暗いことをしておるに決まっておる」

親兵衛は急に唾を飛ばしながら雀丸をののしり出した。

「そもそもわしは横町奉行というのが大嫌いなのだ。町人のくせに奉行を名乗っておるのが気に食わぬ。それに、大坂のものはなにかというと安直に横町奉行のところに公事ごとを持ち込むが、まことにやつらの暮らしを守っておるのはわれら町奉行所だ。それなのに、町人どもは一様に町方を嫌い、横町奉行を尊ぶ。馬鹿な連中だ。お上に逆らい、勝手な裁きをする不逞の輩として横町奉行など召し捕ってしまえばよいのだ」

一転して不機嫌になった父親を冷ややかに見つめながら、園が言った。

「父上、お話がございます」

「なんだ」

「ヒナのことでございます」

「なに？　猫を捨てるのは嫌だと申すか」

「父上がなんと申されようと、ヒナを捨てるつもりはまったくございません。母上も同じ考えです」

「だったら、なんだ。まさかもう一匹飼いたいというのではあるまいな。だとしたら許さぬぞ」

「私の友だちに千代という子がおります。老松町の船大工の孫娘にて、同い歳ゆえとても親しく交誼を結ばせていただいております」

「町人の娘などと親しくせぬほうがよいぞ」

園は父親の言葉を無視して、

「千代と私は猫友でもあるのです」

「なんだ、そのネトコモとは」

「ネトコモではなく猫友です。猫を通じた友だちということです。千代は、ふた親が早うに亡くなり、お祖父さまと二人暮らしゆえ、猫にコチヨと名付けてたいそう可愛がっておりました。そのコチヨがいなくなったらしいのです」

「猫だから、ぶらっといなくなることもあろう。――まさか、その猫を町奉行所で探せというのではなかろうな」

「そのようなことは思うておりませぬ。父上にお話というのは、これからしばしば千代の家に泊まりに参ることにいたしますゆえ、その心づもりでお願いしたいということでございます」

「な、なに？　町人の家に泊まりにいく、だと。そのようなことは許せぬ」

「お許しをいただこうと思っているのではございません。決めたことをお知らせしているだけです」

「決めた？　だれが決めた」

「私と母上でございます。母上は、千代がさみしがっているだろうからぜひ行きなさいとおっしゃっておられます。父上が許してくれぬと母上に申し上げてもよろしゅうございますか？」

「いや、それは……」

「では、行ってまいります」

「むむ……なれど……ひとりというのは……」

「大七が送り迎えをしてくれますゆえ」

「う……うう……」

　部屋を出ていく娘の背中をにらみながら、親兵衛は無言でいた。しばらくして玄関を出る物音がした途端、

「外泊の儀は許してやる。だが、あの雀丸というやつには近づくでないぞ。それは許さ

ぬぞ。よいな！　わかったな！」

親兵衛はそう叫んだが、すでに門をくぐっていた園にはその声は届いていなかった。

今宵も新町は賑やかである。騒々しいと言ってもいい。さすが江戸の吉原、京の島原と並び称される三大色街のひとつである。その新町の大通りを真っ赤な襦袢に黄色い着物、金色の羽織に緑の烏帽子……という派手な格好で、踊るような手つきで歌いながら歩いてくる若者がいる。「しゃべりの夢八」こと嘘つきの夢八だ。着物の裾には鈴や鉄板がぶら下げられており、動くたびにがちゃがちゃ、りんりん、ちんちん、かんかん……と鳴る。じつはこやつがひとりでこの町の騒々しさを引き起こしているのかと思えるほどである。

ほんまだっか、そうだっか
あんたの言うことそうだっか
嘘です嘘です真っ赤な嘘です
嘘は楽しやおもしろや
嘘はうれしやはずかしや

嘘つきゃ幸せ、嘘つきゃご機嫌
嘘つきの頭に神宿る
この世のなかに
ほんまのことなんかおまへんで
ほんまだっか、そうだっか
ほんまだっか、そうだっか

お茶を引いている暇な芸子が、夢八の歌に合わせて三味線を弾く。その三味線に乗せて、夢八が横笛を吹く。ひやかしに歩いている客が合いの手を入れる。

ほんまだっか、そうだっか
ほんまだっか、そうだっか

遊里は陰気よりは陽気を尊ぶ。たとえなんの意味もなくとも、騒がしく、派手で、賑やかなほうが喜ばれる。そして、夢八の行くところは墓場でも賑やかになると言われているのだ。

「所望!」

「高田屋」という揚屋の二階から声がかかった。コマアサルが功を奏したのだ。夢八は二階の窓を見上げ、

「へい、毎度おおきに！」

そう言ってにっこりした。その店から若いものが飛び出してきて、

「夢八っとん、『原西屋』の旦那のお座敷やねん。粗相のないように頼むで」

「わかっとりま」

原西屋十五郎といえば、大きな焼き物商の主である。わけても佐賀鍋島家の御用を務め、有田焼の大坂での販売を一手に任されているらしく、なかなかの羽振りである。

「よお、待っとったで。さあ、入ってや」

夢八が二階に上がり、

「お呼びいただきましてありがとう存じます。嘘つきの夢八でございます」

唐紙を開けると、原西屋十五郎は床柱を背に座っており、三人の芸子を侍らせている。恰幅がよく、小鬢に白髪が混じっているものの、おそらく四十代の若さだろう。

「あんたの評判聞いとったさかい、一遍声かけようと思とったのや。まあ、駆けつけや。一杯飲んでんか」

「へえ、おおきに。ちょうだいいたします」

しばらく夢八は、口三味線や口鼓などを披露して陽気に座を盛り上げていたが、

「それで旦さんはどういう嘘をお好みで?」

「そやなあ……わしは怖い話が好きなんや。ひとつ、背筋がぞーっとするようなやつを頼むわ」

それを聞いて夢八の顔が曇った。じつはこの男、根っからの怖がりなのである。ことに幽霊や妖怪の話が嫌いで、聞くのも口にするのも大の苦手なのだ。

「こ、怖い話でおますか。そ、そやなあ……けど旦さん、旦さんはよろしいけど芸子連中はそういうの好かんのとちがいますか。せっかくの楽しいお座敷が陰気になってもあきまへんさかい、今日のところは賑やかな面白いお話にしたほうが……」

「いややわ、夢八っとん、わてらこどもとちがいまっせ。怖い話ぐらい平気やわ。聞かせて聞かせて」

「夢八っとん、びっくりするぐらい怖いやつお願いします」

「うわあ、聞きたいわあ」

三人の芸子が手を打った。こうなるとあとには引けぬ。

「ほ、ほな、するけどな、あとで手洗(ちょうず)行けんようなった、て言われても知らんで」

そう前置きして夢八は話し始めた。

「昔、江戸の牛込(うしごめ)に青山主膳(あおやましゅぜん)という火付盗賊改(ひつけとうぞくあらた)めの屋敷がおました。ここにお菊(きく)というそれは美しい女中が奉公しとりましたのやが、青山主膳、ある密談をこのお菊に立ち聞きされてしもた。そこで、お家に伝わる十枚ひと組の唐絵の皿という家宝をお菊に渡して、大切に預かるようにと言いつけた……」

話しながらもおのれが怖いものだから、声が震えている。

「主膳は、お菊の留守にこっそりその皿の一枚を隠してしまいよったんだすな。つぎの日になって、あの皿急に入り用ゆえすぐに持ってまいれ、と命じたうえで、一枚足りぬことを咎め立てしてひどい責め折檻のうえ、皿のかわりじゃと右手の中指を切ってしもた。お菊は、これはなにかのまちがいです、たしかにお預かりしたときのままのはず……と言い訳したけど、もちろん主膳は耳を貸しまへん。とうとうお菊は裏の古井戸に身を投げて死んでしもた。さて、その晩から……」

そのとき、原西屋が、

「ええかげんにせえよ。それ、芝居の『番町皿屋敷』やないか。そのあとお菊の幽霊が井戸から出てきて、一枚、二枚と皿を数えるのやろ」

「ありゃ、ご存知でしたか」

「そんなもん、こどもでも知っとるわ。――なあ」

芸子たちも、

「皿屋敷のお菊さんの話なんか、なんも怖いことあらしまへん。もっと、わてらの知らん話しとくなはれ」

「そ、そうか？　そ、それやったらな……」

「おい、夢八。おまえ、震えとるのか」

「いや、そんなことおまへん。ほな、話しまっせ。ほんまに小便ちびらんといとくなはれや。――播州浅野家の家臣に民谷伊右衛門というお方がいてはりました。このひと、悪いお方で、お岩という奥方のお父君を斬り殺し、奥方に毒を飲ませて殺そうと……」

「待たんかい。それは『四谷怪談』や。こないだも角の芝居でやっとったわ」

「こ、これもご存知で……。ほな、江戸堀のあたりで夜釣りをしてた男が、ぎょうさん釣れたさかいそろそろ去のか、と帰り支度をはじめると、堀のなかから『置いてけ、置いてけ』という声が……」

「それ、本所の置いてけ堀やないか」

「皆、よう知っとるなあ。ほな、これはどないだす。安堂寺橋の下あたりで夜な夜な河童が出て……」

「しょうもない」

「夜な夜なカワウソが……」

「どこが怖いのや」

「夜な夜な狐が……」

「もうええわ。――おまえは名うての嘘つきやて聞いとったさかい楽しみにしとったんやが、そんな話しっぷりではだれも怖がらんぞ」

「す、すんまへーん！　怪談だけは苦手ですのや」

夢八は畳に額を擦りつけた。芸子たちも、

「なーんや。夢八っとんのことやさかい、さぞ怖ろしい、身の毛もよだつような話をしてくれると思たのに、がっかりやわ」

「嘘やのうて、ほんまにあった話を聞きたいわ。芝居とか浄瑠璃ゆうたら作りもんだっしゃろ」

「そやそや、やっぱりほんまの話が一番怖いんとちがいます？　なあ、旦さん」

原西屋十五郎は盃をなめながら、

「そやなあ。――ほたら、今からわしがひとつ話したろか。これはほんまにあったことやで」

「うわあ、楽しみ！」

夢八は顔をひきつらせて、

「け、けど、旦さん、そういう『ほんまの話』ゆうやつに限って嘘が多いのとちがいますか」

「いや、これぱっかりはほんまや。なにしろわしの知り合いから聞いたことやさかいな」

夢八は、耳をふさぎたかった。できればこの場を逃げ出したかったが、お座敷をかけられた身として勝手はできぬ。

（あんまり怖くおまへんように……）

内心そう祈りながら、とりあえず壁際まで下がり、身体を半身にした。

「おまえたち、近頃、堂島のあたりでやたらと火事が多いのに気づいとるか」

「そないいうたらそうだすなあ……」

芸子たちはうなずいた。もう春先とはいうものの今年は寒い日が多く、そのせいか火事が頻繁に起こっていた。ボヤ程度の小さな火災なのでことなきを得ているが、風でも強かったならあっというまに燃え広がることになる。大坂は近年も大きな火事に幾度となく見舞われており、天保五年の堂島新地の大火、天保八年の大塩焼け、弘化三年のおちょぼ焼けなどはひとびとの記憶に新しかった。

「なんや、若い女が付け火してる、ていう噂を聞きました」

芸子のひとりが言うと、

「わしもそれは耳にした。けど……どうやらちがうらしい。もしかしたら、その理由かもしれん、という出来事を話そか」

原西屋はわざと低い声を出した。

「おまえたち、わしが佐賀の鍋島さまの蔵屋敷に出入りさせてもろとるのは知ってるやろ。そこの雇われ人に栗助という中間がおった。こいつは渡り中間でな、つい半月

ほどまえに来たばかりや。中間のくせにえらいえばりくさってて、わしは大嫌いやったなあ。——まあ、そんなことはどうでもええが……」

　中間というのは、脇差を差してはいるが、武士ではない。足軽より身分が軽い、ただの奉公人で、下男・下女同様、口入屋を通して雇うのだ。繁忙時のほかは用無しなので、たびたび主人を替えるものも多かった。ここ大坂でも、蔵屋敷から蔵屋敷へと渡り歩く、いわゆる「渡り中間」が少なからずいるのだ。

「ネズミは米の大敵やさかい、蔵屋敷ではたいがい猫を飼うとる。ところが、鍋島さまのところは、代々のお殿さまが大の猫嫌いでな、参勤交代の途上で蔵屋敷に一泊するときに、猫の毛が落ちてたり、臭いがしたりすると叱られる、ゆうので飼うてないのや」

　夢八には思い当たることがあった。肥前国はかつて龍造寺家が支配していたが、家臣であった鍋島家に家を乗っ取られた。龍造寺家の主は死去するにあたって飼い猫に復讐を託し、その猫が化け猫となって鍋島家に祟るのである。いわゆる「鍋島の化け猫騒動」である。虚実のほどはわからぬが、とにかく鍋島といえば化け猫なのである。

「ある夜、栗助は長屋のおのれの部屋でひとりで酒を飲んどった。雨は降ってないけど、月は雲に隠れて、なんとなく気がめいるような日やったらしい。静かすぎるほど静かでなあ、どこかの寺の鐘が遠くから、陰陰滅滅と響いてくる。そういう晩はなんぼ飲んでも酔わへん。それこそ一升も飲んだころ、栗助はふと長屋と土蔵のあいだにある中庭へ下りた。ちょうど月が雲から出た。栗助は……そこで妙なもんを見たのや」

なんかそろそろ嫌ーな感じになってきたなあ、と夢八は思ったが口には出せぬ。

「なにかわからんけどふわふわした毛むくじゃらのもんが、塀の下のほうにある小さい割れ目からこちらに出てくるのや。なんやろな、と目を凝らしたけど、暗いさかいよう見えん。しばらく見てたら、それがぼたりと土のうえに落ちた。そして、ぶわって膨れてな……猫の姿になったらしい」

「うひゃっ」

思わず夢八は頓狂な声を出した。

「夢八っとん、変な声出さんとって」

芸子のひとりに叱られ、夢八は口を手で覆った。もともと夢八は、猫が好きではない。なにを考えているかわからないし、ひとに媚びを売らないし、普段はごろごろ寝そべっているのに、急に牙を剝いたり、引っ掻いたりして野性を見せる。なかでも年を経たものは猫又といって尾がふたつに割れ、怪異をなし、死人を操り、主人を嚙み殺すという。高いところも平気で、深夜、目を光らせて屋根を闊歩する。そんな夢八の心がわかるのか、彼が猫に近寄っていくと、たいがい「フンギャーッ」と背中の毛を逆立てて脅される。夢八の心中を知ってか知らずか、原西屋は続けた。

「その猫は大きな三毛猫やった。首に大きなギヤマンの珠をつけてたゆうからどこぞの飼い猫やろな。栗助は怖なって、灯籠の後ろに隠れた。すると、その猫、なんと……後ろ足で立ち上がったのや！」

「だ、だ、旦那……もうちょっとその、陽気な話し方していただけまへんやろか」

べつの芸子が夢八をにらみつけ、

「ええとこやねんさかい邪魔せんとって」

「す、すんまへん……」

「ひとみたいに二本足で立ったその猫は、ふらりふらりと踊りを踊るように御殿のほうに向かうとな、仏間のほうへ行きよった。怖いで。怖いけど、なにをしよるのやろ……という興のほうが勝って、栗助はびくびくしながらこっそり猫についていった。夜中、中間・小者は長屋から出たり勝手に御殿に入ったらあかんということになっとるが、ここで戻るわけにはいかん。仏間には大きな仏壇があってな、代々のお殿さまの位牌が祀られてて、夜通し灯明の明かりが点けられとる。仏間の隣の部屋では屋敷詰めの役人が代わるがわる寝ずの番をしとる。そちらの廊下側の障子は開け放たれとるさかい、栗助からもよう見えたのやが、二本足の猫が前足でおのれの顔を撫でるような仕草をすると、それまで起きていた当番の侍が、急にこっくりこっくり居眠りをはじめよったらしいわ。猫の魔力ゆうやつやなあ。二本足の猫は器用にその部屋の障子を開けると、なかに入っていった……」

「旦さん、この話、ほんまに怖いわ」

芸子のひとりが言った。

「ほな、ここでやめとこか」

「あかん。怖いけど、続き聞きたい」

いらんことを言うやっちゃ、と夢八はその芸子をにらんだが、当人は気づきもしなかった。

「猫は仏壇のまえでなにかをしとるが、栗助のおるところからはよう見えん。だんだん近づいていって、仏間のすぐまえの廊下からこう、のぞきこんだらな……」

栗助はごくりと唾を呑んだ。

「その三毛猫が、立ったまま、四本ある灯明のうちの一本に近づいて、ふーっと吹き消したそや。それから、灯明の油をぺろぺろと舐め出しよった。いかにも美味そうになあ」

窓も開いていないのに座敷のなかが寒く感じられ、夢八は首をすぼめた。

「見たらあかんものを見てしもた……と栗助がそーっとその場を立ち去ろうとしたとき、拍子の悪いことに足下の廊下がぎぎぎ……と鳴った。しもた！　と思たけどもう遅いわ。おそるおそる仏間のほうを向くと、さっきの二本足の猫がこっちを見て……『見ぃたなあ！』……ひとの言葉をしゃべりよった」

夢八の身体がぶるっと震えた。さすがの芸子たちも口に手を当てた。

「三毛猫は栗助に飛びかかってきよった。栗助は逃げ惑う。そのうち、猫が灯明のひとつをぼーんと押し倒した。火が畳に燃え移ってしもた」

「まあ……えらいこと……」

「栗助はなんとか火を消そうとしたけど、猫が怖いのが先に立って足がすくんでしもて、とうとうその場から逃げ出した。振り返ったら、炎のなかに猫の姿が見えたそうや。あまりにむごたらしいありさまに立ち止まると、部屋から火だるまになった三毛猫が飛び出してきたらしい。栗助は悲鳴を上げて庭を走った。その騒ぎで仏間の隣部屋にいた当番の侍が目を覚ましよって、『火事だ！』と叫んださかい、ほかの侍たちが起きてきた。栗助はだれにもわからんように長屋へ帰って、残ってた酒をあおって、布団を頭からぶったまま朝まで過ごしたそうや」

「旦さん、火事はどないなりましたん」

「さいわいたいしたことはなかった。仏間の畳と壁が焦げたぐらいで済んだ。せやさかい鍋島さまでは火事のことを内緒にして、お上には届けなんだのや」

「それはよろしゅおましたなあ」

「すぐに畳替えをして、壁や天井は大工を入れて直させた。けど、ひとの口に戸は立てられん、ゆうやっちゃ。近所のほかの蔵屋敷から、夜中に騒がしかった、火事だ、という声が聞こえた、焦げた臭いがした……そういう噂が広まった。そんななか、焼け跡から猫の死骸が見つかった、て言い出すやつが現れた。どうもおかしい……ゆうことで、鍋島さまでも内々に詮議しはったのやなあ。そこで中間の栗助の名前が出た。蔵屋敷の役人が栗助を問いただすと、その夜の出来事を打ち明けよった。それでなにがあったのかがわかったのや」

「怖いことだすなあ」

「ほんに……」

芸子たちが顔を見合わせてそう言うなかで、夢八は、

「はは……ははは……ははは……猫が二本足で立って、油を舐めるやなんて、そんなアホなこと……間違いおまへん。作り話ですわ。なーんや、嘘やったんか。あははは……ははは……」

「そう思うのも無理はない。けどな、夢八……」

原西屋は声をぐっと落として、

「これはほんまの話やねん。なんでか教えたろか。——今の話、わし、こないだ鍋島さまに伺うたときに昔からよう知ってる番吉ゆう下働きの爺さんが庭の隅を掘っとるさかい、なにしとるのや、花でも植えるのか、てきいたら、猫の死骸を埋めとるて言うやないか。しかも、三毛猫やった。びっくりしてわけをきいたら、よそで言うたらあきまへんで、いうて教えてもろたんや。あの爺さんは謹厳実直でな、嘘をつくようなやつやな

い。それに……その猫、たぶん煙に巻かれて死んだのやろな、あちこち毛が燃えてたけど、顔も身体もきれいなもんやった。番吉爺さんによると、この屋敷の猫やない、と言うとったわ」

「そんなもん、その爺さんがどこぞで拾うてきたもんかもしれまへんで」

「いちいち逆らうなあ、おまえは。物好きに猫の死骸拾てくるやつがどこにおるんや」

「そらそうだすけど……」

「もっと驚くことがあるで。つぎの日、爺さんが猫の死骸を埋めたあたりに行ってみたら、土を掘り返したあとがあって、死骸がどこにも見当たらんかったそうや」

夢八はびくっとなったが、わざと平然とした声で、

「肝心の死骸がのうなったやなんて……なにもかもその爺さんの作り話とちがいますか。栗助ゆう中間かて、おるかおらんか怪しいもんだっせ」

「疑い深いやっちゃなあ。——証拠がある。爺さんに見せてもろたのや……ギヤマンの珠をな」

「えーっ！」

「庭の隅に落ちてたらしいわ」

そこまで言われては、夢八もそれが真実と認めざるをえなかった。

「わしはな、栗助とも何遍か会うたことある。下唇に大きなほくろのある、大酒飲みの、

見るからにこすっからそうな男やったな。——どや、怖い話やったやろ」

　三人の芸子は原西屋の近くに寄り、

「旦さん、怖かったわあ」

「わて、まだどきどきしてます」

「旦さん、話がお上手やわ。それに比べて夢八っとんは……」

　夢八はしょぼくれて、

「恐れ入ります。今日はわたいの負けでおます」

「ははは……負けを認めよった。ほな、今夜の祝儀はいらんか」

「そ、それはいただきまっせ。——けど、旦さん、ずるいわ。わたいら嘘つきは嘘をつくのが商売だすけど、嘘はほんまの話には勝てまへん」

「そら悪かった。ほれ、祝儀や。取っとき」

　原西屋は懐から紙に包んだものを出して、夢八のまえに置いた。

「おおけにありがとうございます。でも、よろしいんだすか、鍋島さまが内緒にしとったことをこんなところで言うてしもて」

　原西屋は少しためらってから、

「かまへん。ただの座興や。それに、この話、さっきも言うたようにけっこう口から口へと広まっとるみたいや。おまえらにここで口止めしたかて、どうせ『だれにも言うたらあかんで……』とか言いながらだれかにしゃべるやろ」

芸子たちは、コロコロと笑った。夢八が考え込んで、

「つまり、近頃あちこちでボヤが多いのは、その三毛猫が外から入り込んで、行燈やら灯明の油を舐めて、そのときに火を倒したりするからや、というわけだすか」

「まあ、そういうことや」

「――で、その栗助ゆう中間はどないなりましたんや」

「さすがに鍋島さまにおるのは気が引けたとみえて、どこぞの屋敷に鞍替えしよったそうや。――おい、夢八、どないしたんや」

夢八は、なぜか前のめりになってもがいている。

「こ、こ、怖すぎて足に力が入らんさかい、祝儀を取りにいけまへんのや……」

一座は大笑いになり、よい締めくくりになった。

朝、雀丸は松本屋甲右衛門に呼ばれて、天満にある横町奉行の家に向かった。
（なんの用やろな……）
近所のこどもが駄賃をもらってことづてを持って来たのだ。呼びつける、というのはよほどの用件だろうと思われたが、雀丸に心当たりはなかった。

（ま、ええか……）

　昨夜遅く、彦根の井伊家の蔵屋敷で火事があった。井伊家の蔵屋敷は中之島ではなく北浜の土佐堀川沿いにあり、雀丸の住む浮世小路とは目と鼻の先である。風向き次第によっては類焼するかもしれぬと、火事の様子を夜通し眺めていたため、寝たのは明け方近くである。さいわい火事は炭小屋と台所の一部が焼けた程度で済んだが、隣接する南部家蔵屋敷の役人たちも大勢表に出て、一時はたいへんな騒ぎだった。町内の町火消しも手伝って、懸命に消火に当たり、なんとか邸内だけで抑えることができた。町火消したちには井伊家から褒美が下しおかれたらしい。

　そんなこんなで今朝は、加似江の朝餉を調えたら、二度寝をしようと思っていたのだが、こどもの使いに起こされてしまった。ことづてによると、巳の刻（午前十時）ごろに来てほしいとのことだったが、雀丸が家を出たのはもうまもなく巳の刻、というころだった。遅れることは間違いないのだが、この男は急ごうとはしない。大きなあくびをしながら、のんびりと高麗橋、そして天神橋を渡る。急に呼びつけたのは向こうなのだからかまうことはない、というのが雀丸の理屈だった。

　もう幾度も訪れたので道はよくわかっている。ようよう菅原町にある裏長屋が見えてきたのは、そろそろ四つ半という時分だった。さすがに、少しはあわてている風を装ったほうがよかろう、と少し走りかけたとき、甲右衛門の家の戸が開いた。なかから出てきたのは坊主頭のやや小太りの男である。脇差を差しているから僧侶ではない。どうやら医者のようだ。従者も連れず、駕籠にも乗らず、自分で薬箱を提げているから、町医者であろう。五十がらみのその医者が出ていったあと、雀丸は甲右衛門の家に入ろうとして、やめた。

（どうせ遅れついでだよな……）

先日来、気にかかっていることをたしかめようというのだ。彼は踵を返し、その医者のあとをつけることにした。つけるといっても、少し離れて歩くだけだ。医者は西へ向かい、樋ノ上橋を渡ってすぐのところにある一軒家に入った。一応、門を構えてはいるが、土塀は破れ、屋敷自体もかなり傷んでいる。門には「和方・漢方・蘭方医術全般能勢道隆」というものものしい看板が掛けられているが、門番はいない。雀丸はなかに入り、玄関のまえに立って、

「すいませーん、どなたかいらっしゃいますか」

そう声をかけた。しかし、応えがない。たった今、医者が入っていったのだから、いるはずなのだ。

「すいませーん、あの……能勢先生はおいででしょうか」

「先生は留守じゃ」

酒焼けしたようなガラガラ声が返ってきた。

「まことにお留守でしょうか」

「くどい。当人が留守と申しておるのだ」

やはりいるのだ。雀丸は雪駄を脱いで、勝手に上がり込んだ。一番手前の部屋の障子の破れ目からのぞくと、さっきの医者が布団のうえに寝そべっているのが見えた。雀丸は障子を開けると、

「先生、居留守とはひどいです」

医者は布団から起き上がろうともせずに、

「おぬしは誰じゃ」

「はじめてお目にかかります。雀丸と申します」

「ほほう……」

道隆は雀丸をうえから下までじろじろ眺めると、

「あんたが竹光屋の雀丸くんか。ま、上がりなされ……というてももう上がっておったわい」

「すいませんねえ」

「よい。——なんの用じゃ。病か。病なら治してやるぞ。代はひとり十六文じゃ」

「え？　どんな病でもですか？」

「さよう。うちは屋台のうどん屋と同じやり方でな、どのような病であろうと、相手が

だれであろうと、二八の十六文と決めておる」

「それでは損がいくでしょう」

「もちろんだ。儲けておると思うか」

「いえ、この家を見ればわかります」

「ははははははははは」

ツボに入ったらしく、医者はけたたましく笑った。

「それゆえ、なにか治してほしいならば十六文払え」

「病ではありません。おききしたいことがあるのです」

「うむ、申せ」

「先生は先ほど、天満菅原町の松本屋甲右衛門さんの長屋から出てこられましたね」

「なんじゃ、わしをつけてきたのか」

「はい」

雀丸は悪びれずに応えた。

「じつはまえまえから気になっておりまして……甲右衛門さんはご病気なのですね」

「そうじゃ」

「先生が診ておられるのですね」

「甲右衛門殿はわしの患者じゃ。それがどうした」

「甲右衛門さんのご病気というのはなんなのでしょうか」

「それをきいてどうする。ただの詮索ならば、医者として答える気はないぞ」

「近頃、どうしたものか甲右衛門さんは私に、横町奉行を継げ継げとしつこく言ってくるのです。私には荷が重いので何度もお断りしたのですが、あきらめないようなのです。病はたいしたことはない、とおっしゃるのですが、まことのところを知りたいのです」

「ふむ……そういうことか」

　道隆はやっと起き上がり、布団のうえにじょらを組むと、

「ならば答えてやろう。甲右衛門殿は肺腑の病にかかっておられる。わしの診立てでは、あと半月、持つか持たぬかじゃな」

　呑気な雀丸も驚くしかなかった。

「そうでしたか……」

「甲右衛門殿が跡継ぎをと焦るのも当然じゃ。雀丸くん、引き受けてやってはくれぬかのう」

「…………」

　応えようがなかった。

「横町奉行が空席になると、大坂中のものが困り果てる。そうは思わぬか」

「思います。でも、私がその任かどうかと言われると……。大商人でもなければ学者で

もありませんし、とりたてて人望があるわけでもなく……」

「かまわぬ。横町奉行には『三すくみ』がついておる。あのものたちを手足として働かせ、肝心のところをおぬしがギューッと締めればよいのじゃ」

「ああ……三すくみですか」

大商人地雷屋蟇五郎、女侠客口縄の鬼御前、要久寺住職大尊和尚のことである。

「あの三人はな、それぞれ力を持っておるが、たいそう仲が悪く、会えばいがみあっておる。それゆえ、おぬしが上手く使わねばならぬがのう」

雀丸はよけいに憂鬱になった。悪徳商人と女ヤクザと生臭坊主を「上手く使え」と言われても困る。

「わかりました。いろいろお教えいただきありがとうございました。これで失礼します」

雀丸が頭を下げると、

「うむ、甲右衛門殿によろしくな」

道隆はまた布団に横になってしまった。とにかく寝るのが好きらしい。

雀丸は腕組みをしながら医者の家を出た。天満に戻る道すがら、

（あと半月とは……）

それはたいへんだ、気の毒に、と思う気持ちと、だからと言って横町奉行になるのは無理だ、という気持ちが半ばして、いろいろ思いあぐんでいるうちに、ふと気づくと菅

原町に着いていた。

「甲右衛門さーん、雀丸でーす。お呼びにより参上しましたー」

　声をかけると、

「おお、入ってや」

甲右衛門は座布団のうえにちんと座っていた。さっきの医者の話が頭にあるせいか、顔の色も悪く、少し痩せたようにも思えた。

「なにかご用でしょうか」

「ああ……ちょっとな」

　声にも力がない。

「じつは今日……」

　と言いかけて、甲右衛門は激しく咳き込んだ。なかなか治まらない。雀丸の手前、なんとか止めようとしているようだが、かえってむせてしまうようだ。ようよう咳が終わり、辛そうに肩を上げ下げしながら、

「すまんすまん。近頃、咳が出ると止まらんのや。痰もからむしなあ。不細工なことで申し訳ない」

　雀丸はその理由を知っているがゆえになにも言えぬ。

「昨夜遅くに、うちの近くで火事がありました」

さらりと話題を変えた。

「ほう……半鐘が聞こえとったが、だいぶ遠いさかいまた寝てしもたけど、あれは浮世小路やったのか」

「はい。井伊さまでした。炭小屋が丸焼けになって、あと台所がちょっと焦げたぐらいで済んだそうですが、明け方まで大騒ぎでした。もう眠くて眠くて……」

「大事に至らんで幸いやが……あんた、近頃、火事が多いと思わんか」

「そういえばそうですかね」

「大火事はのうてボヤばかりやが、おかしいとは思わんか」

「そうですか？　まだ寒いんで、炬燵やら火鉢やら使いますから……」

「たとえば昨夜のその火事、火の気のない炭小屋から火が出たゆうのが変やろ」

「ふーん、そういえばそうですけど……」

「どうも気になって、蟇五郎に調べさせたのや。あの男は米も扱うとるさかい、蔵屋敷にも顔がきく。それでわかったのは、ボヤがあったのはほとんどが蔵屋敷かお城まわりの武家屋敷、それも大きなところばかり……ゆうことや。火の不始末はお咎めを受けるさかい、ああいうところはボヤぐらいならもみ消してしまう。せやからほんまの数はわからんけど、この二年ほどのあいだに少なくとも十三件はあるらしい」

「十三件……」

それはかなり多い……かもしれない。

「火付けをしてるやつがいる、ということでしょうか」

「猫、らしいわ」

「――は？」

「そういう噂が出とるのや」

なにを言ってるのかわからない。

「ネコて、ひとの名前ですか」

「ちがうちがう。ほんまの猫や」

「猫が火付けするわけないでしょう」

甲右衛門はじれったそうに、二本足で立って歩く猫又がいて、あちこちの蔵屋敷に入り込んで灯明や行燈の油を舐める、その際に灯明などをひっくり返して火事になることがあるらしい……と説明した。

「あはははは。そんな馬鹿な……。ただのでたらめでしょう」

「わしもそう思うけどな、どうやら出所(でどこ)は鍋島さまのところのようや」

甲右衛門は、横町奉行だけあって、市中の噂にはやたらと詳しい。家で寝ていても大坂中の出来事の噂が集まってくるらしい。どこの町内でだれとだれが浮気をしている、とか、どこそこの料理屋がいくら値上げをした、とかまで知っているという。

「ちょっとまえの夜中、鍋島さまの蔵屋敷で火事があった。御殿のなかの仏間が焼けたらしい。そこまではほんまの話や。鍋島さまでは隠してはるけど、ちゃんと確かめたさかい間違いはない。——けど、そのとき、外から入ってきた猫が二本足で歩いて仏間に入り、油を舐めるのを、たまたまその場に居合わせた中間のひとりが見た、ちゅうのや」

そこから先に甲右衛門が話した内容は、彼らは知らなかったが、先夜、夢八が原西屋十五郎から聞いたものと同じだった。中間の名が栗助であること、三毛猫の首にギヤマンの珠がついており人語を話したこと、その猫が火だるまになって飛び出していったこと、老僕が猫を埋葬したが翌日死骸がなくなっていたことなど、細部までほぼ同一である。

「面白い話ですけど、とてもまことの出来事とは思えませんね。だれにお聞きになったのです」

「わしは、新町の芸子から聞いたのや」

「芸子？」

雀丸が不審気な顔になったのを見て取り、

「アホ。そうやない。病床に伏せる身で遊びになんぞ行けるかいな。古馴染み(ふるなじ)の芸子がくれた見舞いの手紙のなかに、客から聞いたこととして今の話が書いてあったのや」

「その客が冗談(てんご)を言っただけでしょう。猫というのはかわいい生きものです。飼い主を食い殺してなりすましたり、死骸を踊らせたりとかいうのは、あれはすべて嘘っぱちです。猫は、にゃーにゃー鳴くしか能がありません」

「そうともいえんで。わしは昔、夜道で猫がぼんやり光ってるのを見たことがある」

それは静電気による現象なのだ。

「猫が光る？　さぞかしきれいでしょうね」

「いや、そういうわけでは……」

甲右衛門は咳払いをして、

「あんたと話してたら調子狂うわ。――猫に魔力がある、ゆうのも、あながち嘘とは言えんぞ。この世でひとが一番えらいと思うたら大間違いや。たとえば、鳥は空を飛べるがひとは飛べん。魚は水のなかで息ができるがひとはできん。狐、狸、むじな、カワウソ、スッポン、ウナギ、猫、犬、猿、蛇、蜘蛛……こういう生きものはひとにはない力を持ち、化けると昔から言われとる」

「でも、ひとの言葉をしゃべるというのはいくらなんでも……」

「まあ、猫ゆうのはひょいと二本足で立つことがある。それに油も好きやさかい、灯明の油を舐めることもあるやろ。その栗助という中間、どこかの野良猫が蔵屋敷に入ってきて油を舐めてる……そういう場面をたまたま見かけて、びっくらこいて言い触らした。その話がひとからひとへ伝わるうちにいろいろと尾ひれがついて、こないなったのやろう……と、わしも思う」

「怪談というのはたいがいそんなもんでしょう。だいたい、その三毛猫は焼け死んだのですから、そのあともボヤが起きてるというのはおかしいです。昨日の井伊さまの火事はどうなります」

「そういうつじつまの合わんところも怪談ならではや。けど、むりやりそこに理屈をこじつけるとやな、もともと化け猫やさかい、死んでも怨霊となって悪さをしとるのかもしれんで」

「そんな馬鹿げた話をするために私を呼んだのですか？」

「いや、今のは前置きや。横町奉行の力を借りたいという頼み人がおってな、それが鍋島さまの火事に関わりがあることなのや。えろう困ってるらしゅうてな……。わしはこのとおり病身やで、すまんけどまたあんたに介添えしてもらお……と思たのや」

「私は横町奉行になるつもりは……」

まーったくありません、と言い切ろうとしたが、頭のなかにさっきの医者の話が浮かんだ。ここでにべもなく拒絶したら、病人ががっかりするだろう……そう思ったのだ。

「まあ……その……なんというか……えーと……話ぐらいは聞いてもいいですけどね」

「まあ、当人から話を聞いてもらお。あんたはどうせ遅れてくるやろから、頼み人には九つ（正午）ごろに来てくれと言うてある。もうじき来るやろ」

どうせ遅れてくるやろ、という言葉には引っかかったが、そのとおり遅れたのだから なにも言い返せない。妙なことになったなあ……と思っていると、甲右衛門はよっこら しょ……と立ち上がったので、

「お茶のご心配はご無用ですよ」

「小便や。——けど、そろそろ頼み人も来るさかい、すまんけどわしが雪隠に行っとる あいだに茶淹れといてくれるか」

そう言うと、甲右衛門は外に出て行った。長屋というのは惣雪隠といって共同便所で ある。木戸から一番遠い、奥まったところに設けられているのが普通であった。雀丸は ため息をつき、鉄瓶に水がめから水を入れ、カンテキのうえに載せて、火を熾す。しゃ がんで渋団扇をぱたぱたいわせていると、

「あの……」

外から声がした。若い娘の声のようだった。近所に住んでいる子が遊びに来たのかと 思い、雀丸は振り返った。質素な着物を着た十六、七の町娘だった。

「この長屋のかたですか？」

「…………」

「どこから来られたのですか？」

「…………」

「もしかしたら道に迷っておられるとか……？」

「………」

なにも答えないので雀丸も閉口して、

「えーと……なにか用でしょうか？」

「甲右衛門さん、いてはらへんの？」

頭は結綿で、額が広く、頬は丸い。おちょぼ口がかわいらしいが、じーっと雀丸を見つめている目は冷たい光を帯びている。

「甲右衛門さんはちょっと厠に行っておられるだけですから、すぐに戻ってくると思いますよ。でも、年寄りの用足しは長いから……」

笑うかと思ったが、にこりともしない。

「ほな、待たせてもらうわ」

そう言うと、上がり框に腰を掛けた。そのすぐあとから、

「千代ちゃん、ごめん。そこで、お琴の先生に会うて挨拶してたから遅れてしもて」

そう言いながら入ってきたもうひとりの娘の顔を見て、雀丸は「あーっ！」と叫んだ。

それは、あの町奉行所同心の娘だった。

「え……雀丸さん、いらっしゃったのですか」

「はい、横町奉行のお手伝いをしておりまして……」

千代と呼ばれた娘がふたりの様子を見て、

「なんや、知り合いかいな。まさか、うちを出しに使てこのひとと……」

「ちがうちがう、たまたまよ」

雀丸にはなんのことだかわからない。カンテキの上にかけた鉄瓶がしゅんしゅんいい出したとき、甲右衛門が戻ってきた。

「おお、お千代ちゃん、来てたんかいな。――そちらがお園さまやな」

ふたりは、甲右衛門に向かって頭を下げ、

「今日はよろしゅうお頼申します」

雀丸が千代という娘を見ながら、

「もしかして甲右衛門さんのお孫さんですか？」

甲右衛門はにやりと笑うと、

「アホ言うな。この子が、今日の頼み人や」

雀丸は仰天した。

◇

「それにしても、お園さまと雀丸さんが仲良しとはなあ……」

甲右衛門が言うと、雀丸は、

「仲良しというか……たまたま二度ほど会っただけの顔見知りで、その……」

「まあ、ええわ。ほな、はじめよか」

甲右衛門は、雀丸が淹れた茶を千代と園にすすめてから、

「この話、なんでわしとこへ持ってきたのや」

「どないしたらええかわからんと途方に暮れてたら、猫がいなくなったことを聞いてなぐさめに来てくれた友だちのお園ちゃんに、横町奉行におすがりしたらどう、て言われてん」

「あの訴状は、あんたが書いたんか」

「うち、あんなに上手に字書かれへん。お園ちゃんが書いたに決まってるやん」

「上手でのうても、あんたが書いたほうがええのや」

「すんまへん」

「謝ることはない。けど、あれだけでは詳しいことはわからんし、この雀丸のおっちゃんはまだなにも知らんから、あんたの口からもっぺん話してもろてええか」

うなずくと、千代は話し始めた。

ことのおこりは五日前だった。ふた親を流行病(はやりやまい)で亡くした千代は、船大工をしてい

る九蔵という祖父と、老松町の裏長屋に二人で暮らしていた。九蔵はもとは腕のいい職人で、船大工町の表通りに店を構えて、奉公人の三人も使う身分だったが、跡取りの息子が早逝したうえ、歳のせいで身体が利かなくなり、店を閉めてここに引っ越した。あまり働けぬゆえ、自然、入ってくる銭も以前に比べるとかなり減った。それでも九蔵は、孫娘のために仕事を続けている。

食事の支度などは千代がするのだが、同じ長屋に住む「おかか連中」が、

「おかず、作りすぎて余ったさかい持ってきたで。おからの炊いたん」

「うちもおすそわけや。イワシの煮付け」

そう言って、毎日のようにわざとおかずを余らせて持ってきてくれる。そのおかげで九蔵と千代はひもじい思いをすることもなかった。

「千代ちゃん、南京とタケノコ、いる？」

戸を開けて入ってきたのは、棒手振りの八百屋をしているお七という若い女だ。いつも、その日の商いで売れ残った野菜をくれるのだ。もとは表通りに店を構えていた大きな八百屋のひとり娘だったそうだが、失火で店が丸焼けになり、両親も亡くなった。しかたなく担ぎの八百屋をしながら糊口をしのいでいるのだが、そういう身の上にもかかわらず気さくで、千代のことをなにかと気にかけてくれる。裏長屋にはそんな過去を持った人間が多い。表通りから裏長屋に逼塞するには、それなりの理由がそれぞれにある

いって」

「ありがと、お七さん。さっきおまささんが豆腐持ってきてくれたさかい、半分持って

が、皆それを口に出すことなく、その日その日を一生懸命に生きている。

「ええよ、ええよ。九蔵さんに食べさせたり」

こんな長屋ならではのやりとりが千代たちの暮らしを支えていた。

「そうそう、千代ちゃん、コチヨは見つかったんか」

千代は下を向いた。

「そうか……あても心当たり当たってるけど、なかなかなあ……」

「あの子、お七さんにだけはなついてたから……」

「そやねん。あても野菜の切れっぱしあげたりして可愛がってたさかい、気になるんや」

もうひとつ、千代を支えていたものがあった。飼い猫のコチヨである。たいへん珍しい三毛猫のオスだ。生まれてすぐに捨てられたらしく、どぶ板のところでネズミと喧嘩(けんか)しているところを千代が助けたのだ。怪我(けが)を治してやるとコチヨは千代になついて、離れようとしなくなった。九蔵もやむなく飼うことを許した。それ以来、コチヨは千代の心のなぐさめとなっていた。ところが数日まえから姿が見えなくなり、九蔵も千代も心配していた。近所をあちこち探してはみたが、どこにも見当たらぬ。

「まあ、しゃあない。そのうち帰ってくるやろ」

九蔵はそう言ったが、千代は気が気でならなかった。

その日、九蔵が家で道具の手入れをしていたところへ、突然、縞柄(しまがら)の着物を尻端折(しりはしょ)りした、目つきの悪い男が入ってきた。

「あんたが船大工の九蔵か」

「そうやが、あんたは……？」

男はそれには応えず、表に向かって叫んだ。

「旦那、九蔵いてましたで！」

すると、ひとりの侍が入ってきた。黒紋付きに仙台平(せんだいひら)の袴(はかま)という立派な身なりで、お歴々だろうと思われた。土間で木屑(きくず)を拾ったりしていた千代は怖くなってへっついの陰に隠れた。九蔵も驚いて、

「な、なんでおます」

色の黒いその侍が懐からなにかを取り出して、九蔵に突きつけた。それを見た千代は、思わず「あっ」と言いそうになった。

「この品に覚えがあろう」

それは、ギヤマンの珠だった。千代がかわいがっている飼い猫コチヨの首につけていたものだ。数日前、コチヨは急にいなくなってしまい、千代は近所を探していた。

「は、はい……うちの猫がつけていたものでおます」

「間違いないか」

「間違いおまへん。どちらで拾われました？　こないだから姿が見えんさかい探してましたのや」

「そうか。――おい」

侍がさっきの小者に目配せすると、小者は九蔵の腕をむんずと摑んだ。

「な、なにをなさいますのや」

「わしは鍋島家に仕えるもの。当家の蔵屋敷に、夜半、貴様のところの猫が入り込み、仏間の灯明を倒して火事を起こした。我々は多大な損害を被った！」

侍はかなり激昂しているようだった。空気を読んだのか、八百屋の女はこそこそと帰っていった。

「ええ？　そりゃまことでございますか」

「わしはその夜の当番でな、お留守居さまにこっぴどく叱られた。居眠りをしておったのだろう、と申されるのだ。それだけではない。失火とともに金子の盗難があった。火事場のどさくさにだれかが盗んだのだろうが、その責めも取らされることになり、おかげで次席家老さまのお娘子を嫁にもらう話も破談となってしまった。――なにもかも、貴様の猫のせいだ」

「え？　いや、その……うちのコチヨは臆病な性質で、家のそばから離れたことはこれまで一遍もおまへんのや。ひとにもなつかん。なついとるのは、わてと千代、千代の友だちのお園さんぐらいのもんだす。この長屋のおかか連中にも歯ぁ剝きますのや。ひとりで鍋島さまのところまで出かけるやなんてありえんこっちゃと思います」

「ふふん……しらばっくれても無駄というものだ。そのギヤマンの珠がなによりの証拠ではないか。庭の隅で見つかっての、それを蔵屋敷近くのものに見せてまわったるところ、貴様のところの猫がつけていた飾りと似ている、と申すものがおり、それで罷り越したのだ」

「い、いえ……これはなにかの間違いで……」

「間違いないと申したのは貴様だぞ」

「もし、うちの猫がなにかの拍子に鍋島さまの屋敷のほうまで遊びに出まして、そのときに珠を落としたとしても、火付けやなんてそんな……」

「貴様のところの猫は大きな三毛猫であろう」

「へ、へえ……」

「当家の栗助なる中間が、このギヤマン珠を首につけた三毛猫が仏間に入り込んで、灯明の油を舐め、そのあと灯明を押し倒したというありさまをことごとく見ておったのだ。猫も火だるまになって飛び出していったと申すゆえ、その折に珠飾りを落としたのであろう」

「ひえーっ、畜生のことでおます。どうぞお許しを……」

「ならぬ。飼い主としての責めを負うてもらう。でないと、わしの腹の虫が収まらぬのだ。――連れて行け」

小者は九蔵を後ろから持ち上げるようにして表に引きずり出そうとした。九蔵は手足をばたつかせて抗ったが、色の黒い侍が刀の柄に手をかけたのを見ておとなしくなった。

「わてをどうなさるおつもりで……」

「屋敷へ連れていき、お留守居さまにおのれが猫を使うて火をつけたと白状してもらう。火付けの罪人を捕まえたのだから、わしの株も上がるというものだ」

「白状もなにも……わては火付けなんぞしとりまへん」

「白を切るつもりなら、少々痛い目にあってもらうぞ。それでもよいのか」

「そ、そんな無茶な……」

千代はへっついの陰から出ると、

「うちのおじいになにするねん！」

「威勢のいい小娘が出てきたな。おまえも一緒に来るか」

千代は九蔵のまえに立ち、両腕を広げてかばうと、

「あんた、コチヨが火だるまになった、て言うてたな。コチヨはどうなったんや」

「ああ、その猫は毛皮に火がついて死んだ。下働きのものが庭に埋めたとか言うておっ

たな」

　侍は嘲るような口調で言った。カッとなった千代は侍にむしゃぶりつき、その場に突き倒された。

「千代！」

　駆け寄ろうとした九蔵を、小者が羽交い締めにして、

「おとなしくせえ！」

　そのとき、表から入ってきたのが園だった。園と千代は暮らしている世界が異なるが、一年ほどまえ、野良犬に襲われていたコチヨを園が助けたのが縁になり、馬が合ったふたりは友だちになった。コチヨは園にもなつき、そのせいで園はすっかり猫好きになった。園が知り合いのところから子猫をもらったのも、千代とコチヨのせいなのである。

　園は、千代を抱き起こすと、小者をきっとにらみ、

「なにをするのです！」

「よそ者はひっこんどれ」

「よそ者ではありません。私はこのひとの猫友です」

「ネトコモ……？」

「ちがいます、ネコトモです」

　わけがわからずにきょとんとした小者を無視して、園は侍に言った。

「このかたになんの罪があるというのです」

「猫を使って当家蔵屋敷に火をつけた罪だ」

「それなら、お上に訴え出ればよろしいでしょう。たとえ相手が町人であっても、なんの権もないあなたが勝手に連れていくことは許されません」

「うるさい。女こどもは黙っておれ」

「女こども……？」

園はカチンと来た。

「女だろうとこどもだろうと、このような無法は見過ごせません。——わかりました、では、私があなたの無法なふるまいを町奉行所に報せます」

「はは……できるものならやってみよ」

「できます。私は、町奉行所同心の娘ですから」

侍の顔に動揺が走った。

「まことか」

「はい、父は東町奉行所定町廻り同心皐月親兵衛です」

「旦那、気にすることおまへんで。どうせハッタリかましてますのや。このジジイ、連れていきまひょ」

「待て……まことであったなら、主家に迷惑がかかる。放してやれ」

小者は、不承不承九蔵から離れた。侍は傲然と胸を張り、

「――娘、覚えておれよ。このままでは捨て置かぬぞ」

「私、忘れっぽいのです」

けろりと言い放った園に、侍は顔をしかめて舌打ちしたが、深呼吸をひとつしてから、

「また参る」

そう言うと、小者とともに帰っていった。

「お園ちゃん……おおきに！」

千代は園にすがりついた。

「私、ああいう侍見ると、むかむかするの」

九蔵が半ば感心し、半ば呆れたように、

「けど……ええ度胸やなあ。たいしたもんや」

「いえ、そんなこと……」

と言いながら園が千代を見ると、その両眼から涙があふれている。

「怖かった？　もう大丈夫よ」

「ちがうねん。あの侍……コチヨが黒焦げになって死んでる、て……」

「そんなの、まだわからないわ」

と言ったものの、園もコチヨのことは諦めるしかないと思った。九蔵が困った風に、

「あの侍が仕返しに来るかもしれん。わしはともかく、千代のことが気がかりや」

園もどうすればいいかわからなかった。さっきはつい、町奉行所と父親の名を口にしたが、私事に父親の務めを持ち出すのははばかられることであった。

「そこで、横町奉行のことを思い出したんやな」

甲右衛門が言うと、ふたりはうなずいた。園が頭を下げ、

「その侍はきっとまたやってくるでしょう。九蔵さんとお千代ちゃんを守ってあげてください。よろしくお願いいたします」

甲右衛門は腕組みをしたままかなり長いあいだ考え込んでいたが、

「けどな、横町奉行は町人同士の訴訟ごとを裁くのが本分や。ひとを守ったり、悪事を暴いたりするのは本来の役目やない。それは町奉行所がやるべきことや。それに、わしも身体の具合が悪うてな、とても一丁前の働きはできん」

「え？　それでは……」

「すまんけどこの一件は預かれん。町奉行所に願(ねご)うてでるか、町役に相談したほうがええ」

千代の顔がみるみる曇った。

「力になれずに申し訳ない。麒麟も老いては駑馬にも劣る。情けないことやが仕方がない」

園が、

「なんとかならないのですか。せめて、鍋島家に横町奉行から申し入れをしていただくとか……」

「言うたやろ。横町奉行は町人同士の諍いを扱うもんや。近頃は片方が武士という公事も増えてはきたけど、わしにはなんの公の権もない。長年の積み重ねでこの役をやらせてもろとる。いわば大坂の町の衆のおかげで偉そうにしとるだけの、張子の虎みたいなもんでな、大名家に申し入れするのやなら、惣年寄はじめ町役連名で行うのが筋やろな」

千代は肩を落とし、

「やっぱりな……うちらに力貸してくれるもんなんかおらんのや。町奉行所に言うたかて何年待たされるやわからんし、どうせ侍の味方しよる。町役も、侍相手ではへっぴり腰や。横町奉行やったらなんとかしてくれるやろ、と思たうちがまちごうてた。――お園ちゃん、行こ」

「え？　え？」

うろたえる園を尻目に、千代は先に立って出て行こうとした。

「待った」

雀丸は声をかけた。そうせざるをえなかったのだ。

「なに？　まだなんか用？」

「私は横町奉行の手伝いをしている身ですが、甲右衛門さんがご病気で動けないならば、代わりに私が動きましょう。といって、甲右衛門さんのようにはいかないと思いますが、私でよければ……」

甲右衛門はにたりと笑い、

「ご謙遜、ご謙遜。——あのなあ、ふたりともよう聞き。この雀丸という御仁はな、パッと見ぃ呑気そうなアホぼんに見えるけどな、その実、なかなかしっかりしとる。腕も、根深(ねぶか)みたいに細いけど、ヤットウのほうも存外やりよるで。そやそや、雀丸さんに頼んだらまちがいなしや」

千代と園は顔を輝かせて雀丸に抱きついた。

「雀丸さん、お願いいたします。千代の力になってやってください」

「雀丸さん、頼むわあ」

ふたりの若い娘に左右からそう言われると、悪い気はしない。

「えへ……えへへへ……」

思わず相好を崩した雀丸に、甲右衛門はポン！　と手を叩(たた)くと、

「決まりやな。この件は雀丸先生にお任せするとしよ。しっかりやってや」

千代と園は頭を下げて、

「よろしゅうお頼み申します」

妙な展開になった。雀丸は頭を掻いて、

「わかりました。たしかに引き受けました。けど……私も寝ずに千代さんの長屋を見張るというわけにもまいりません。だれかに手伝っていただかないと……」

甲右衛門がすかさず、

「それやったら、鬼御前のとこの子方にさせたらよろし。それか、あんたのお仲間の、なんとかのなんとかゆう……」

それではわからない。

「しゃべりの夢八ですか」

「それそれ。あの男は小器用になんでもこなしよる」

ここへ来て、雀丸はようやく「はめられた」と覚った。甲右衛門が動けなくても、三すくみにやらせればよいのだから、千代の依頼を断ったのは、雀丸におのれから手を挙げさせるための策略だったのだ。よほどそのことを言おうかと思ったが、甲右衛門の病状を考え、

（ここは、はめられたままでいいか……）

そう思った雀丸は、

「では、今日から千代さんの家のあたりをそれとなくうろつくことにします」

千代より先に園が、

「ありがとうございます！　千代ちゃん、よかったね。私も、できるだけ千代ちゃんの家に行くから……」

そう言って千代の手を取った。千代は元気のない声で、

「けど……コチヨはもう戻ってけえへん。せめて亡骸をお下げ渡ししてもらえたら、ちゃんと供養もできるのに……」

甲右衛門が、

「今はこちらから鍋島家に出向くのはまずかろうなあ」

「コチヨが化け猫扱いされてるのがムカつくねん。コチヨはよその家に入り込んだり、油舐めたりせえへん」

千代は強い口調で言った。

二

「その一件、わたいも耳にしとりますわ。嫌ーな話だすなあ」

　夢八は大仰に顔をしかめた。ここは立売堀(いたちぼり)の堀に面した場所にある煙管屋(キセル)で、夢八は二階に間借りをしているのだ。新町はすぐそこだが、曾根崎新地まで遠いのが玉にきずだった。

「なにが嫌なんです」

「化け猫が出てくるさかいです。そういうよた話をしてひとを怖がらせるゆうのは、感心せんなあ」

「化け猫はどうでもいいのです。鍋島家の侍が九蔵さんと千代さんを連れにくるかもしれない。それを見張ってほしいのです。夢八さんは夜が稼ぎどきでしょうから、昼間をお願いします。私は夜を受け持ちますから……」

　夢八は拝むような仕草をすると、

「堪忍しとくなはれ。わたい……あきまへんねん」

「なにがあきまへんねんですか。用事があるのなら仕方ありませんけど……」

「そやないんです。大恩ある雀丸さんの頼みならなんぼでも手を貸し足も貸したいところですのやが……」

「はあ」

「怖いんだす」

「なにが？」

「化け猫が」

「そんなもの、嘘に決まってますよ」

「嘘やとしても怖いもんは怖い。なんでそういう嘘をつくかなあ。嘘はあかん」

「夢八さんは嘘をつくのが仕事でしょう」

「人心を惑わすような嘘は嘘の風上にもおけまへん。なんでお上がほっとくかなあ」

「長屋を見張るだけですよ。化け猫とは関わりないでしょう。それに、その猫は焼け死んだのでは?」

「それは甘い。もともとが化け猫だっせ。わたいの聞いた話では、つぎの日、死骸は消えてたゆうことだす。亡霊となってもとの飼い主のところへ戻ってくるかもしれまへんで。あー、怖。あー、怖」

雀丸はため息をつき、

「わかりました。長屋の見張りはほかのひとに頼みます。夢八さんにはべつの頼みがあります」

「それは……怖い話はでてきまへんか」

「たぶん……。その鍋島家の化け猫ですけど……」

「せやから、化け猫はあかんと……」

「まあ聞いてください。化け猫の件、嘘だとしたら、だれが嘘をついていると思いますか」

「それはやっぱり……」

　夢八はしばらく考えたすえに、

「栗助だっしゃろ。原西屋の旦那は、又聞きの話を面白おかしゅうしゃべっただけやろと思います。下働きの爺さんゆうのも、嘘をつきそうにない。化け猫が蔵屋敷入ってきて油を舐めた、ゆうのは栗助ゆう中間が言うとるだけです。その猫が灯明を倒して火事になって、ゆうのも栗助しか見てない」

「では、栗助を探さないといけませんね」

「それやったらわたい、やれますわ。化け猫が出てくることもおまへんやろ。渡り中間やったら、どこかよそのお屋敷に奉公しとるはずやから、すぐに見つかりますやろ」

「では、よろしくお願いします」

　頭を下げる雀丸に、

「雀(じゃく)さんも、なかなか横町奉行が板についてきましたなあ」

「ちがいます。はめられたんです」

　そう言うと雀丸は煙管屋を出た。向かうのは、口縄坂の鬼御前のところだ。事情を話すと、

「まあ、うれしやの。雀さん、ようあてに言うてきてくれた」

鬼御前は雀丸に抱きついた。むせ返るような濃い脂粉の匂いが鼻を突き、雀丸は鬼御前を押しのけようとしたが、両腕でぎゅっと抱きしめられていて離れてくれない。

「うちの子方を何人か、代わりべんたんに張り付けとくわ。なんぞあったら、すぐに浮世小路に報せに走るようにしとく」

「ありがとうございます。——息が苦しいので放してもらえますか」

「あ、堪忍やで。——けど、うれしいわあ。蟇五郎でも大尊でものうて、あてを頼ってくれたやなんて……あんたがあてを好いてくれとるのがようわかるわ」

そうではなく、蟇五郎のところの丁稚や大尊和尚のところの小坊主では、侍が来たときに対処のしようがないと思ったからなのだが、それは口にしなかった。

「では、よろしくお願いします。——あの、これ……」

雀丸は懐から小銭の入った袋を取り出し、

「あの……わずかばかりですがお手伝いいただく子方衆にお渡しください」

「あ、アホなこと言わんといて。これは、あてが好きで手伝うだけや。お金をもらうやなんてありえへん」

「鬼御前さんはそれでいいかもしれませんが、子方の皆さんはそうではないでしょう。ほんの気持ちですので……」

「さよか……ほな、雀さんの気持ちがうれしいさかい、これはいただいときますわ。子方連中にはこのありがたいお金のありがたみに感謝して、毎朝、雀さんの家に向かって三拝九拝するように言いつけときますわ」

「勘弁してください。うどんでも食べてくれればそれでいいです」

押し付けるようにして金を置いて帰った。

雀丸自身は加似江に、なるべく家にいてくださいと拝むように頼んだうえで、近頃頻々と起こっているらしい火事について調べることにした。どこかにまとまった記録があるわけではないので、足を頼りにするしかない。そもそもどこの大名家も失火を認めたくないらしく、町奉行所への届け出はほとんどなかった。近隣に多少の被害があって、ようやくそれと認める程度である。

まずは家からもっとも近い井伊家の蔵屋敷に赴いたが、話はたやすく進まなかった。失火があった、ということ自体を認めないのである。予期していたこととはいえ、今後の調べはよほど難航するだろうと思われた。お上に届けていないのだから、もちろん町奉行所は動いていない。伝聞・噂話の類を掻き集めてひとつひとつ検証していくほかないのだ。

蔵屋敷の近隣に住むひとたちに丹念にきいてまわって、ようよう八件の火事があったことをつきとめた。そのうち二件はお上に届け出がなされていたが、あとの六件はボヤだったので公にはされなかったようだ。甲右衛門は二年のあいだに十三件と言っていたが、たしかにそれぐらいはありそうである。しかも、驚いたことに、その八件の火事のほとんどでなんらかの盗難が起きていた。大金がなくなった、という場合もあった。もちろん屋敷側は使用人に固く口止めしていたが、どこの家にも「しゃべり」がひとりぐらいいるものである。黙っていろ、と言われるとかえって話したくなる。

「おまえにだけ教えたるわ。ほかで言うたらあかんで。じつはな……」

と何人もに話すものだから、どんどん広まってしまうのだ。雀丸も、屋敷に出入りしている商家の丁稚などからいくらでも聞き出すことができた。

（火事場泥棒か……）

だれかがボヤを起こして、その騒ぎに乗じて盗みを働いているのだろうと思われた。しかし、いったいだれが……？

（猫……のわけはないな）

不思議なことに、最初のころの火事については化け猫の目撃談はひとつもなく、鍋島家の火事のときにはじめて「猫が火を付けた」という証言が出た。そして、もっとも新しい火事である井伊家のボヤのときも、

「門のまえで赤い猫とすれ違った」

「半身が黒焦げになった三毛猫を見た」

「猫が行燈の油を舐めていたらしい」

などと言い触らすものたちがいた。しかし、彼らに直にきいてみると、だれかが噂しているのをそのまま右から左へ取り次いだだけで、自分が見た、というものはひとりもいなかった。つまり、鍋島家での噂がひとり歩きして、でたらめがでたらめを生んでいるのだ。

こうなると怪しいのは栗助である。

（夢八がなにかをつかんでくれるだろう……）

そう思って雀丸が家に戻ると、ちょうど夢八が訪ねてきた。

「どうでしたか」

「それが……」

夢八は小首を傾げて、

「栗助の行方はわかりまへん。雲に隠れたか地に潜ったか……。栗助、ゆう名前を出しても、だれも知らん。鍋島さまのところも、口入屋を通じて雇い入れたわけやないんで、請け人もおらんらしい。まあ、渡り中間ゆうのはそういうもんかもしれまへんな」

「おかしいですね。渡り中間はいろいろな武家屋敷、蔵屋敷を渡り歩くのだから、だれも知らないというのは……」

ふたりは顔を見合わせ、

「偽名……？」

そのとき、ばたばたした足音が近づいてきた。

「雀さん！　雀さん！」

大きな声も聞こえてきた。鬼御前の子方、豆太に間違いない。雀丸はみずから戸を開けて、外へ出た。豆太は荒い息を吐きながら、

「えらいこっちゃあ！　来よった、来よった、あの侍がまた来よった！」

「で、どうなったんです」

「爺さんを連れていこうとしたさかい、わてが後ろから蹴飛ばして、そこにあった生ごみを入れた桶(おけ)を頭からかぶしてやったら怒ったのなんの……。頭から火ぃ吹くぐらいカンカンになって追いかけてきたさかい、ここを先途と逃げました。逃げ足の速いのがたったひとつの取り柄だすよって……」

「その侍はどうしたんです」

「ほら、あそこ……」

振り向いた豆太が指差すほうを見ると、激怒した侍がこちらに向かって突進してくるではないか。

「それを早く言ってください！」

雀丸と豆太は家に飛び込んで戸を締めた。途端、その戸がめりめりと押し倒され、侍が暴れ込んできた。

「貴様、武士の頭に穢れた芥をぶちまけるとは許さん。叩き斬ってやる！」

　豆太は逃げ、侍は追いかける。土間をぐるぐる回っての追いかけっこがはじまった。

雀丸と夢八は呆れ顔でその様子を眺めていた。だんだんと速度は落ちてきたが、まるでやめそうにない。ふたりとも汗だくで鼻水や涎を垂らし、顔を真っ赤にして、ぜいぜいと息を吐きながら必死で走っている。そのうちに、侍が豆太を追いかけているのか、豆太が侍を追いかけているのかわからなくなってきた。

「うわっ！」

　豆太がなにかにつまずき、つんのめった。侍は急には止まれず、豆太のうえにのしかかる形になった。ふたりはからまりあってごろごろと土間を転がり、壁にぶつかってようやくほどけた。侍も豆太も疲れきった顔つきで、しばらくは声を出すこともできないようだったが、やっと侍が顔を上げて雀丸を見、

「き、貴様はだれだ」

「竹光屋雀丸と申します。あなたは鍋島さまのところの蔵役人ですね」

「左様。——名は名乗りとうはないが、こうなってはいたしかたない。北川充太郎と申す」

「寝ずの番をしているときに居眠りをしてしまい、そのあいだに失火と盗難があって、評判を下げたと……」

侍は目を丸くして、

「よう知っておるな。なにものだ」

「横町奉行の手伝いをしております」

「ふん！　くだらぬ務めだ」

「そのくだらぬ務めのものからご助言を差し上げたいのですが、よろしいですか」

「いらぬ」

「あなたの落ちた評判を上げることでも？」

「――なに？」

「もしかすると、ご家老さまにおほめいただけるかもしれませんよ」

「ま、まことか。でたらめだったらただではおかぬぞ」

「あなたは栗助という中間をご存知ですね」

「うむ。あの火事が化け猫によって起こされた、と申した男だ。つまらぬ嘘だとは思うが、わしも三毛猫の死骸を見たからのう」

「それは、火事の日ですか」

「いや、火事のときはわしはなにも見ておらぬ。下働きの老爺が三毛猫の死骸を見つけたのは三日ほどしてからだ」

「なるほど。――栗助はもう屋敷にはいないそうですね」

「あのあとすぐに辞めたはずだ」

「もう一度会えばわかりますか」

「もちろんだ。どうせどこかの蔵屋敷におるだろうがな」

「ところが、いくら探してもいないのです」

「なに……？」

雀丸は、北川になにごとかをささやいた。北川の顔が引き締まった。

「それがまことなら由々しきことだ。わしも鍋島家も、あの男にたばかられたわけか……」

「そう思います。ですから、町奉行所にはあえて届けず、栗助という中間を我々の手で召し捕れば、あなたの評判はかならずや元通りになるはずです」

「わしの評判のごときはどうでもよい。悪の根を断たねばならぬ。火付けは天下の大罪だ。家を焼かれ、財産を失い、命を落とす。大坂中のものが迷惑いたす」

雀丸は、北川というこの侍を少し見直した。

「では、私とともに……」

参りましょう、と言いかけたとき、またしても雀丸の家に飛び込んできたものがいた。園である。園は両目を真っ赤に泣き腫らしている。

「どうかなさいましたか！」

雀丸が声をかけると、

「たいへんな……たいへんなことになりました！」

「どうしたのです」

「お千代ちゃんが……召し捕られました」

「なにゆえですか」

「火付けの罪だそうです」

これには雀丸も言葉がなかった。

園によると、彼女が様子うかがいに千代の家をたずねると、千代は留守だった。しかも、張り付いているはずの鬼御前の子方の姿もない。九蔵にたずねると、ついさっきあの侍が暴れ込んできて、鬼御前の子方を追いかけていった、千代はそのあと近所に住む八百屋のところに用があると言って出ていったきり戻ってこない……とのことだった。なにかあったのかと気を揉(も)んでいるところへ、九蔵の船大工仲間が入ってきて、

「えらいことや。あんたとこのお孫さん、町方に捕まったで！」

仰天した園と九蔵がその男に詳しくたずねると、平戸松浦(ひらどまつら)家の蔵屋敷の門の近くで、千代が男と激しく口論しているところへ、東町奉行所の定町廻り同心がたまたま通りがかった。そのとき、だれかが、

「火付けだ！　火付けをしているよ！」

と叫んだため、その同心がふたりに近寄って咎め立てすると、男は逃げ、千代は捕まった。その際、蠟燭や火打石、油を入れた小瓶などを所持していたため、千代は召し捕られたという。

「そんなあほな。千代が火付けを働くやなんてありえへん」

九蔵が言うと船大工仲間の男は、

「わからんで。あんたとこの飼い猫が鍋島さまに火ぃつけたらしいやないか。そんな化け猫、死んだあとで飼い主に取り憑いて、付け火をしとるのかもしれん。そうやとしたら千代ちゃんに罪はなくともお仕置きになるで」

「なにを言う！　わしの孫を悪う言うたら承知せんぞ！」

九蔵は男にむしゃぶりつき、殴り合いの喧嘩になったが、園はそんなことをしている場合ではないと思い、ここまで報せにきたのだという。

「一刻の猶予もならぬな。町方に、火付けの下手人と決めつけられたら、きつい責めを受け、やっていなくとも白状してしまう。そうなるまえになんとかせねばなるまい」

それまで黙って見ていた侍がそう言ったので、園はぎょっとしたようだが、雀丸が、

「いろいろありまして、このおひとは私たちの味方になったのです。――行きましょう」

「うむ、参ろう」

北川は大刀を摑んで立ち上がりざま、豆太に向かって、

「貴様はまだ許しておらぬからな」

　豆太は首をすくめた。

「東町奉行所に参るのではないのですか」

　園の問いに、雀丸は言った。

「なにも証拠がなくては、お千代さんの疑いを晴らすことはできません。今からその証拠を探しにいくのです」

　五人は、松浦家の蔵屋敷へと向かっていたのだ。雀丸は、八の字髭を生やしたいかめしい門番に近づき、

「あのー……こちらに栗助という中間がおりますでしょうか」

「栗助？　そのようなものはおらぬぞ。あーん？　貴様はなにものだ。用がないなら、寄れ！」

「用はあるんです。先ほどこの門前でひと悶着あったとお聞きしているのですが……」

「そんなものはない」

「町娘が男と喧嘩をしていたところに町方同心が通り合わせ、娘を火付けの疑いで召し捕ったとか……」

門番は、よく知っておるな、という顔をして、

「そういうことがあったかもしれんな」

「その男というのは、こちらで雇っている中間ですか」

「さあ、どうだかな」

雀丸は門番の手にそっとなにかを握らせた。

「こ、こういうことをされては困る」

「まあ、いいじゃありませんか。——喧嘩していた男はこちらの……」

「うむ。——でも、栗助という名ではないぞ。椎太郎だ」

「では、その椎太郎さんをここに呼んできてくださいませんか。できれば、町奉行所からの呼び出しだ、と言ってもらえると助かります」

「そんな嘘をつくのはどうかなあ……」

首をひねる門番に、北川が言った。

「頼む。わしは先日ボヤがあった鍋島家のものだが、火付けの下手人を捕えることができるかもしれんのだ」

門番はしばらく考えていたが、

「わかりました。呼んでまいります」

「かたじけない」

北川は頭を下げた。

しばらくしてのち、松浦家蔵屋敷の裏門のくぐりがそーっと開き、頰かむりをした中間が顔を出した。中間は左右をたしかめると、ひと足踏み出した。

「どちらへお出かけですか」

ぎくり、として立ち止まった中間は懐に手を入れ、匕首を取り出した。後方から石礫が飛び、男は刃物を地面に落とした。雀丸がすばやくそれを足で蹴飛ばしながら手を伸ばして男の頰かむりを取った。その下から現れた顔を見て、北川が大声で言った。

「おお、貴様は栗助ではないか！」

「しし知らん。わては椎太郎ゆうもんや」

「その唇のほくろがなによりの証拠だ。貴様……ようもわしと鍋島家にいっぱい食わしよったな。化け猫の噂を立てておのれの保身をはかるとは……けしからん！」

「いや、これはなにかの間違いで……」

言いながら男はべつの匕首を摑み出すと、北川に斬りつけた。北川は半身を開いてかわすと、男の首に手刀を叩き込んだ。

「う……げっ！」

中間はその場に平べったく伸びてしまった。

「お見事です、北川さま」

雀丸が言うと、北川は照れたように笑った。

雀丸の家に引っ立てられた栗助は、夢八、園、豆太、北川充太郎らに取り囲まれて詰問された。はじめのうちこそふてぶてしい態度で、

「なにも話すことなんぞない。わしは知らん。あの小娘が言いがかりをつけてきよったから言い返しただけや。あんな若い女子（おなご）が火を付けて回ってたやなんて、考えただけでも怖ろしいわ」

と言っていたが、激怒した北川が、

「この期に及んで他人に罪をなすりつけるとはけしからん。名前を変えてあちこちの蔵屋敷に入り込んで付け火を繰り返し、その混乱にまぎれて盗みをしておったのだろう。栗助ではないと言い張ったのがなによりの証拠ではないか。雀丸殿がいなかったら、わしはとんだ大恥を掻き、罪のない老人と娘を傷つけるところであった。——許せぬ。わしが成敗してやる」

「やれるものならやってみい。侍といえど、勝手に町人を斬ったらただではすまんで」

「よかろう。こうなったうえからは、貴様を斬ってわしもこの場で切腹いたす」

北川は雀丸から大刀を受け取ると、鞘（さや）から抜き放った。

「ちょ、ちょっと待ってくれ。マジか。いや、それは……おい、だれかこいつをとめてくれ」

　雀丸は横を向いて、

「知ーらないよ」

　北川は刀を構えて振り下ろそうとした。

「わわわわかった。しゃべるしゃべる……」

　栗助は半泣きになって、おのれの罪状を告白した。それによると、彼は本名を楢二といい、渡り中間を生業にしていたが、あるとき自分が奉公していた屋敷でボヤがあり、大騒ぎになった。そのときに手文庫から金を盗むことができた。それに味をしめ、つぎに勤めた屋敷ではみずから火を付けた。武家屋敷は、世間体もあるし、あとで公儀から叱責されることを嫌うので、少々の失火ならもみ消してしまう。そこが付け目なのだ。火災をボヤでとどめるのがコツで、近隣に燃え広がったらさすがにお上に届け出なくてはならないし、出火元として罪に問われるので、たとえボヤでも屋敷の侍たちは総出になり、必死で消し止めようとする。そのあいだは金でも骨董品でも盗り放題なのだ。そのあとはすぐに勤めを辞め、変名を使ってよその屋敷に奉公すればよい。

　しかし、鍋島家の火事のとき、唐突に追及の手が彼に回ってきた。これはいかんと思い、化け猫の仕業にすることを思いついた……。

「猫の件はすべてあなたのでまかせなのですね」

　雀丸は厳しい語調で言った。

「そや。このあたりにおる猫をとっ捕まえて、火ぃつけたったんや。この化け猫のせいや、ゆうてな。浪花の連中はアホが多いわい。ほかの火事もみんな猫がやったんや……て言い出しよった。わははは……そんなわけないやろ」

　園が顔を真っ赤に染めて、

「罪もない猫を焼き殺して下手人にするなんて……許せません」

「はは、たかが猫一匹、死んだかてどうちゅうことないやないか。なんぼでも代わりはおるからなあ」

　園の目からぼろぼろと涙があふれた。雀丸は、

「あなたひとりでやったことなのですか」

「そや。わしもどうせ獄門やろ。今さら嘘ついてもはじまらん。なにもかもわしひとりでやった」

「そうですか……」

「あの娘が、なんでわしが猫に火ぃつけた、て気づいたのかは知らんが、松浦さまの蔵屋敷にいきなり来よってな、猫を生かして返せとかわけのわからんことを言うもんやさかい、押し問答になった。そこへ町方の同心が来よったんで、わしは大慌てで逃げたの

やが、そのとき、懐にあった火付けの道具が地面に落ちた。同心はそれがあの娘の持ちものやと思いよったのやな。あははは……アホなこっちゃ」

「今の話を町奉行所でもしてくれますか」

「かまへんで。わしもここらが年貢の納めどきやろ。磔になるほうが、ここでこのお武家に斬り殺されるよりもええわ。こうなったらなんでもしゃべる」

「ところがこの刀では死ねぬのです」

雀丸の言葉に栗助は眉を顰め、

「なんでや」

北川充太郎が、

「これは竹光なのだ」

「う、嘘や。こんなようできた竹光があるかいな」

「でも、あるのだ。わしも驚いた」

北川はそう言うと、太刀の刃を腕に当て、ぐいと引いた。腕に赤い筋がついただけだ。

「くそっ、だまされた……」

うなだれた栗助の様子を見て、雀丸は言った。

「園さん、お父上を呼んでいただけますか」

「父を、ですか。父はなにもしておりませんのに、それでは雀丸さんの手柄を横取りすることになります」

「火付けや盗みは横町奉行が扱うべきことではありません。町奉行所にお任せするしかないのです」

東町奉行所に向かった園が、しばらくのち同心皐月親兵衛を連れて戻ってきた。親兵衛は、そこがまるで敵地であるかのように雀丸の住まいのあちこちをじろじろ見ながら入ってきた。

「父上、そんなに見回しては失礼ですよ」

「おまえは黙っておれ。横町奉行などというものは土台信じられぬ。どこにどんな仕掛けがあるかもしれぬ」

雀丸は笑いながら、

「仕掛けもなにもありません」

「うるさい。このことでわしに恩を売って、園とつきあおうなど考えておるならあさはかというものだぞ」

「毛頭考えておりません」

「ならばよい。二度と園に近づくなよ」

「父上……！」

「園、おまえもおまえだ。この一件、はじめからわしに話しておれば、わしの同僚がまちごうてその娘を召し捕ることもなく、わしが素直に手柄を挙げられたのだ。以後、気をつけよ」

園はぷいと横を向いた。親兵衛の手下が栗助に取り縄を掛け、その一端を持って連れて行こうとした。あとに続いて出て行こうとした親兵衛に雀丸は言った。

「千代さんはお解き放ちになるでしょうね」

「貴様の知ったことではない」

「なんの罪もないひとを召し捕ったのは東町奉行所の落ち度です。ちゃんと謝ってから放免してくださいね」

「ふん……！」

親兵衛はなにも応えずに去った。園は何度も頭を下げ、

「すみません。父はわからず屋で頑固で礼儀知らずで……」

「いえいえ、ご立派なかたじゃないですか。私は好きですよ、ああいうかた。あははははは……」

雀丸は空虚に笑い、皆の白い目が彼に注がれた。

「大きな風呂敷を背負って、どこへ行くのです」

雀丸が声をかけると、女は両目を見開いた。

「あんた、だれや」

「お千代ちゃんの知り合いで、横町奉行の手伝いをしている雀丸というものです。その風呂敷の中身を見せてもらえませんか」

「こ、これは、商売もんの野菜や。今からお千代ちゃんとこに持っていってやろうと思てな」

「そうじゃないでしょう。身の回りの品や着物、お金などが入ってるんじゃないですか。栗助さんが召し捕られたと聞いてあなたが逃げようとするのでは、と思ったので一生懸命走ってきたのです。いやー、案の定でした」

「な、なんのことかわからんなあ」

「蔵屋敷に火を付けていたのはあなたですね。あなたは付け火をする役、栗助さんはものを盗む役だったのでしょう」

「…………」

「千代ちゃんのところの飼い猫コチヨを捕まえて、火をつけたのもあなたですね。栗助さん、いや、楢二さんに疑いがかかりそうだったので、目を逸らせるために化け猫話をでっちあげたのでしょう。ひとになつかないコチヨが騒ぐこともなく連れ去られたというので、おかしいなとは思っていたのですが、あなたにだけはなついていたと聞いて、勘が働いたのです。だれが連れ去ったのかと思っていたのですが、あなたが餌をあげている、と聞いたときに、おかしいなと思ったのです。松浦さまの門のところで、火付けだと叫んだのもあなたでしょう」

お七は顔をこわばらせて、

「なんの証拠があるのや」

「その風呂敷のなかに付け火の道具が入っていたら、それは証拠になるのじゃないかなあ。見せてくださいよ」

お七はその場にへなへなと崩れ落ちた。

雀丸は、園と千代とともに天満の甲右衛門の家を訪れていた。横町奉行の代人として行った一件の報告をするためだ。

「なるほど……ようやった」

甲右衛門は昼餉の支度をしようとしていたらしく、削っていた鰹節(かつおぶし)を脇に片づけ、茶を淹れて三人にすすめた。

「東町奉行所の皐月同心による厳しい取り調べによって、栗助もお七も白状しました。栗助がはじめにボヤ騒ぎにまぎれて盗みをしたときの火事は失火ではなく、お七の付け火だったらしいのです。それを見つけた栗助は、お七を咎めるどころか、ふたりで組まないかともちかけました。栗助は名前を変えながら蔵屋敷から蔵屋敷へと渡り歩き、頃合いが良いと思ったらお七に付け火をさせる。やりかたはまちまちですが、塀外から油紙に石をくるんだものに火をつけて、ここぞというところに放り込むことが多かったようです」

「お七はなんで付け火なんかするようになったのやろな」

「名前のせいだ、と言ってるみたいです。八百屋に生まれて、名前がお七。そのせいで、おのれがあの八百屋お七の生まれ変わりだと信じるようになったらしくて……」

八百屋お七は実在の人物で、江戸の大火で実家の八百屋が焼け、寺へ身を寄せた。そのとき出会った寺小姓と恋仲になり、家が再建されて帰宅したあとも、火事さえ起これぱまたあのひとと会える……と思い詰めて家に火を放ち、その咎によって火あぶりの刑に処された。浮世草紙や歌舞伎、文楽などにも取り上げられ、名を知られていた。

「表通りにあった大きな八百屋店が火事になり、ふた親が亡くなったのも当人が火付けをしたそうです」

「そういう病があるのやな。かわいそうな子や」

甲右衛門は悲しげな口調で言った。千代があとを引き取るように、

「あのとき、うちがお七さんのところを通りかかったら、なかから話し声が聞こえてき

たんや」

　男の声で、

「化け猫が火事を起こしとる、ゆう話をあちこちで聞くわ。仕事がやりやすうなった」

「あの猫捕まえて火ぃ付けて、鍋島さまの焼け跡に放り出しとき、て言うたのはあてやで」

「おまえの悪知恵には感心するわ」

「今のお屋敷はまだかいな」

「そやな。そのときが来たらまた報せるわ」

　戸が開いて、中間風の男が外に出てきた。千代は、「今のお屋敷」というのがどこなのかつきとめようと、男のあとをつけた。男は、松浦家の蔵屋敷に入ろうとしたので、千代は呼びとめて、さっきの会話について問いただした。当然、口論になったが、どうやら千代もまた、お七にあとをつけられていたらしい。お七は、町奉行所の同心が通りかかるのを見定めたうえで、火付けだよ、と叫び、その場におのれの火付け道具を置いて、物陰に隠れた。中間は屋敷に逃げ込み、同心はその火付け道具を千代のものだと思い込んで召し捕ったのだ。

「ろくな連中やない、とは思うけど、お七は不憫（ふびん）やな。それに、栗助も、最後までお七を庇（かぼ）うて、ひとりでやったと言い張ったところはひとの心があるやないか」

甲右衛門がそう言うと、千代が顔を真っ赤にして、

「コチヨに火を付けるようなやつらに不憫もひとの心もないわ！」

と言い捨てた。雀丸は、

「この一件、悲しいことばかりでしたね」

甲右衛門は咳払いをして、

「あんたのそういう気持ち……それが大事なのや。なあ、雀さん、しつこいようやがそろそろどやろな。今度のこともまた上手い具合に裁いたやないか。——横町奉行に、な」

「うーん……」

いろいろあったが、事件の真相を探っていくのはたしかに手応えがあった。甲右衛門の病状のことも考えると、躊躇（ちゅうちょ）している場合ではないのかもしれない。

「わかりました。こんな私でも、大坂のひとのためになるならば……」

「おお……引き受けてくれるか！」

「はい。未熟ものではありますが、お引き受けします」

園と千代も顔を見合わせて、

「うわあ、よかったです……」

「がんばってや。頼むで」

甲右衛門は笑いながら、

「よかったよかった。これでわしも肩の荷が下りた」

そのとき、表から声がした。

「甲右衛門殿、おるかな。わしじゃ、道隆じゃ」

甲右衛門はうろたえながら立ち上がって、

「おい、今は……」

「薬を持ってきたぞ。おまえさんの仮病の薬をな」

甲右衛門の顔が凍りついた。戸が開き、入ってきたのは医者の能勢道隆だった。道隆は雀丸を見て、

「お、お、おまえは……」

「はい、雀丸です。仮病というのはなんのことでしょうか」

「いや……その……つまりだな……」

「あなたは私を横町奉行にしようとして、仮病を使っていたということですか！」

甲右衛門がなにか言うまえに、道隆は笑って、

「そういうことだ」

「おい、道隆……」

「よいではないか。嘘はいかん。――この男はな、あんたをどうしても横町奉行の跡継ぎにしたかったのじゃ。わかってやってくれ」

甲右衛門は申し訳なさそうに、

「すまんな。――けど、あんたは今、引き受けると言うたな。おまはんら、聞いたか」

園と千代も強く合点して、

「聞きました」

「うちも」

「これでもう逃げられんぞ、雀さん……」

雀丸も覚悟を決め、黙って頭を下げた。甲右衛門は、

「これで万々歳や。大坂の町を一番ええおひとに任せることができた。わしもようやく旅立てるというもんや」

「旅立てる……?」

雀丸はその言葉を聞き咎めた。あと半月というのは仮病だったとしても、肺腑の病で具合が悪いというのはまことかもしれない……。

「ああ、長年の夢でな、諸国を旅していろいろと見聞を広めたかったのやが、横町奉行という務めがあるで、大坂を離れることができんかった。これで宿願が果たせるわい」

雀丸は呆れたが、引き受けると言ってしまったものはしかたがない。

「承知しました。なんとかやっていきますので、心置きなく旅立ってください」

「すまんな」

道隆が目ざとく、甲右衛門が削っていた鰹節を見つけて、

「お、ええもんがあるやないか。ちょっともろていくで」

「味噌汁でも作るのか」

「そうやない。うちの猫に食わすのじゃ」

「道隆さんとこ、猫おったかな」

「こないだ、火傷してふらふらになった猫が迷い込んできたのでな、治療してやったらすっかり元気になって、毛も生えそろうた。三毛猫やが、珍しいことにオスでな……」

千代が身を乗り出して、

「先生、その猫、迷い込んできたのはいつですか」

道隆が日にちを言うと、それはちょうど鍋島家で猫の死骸を庭に埋めた翌日頃であった。

「その猫、うちの猫かもしれん。オスの三毛猫やねん。——先生、今から見にいってよろしいか」

「ああ、かまへん。もし、あんたとこの猫やったら連れて帰ってや。火傷でぐったりしてたのを死んだと勘違いして埋めたのかもしれん。気がついて、自力で土を掘って逃げ出したのじゃろ」

千代の目がうるんでいるのを雀丸は見た。園が、

「先生は猫の病も治せるのですね」

と言うと、甲右衛門が、

「あたりまえや。このひとはな、今でこそ和方・漢方・蘭方医術全般とかものものしい看板を掛けてはるけど、もとは摂津で馬医者をやってはったのや」

道隆も、

「ああ、馬・牛・犬・猫全般……わけても猫は得意中の得意じゃ」

そう言って大笑いした。

「またしても大手柄だのう」

東町奉行所の与力溜まりで、北岡五郎左衛門は部下の同心皐月親兵衛に言った。

「一連の火付けと火事場での盗みの下手人を召し捕ったる手際は天晴れなものだ。もし、おまえがおらねば、誤って罪なきものをお縄にしたと東町は大恥を晒すことになっていただろう。お頭もほめておられたぞ」

「ありがとうございます」

親兵衛は頭を下げた。

「それにしても、大名家が内済にしていた失火の件をよう調べ出したのう。どこから聞き込んだのだ」

「そ、それはでございますな……つまり、その……化け猫が火付けをしたなどという噂を耳にしましたので、それはおかしいとピンと来まして、ネトコモいや猫友に……」

「なにを申しておる。まあ、よい。これからも励んでくれい」

「かしこまりました」

親兵衛は複雑な思いを抱えながら与力溜まりを退出した。

◇

こうして大坂に新しい横町奉行が誕生した。浮世小路に家を構える横町奉行ということで、世間では雀丸のことを「浮世奉行」と呼ぶようになった。

本作に登場する「横町奉行」は、大坂町奉行に代わって民間の公事を即座に裁く有志の町人という設定ですが、これはもともと有明夏夫氏の「エレキ恐るべし」(『蔵屋敷の怪事件』収録)という短編に一瞬だけ登場する「裏町奉行」という存在が元になっています。この「裏町奉行」についていろいろ文献を調べ、大坂史の専門家の方にもおたずねしたのですが、どうしてもわかりません。有明氏の創作という可能性もあるのですが、ご本人が二〇〇二年に亡くなっておられるため現状ではこれ以上調べがつきません。そのため本作では「横町奉行」という名称にしておりますが、これは作者(田中)が勝手に名付けたものであることをお断りしておきます。

なお、左記の資料を参考にさせていただきました。著者・編者・出版元に御礼申し上げます。

『大坂町奉行所異聞』渡邊忠司(東方出版)
『武士の町 大坂 「天下の台所」の侍たち』藪田貫(中央公論新社)
『町人の都 大坂物語 商都の風俗と歴史』渡邊忠司(中央公論社)
『歴史読本 昭和五十一年七月号 特集 江戸大坂捕り物百科』(新人物往来社)
『大阪の橋』松村博(松籟社)
『大阪の町名―大阪三郷から東西南北四区へ―』大阪町名研究会編(清文堂出版)

『図解 日本の装束』池上良太（新紀元社）
『清文堂史料叢書第１１９刊 大坂西町奉行 新見正路日記』藪田貫編著（清文堂出版）
『清文堂史料叢書第１３３刊 大坂西町奉行 久須美祐明日記〈天保改革期の大坂町奉行〉』藪田貫編著（清文堂出版）
『じゃんけん学 起源から勝ち方・世界のじゃんけんまで』稲葉茂勝著・こどもくらぶ編（今人舎）
『猫づくし日本史』武光誠（河出書房新社）
『猫の日本史』桐野作人編著（洋泉社）
『日本刀を嗜む』刀剣春秋編集部監修（ナツメ社）
『刀匠が教える日本刀の魅力 改訂増補新版』河内國平・真鍋昌生（里文出版）
『侠客と角力』三田村鳶魚著・柴田宵曲編（筑摩書房）

本作執筆にあたって成瀬國晴、片山早紀の両氏に貴重なご助言を賜りました。慎んでお礼申し上げます。

解説

細谷正充

田中啓文は、集英社と縁の深い作家である。そして時代小説とも、縁の深い作家である。その縁とは、どのようなものか。作者の経歴をたどりながら、説明していこう。

田中啓文は、一九六二年、大阪府大阪市に生まれる。十一歳のときに小説家になりたいと思い、十四歳でSF関係の新人賞に応募。本人は自信満々だったが、あえなく落選し、以後六年間、さまざまな賞に応募した。そのなかには「山口百恵新作映画ストーリー募集」まであったという。

繰り返す挫折により、小説家になるのは無理ではないかと思い始めた頃、ジャズと出会いサックスを吹き始める。その傍ら、音楽関係のミニコミ誌に雑文を書いて、憂さを晴らしていた。ある日、音楽雑誌が募集したジャズ論文に応募したところ、これが入選。再び小説を書く意欲を取り戻し、毎月のように応募を続ける。そして、集英社の第二回ファンタジーロマン大賞の佳作に『凶の剣士』が入選。タイトルを『凶の剣士グラート背徳のレクイエム』と変え、一九九三年九月、集英社スーパーファンタジー文庫から刊行し、デビューを果たした。ダークな雰囲気を湛えた異世界ファンタジーである。また同年十月に、鮎川哲也が編者を務める公募ミステリーのアンソロジーに入選した「落下する緑」が、光文社文庫から刊行された『本格推理〈2〉奇想の冒険者たち』に収録された。なお、入選の連絡は「落下する緑」の方が『凶の剣士』より二日早かったため、作者は「落下する緑」をデビュー作といっている。

ほぼ同時受賞という幸先のいいスタートを切った作者だが、ミステリーの注文が来ることはなく、数年はライトノベルでの活動が続く。『背徳のレクイエム』に続く『凶の剣士グラート2　青い触手の神』を経て、一九九五年二月、集英社スーパーファンタジー文庫より『十兵衛錆刃剣　SHADOWS in the SHADOW～陰に棲む影たち』を刊行。独自の設定で柳生十兵衛の異形の闘いを活写した本書により、早くも時代小説に乗り出す。以後、『十兵衛錆刃剣　DANCING in the SHADOW～喉を鳴らす神々』『十兵衛錆刃剣　FIRE in the SHADOW～爛熟の媚獣』とシリーズは三冊を数えるが、まだ一般の読者がライトノベルまで目を向けることもなく、時代小説ファンの間で話題になることはなかった。

そんな作者の転機になったのが、一九九八年に角川ホラー文庫から刊行した、初のホラー長篇『水霊　ミズチ』であった。これによりホラー小説の書き手として注目されるようになる。さらに二〇〇一年にはSF短篇集『銀河帝国の弘法も筆の誤り』を、ハヤカワ文庫ＪＡから上梓。翌〇二年には表題作が、第三十三回星雲賞の日本短編部門を受賞する。その一方でミステリーの執筆も増えていき、ＳＦ・ホラー・ミステリーが、作者の三本柱となった。

だが、時代小説が忘れ去られたわけではない。二〇〇三年十二月にコバルト文庫（またもや集英社だ！）から『陰陽師九郎判官』を刊行。源義経を安倍晴明の子孫とし、異形の源平合戦が綴られた。さらに忠臣蔵と密室殺人の謎を組み合わせた時代ミステリー短篇「忠臣蔵の密室」を経て、二〇〇八年の『チュウは忠臣蔵のチュウ』（文藝春秋）、二〇〇九年の『元禄百妖箱』（講談社）と、ぶっ飛んだ内容の忠臣蔵物を上梓している。もっとも当時は、「永見緋太郎の事件簿」や、「笑酔亭梅寿謎解噺」といった、ミステリー・シリーズの方が話題となっていた。二〇〇九年には「永見緋太郎の事件簿」シリーズの「渋い夢」で、第六十二回日本推理作家協会賞の短編部門を受賞している。

しかし時代作家・田中啓文が広く知られる日は来た。二〇一二年二月、ひそかに生き延びた石田三成の諸国漫遊を描く文庫オリジナル『茶坊主漫遊記』を刊行。さらに同年十二月、大食漢兼美食家の大坂西町奉行・大邉久右衛門の型破りな活躍を描く『鍋奉行犯科帳』を、文庫オリジナルで刊行したのだ（どちらも集英社文庫）。これが好評を博し、二〇一六年十二月の『鍋奉行犯科帳　風雲大坂城』まで八冊を数える人気シリーズとなった。二〇一五年には、ホラーやＳＦのネタを盛り込んだ時代伝奇小説『大魔神伝奇』（創土社）も上梓している。もちろん、ＳＦ・ホラー・ミステリーの執筆も盛んであり、二〇一六年に、「怪獣ルクスビグラの足型を取った男」で、第四十七回星雲賞の日本短編部門を受賞したのである。

いささか経歴が長くなりすぎたが、田中啓文がいかに集英社と縁が深いか、そして時代小説の優れた書き手であるかが分かっていただけただろう。次に、時代小説作法について触れておく。作者は、「歴史読本」二〇〇四年六月号に掲載したエッセイ「時代小説とでたらめ」で、「伝奇小説作家の私としては、時代小説というのは、基本的に『でたらめ』を書くものだと思っている」「舞台が江戸時代、というだけで、これから何をやってもいい、というお墨付きをもらったように感じるのである」といいながら、どうしても押さえておかねばならぬものとして〝時代のエア〟を挙げている。そしてさらに続けて、

「時代小説の役割のなかでいちばん重要なのは、読者を、一時、現実を離れさせて、かつて日本に存在したある種の『空気』に浸らせてやることである。それができていれば、その作品は八割方成功したといえるだろう」

と、所信を表明しているのだ。本書はそれを、忠実に実践している。一例を挙げよう。作中の会話で横文字まで飛び出しながら、不思議と違和感を覚えない。それは、幕末前夜の「空気」に、しっかり浸れるからなのだ。

以上のことを踏まえて、本書『浮世奉行と三悪人』の内容に移りたい。「鍋奉行犯科帳」シリーズではなく、オリジナル文庫の新作である。とはいえ舞台はお馴染みの大坂だ。冒頭の「雀丸登場の巻」は、竹光屋雀丸という若者が、落語のような光景を繰り広げる場面から始まる。ずいぶん間の抜けたところのある男だと思ったら、三人の侍に絡まれている老人を助けに入るような、正義感も持っている。おまけに意外と機転も利く。どうにも捉えどころのない人物である。

そんな雀丸が助けた老人は、横町奉行（裏町奉行）を務める松本屋甲右衛門であった。横町奉行の役目については作中を参照してもらうとして、留意すべきは、元ネタが存在していることである。本書のラストで作者が述べているが、有明夏夫の、明治の大阪を舞台にした捕物帖「大浪花諸人往来」シリーズの一篇「エレキ恐るべし」に、ちらりと登場しているのである。この事実を知ったときは、ちょっと興奮した。というのも、大阪文学の流れを感じたからである。

太閤様のお膝元であり、江戸時代に〝天下の台所〟とまでいわれる商都となった大坂は、独自の気風を持って、大いに発展した。それは文学にも受け継がれる。井原西鶴の昔から、昭和の織田作之助や藤沢桓夫など、大阪を愛する作家によって、多数の作品が生まれてきたのだ。大阪出身の有明夏夫も、そのひとりであり、時代小説・現代小説を問わず、大阪を舞台にした物語を、幾つも発表した。その有明作品に、やはり大阪出身の田中啓文が、インスパイアされたのである。こうした郷里の先人に敬意を表した作品の繋がりは、気持ちのいいものだ。

話を内容に戻そう。甲右衛門が三人の侍に絡まれていた理由は、彼らが質屋に入れた刀を流された件の裁きで、質屋の主張を認めたからである。昔は横町奉行の裁きにケチをつける人はいなかったが、徳川幕府も二百五十年を過ぎると、いろいろ箍が緩んでおり、侍の横暴が目立ってきたとのこと。もはや老人の自分では抑えられないと思った甲右衛門は、雀丸を次の横町奉行にしようとする。これを断った雀丸だが、なんだかんだあって、一件にかかわることになるのだった。

竹光屋雀丸は、前の名前を藤堂丸之助という。大坂弓矢奉行付きの与力だったが、死んだ父親の借金（大塩平八郎に共感し、庶民に施しをするためという理由が泣かせる）の返却が奇貨となり、竹光作りの才能が開花。しかし親友に裏切られ、さらには武家社会の醜さを知って、侍の身分を捨てた。いまは市井で、豪放で傍若無人な祖母の加似江と暮らしながら、竹光の製作をしている。この設定がユニークだ。

さらに雀丸の周囲に現れる人々も、ユニーク極まりない。嘘八百を並べて酒席を明るくする「しゃべりの夢八」。酒場で加似江と呑み比べをする女侠客・口縄の鬼御前。悪徳商人の地雷屋蟇五郎……。口縄の鬼御前と地雷屋蟇五郎は横町奉行にひそかに協力する〝三すくみ〟のうちのふたりらしいが、どちらも一筋縄ではいかない人間だ。そんな彼らがボケたり突っ込んだりしながら、賑やかに一件にかかわってくる。騒動の原因となった侍たちにも人間味を与え、単なる悪役にしなかったところも、作品の空気にマッチしていた。物語の滑り出しは上々なのだ。

続く「三すくみ勢揃いの巻」は、江戸のヤクザの勘吉が、親分の代参で住吉大社に向かう途中、三両入った財布を拾う。なかの書付から持ち主の大工を捜し当てたはいいものの、その大工が受け取りを拒否。財布の押し付け合いから、喧嘩へと発展してしまう。そして勘吉は口縄の鬼御前に、大工はナメク寺こと要久寺の住職・大尊和尚を頼って、横町奉行に裁いてもらうことになる。なんとか雀丸を横町奉行にしようとする甲右衛門は、これ幸いと、裁きを雀丸に任せるのだが……。

からくり好きの生臭坊主。この大尊和尚こそが、三すくみの三人目である。他のふたりに負けず劣らずの、アクの強い大尊和尚。これで三すくみ――ヘビとガマとナメクジの揃い踏みである。仲の悪い彼らが顔を突き合わせることで、話はますます賑やかになった。そこに狐拳を得意とする浪人者のエピソードも絡んで、軽快に進展するストーリーは、意外な真実へとたどり着く。真実が分かってみれば、あれも伏線、これも布石と感心しきり。個人的には、本書のベストである。

それとは別に、留意したいポイントがある。先に、落語のような光景と書いたが、勘吉と大工の意地の張り合いの描写も、まるで落語のようなのである。それもそのはず、作者は大の上方落語好きであり、二〇〇五年から月亭文都による新作落語を演じる会「ハナシをノベル!!」に、仲のよい作家たちと共に参加しているほどだ。だからだろう。駄洒落を多用した、調子のよい会話に乗せられて、複雑な構成の物語を、気楽に堪能できるようになっている。作者の話芸も、本書の大きな読みどころになっているのだ。なお本作には、東町奉行所同心・皐月親兵衛の娘・園も登場するが、どうやら彼女がヒロインらしい。

　そしてラストの「化け猫騒動の巻」は、園の猫友の千代が飼っているオスの三毛猫のコチヨが行方不明になる。しかも大名の鍋島家で起きた火事の原因が、コチヨだと決めつけられたではないか。でも最近、ボヤ騒ぎが続発していることを考えると、なにやら怪しい。園に頼まれた雀丸は、事件の調査を始めるのであった。

　ささいな発端から、どんどん話を膨らませていく、作者の手腕は相変わらずお見事。二段構えの事件の真相も、ミステリーの面白さに満ちていた。横町奉行になることを渋っていた雀丸の去就もはっきりし、まずは大団円である。

　でも、これ一冊だけで雀丸たちと、お別れになるのは寂しい。いくらでも話を続けられるだけの、舞台とキャラクターが整っているではないか。だから本を閉じた瞬間に、シリーズ化を熱望してしまうのである。

（ほそや・まさみつ　文芸評論家）

S 集英社文庫

浮世奉行(うきよぶぎょう)と三悪人(さんあくにん)

2017年5月25日　第1刷　　定価はカバーに表示してあります。

著　者　田中啓文(たなかひろふみ)

発行者　村田登志江

発行所　株式会社　集英社
東京都千代田区一ツ橋2-5-10　〒101-8050
電話　【編集部】03-3230-6095
【読者係】03-3230-6080
【販売部】03-3230-6393(書店専用)

印　刷　図書印刷株式会社

製　本　図書印刷株式会社

フォーマットデザイン　アリヤマデザインストア　　マークデザイン　居山浩二

ISBN978-4-08-745590-8 C0193